La crítica ha dicho

«Raine es una experta de la palabra escrita
y, una vez más, su capacidad de fusionar en
Sorprendida unos personajes perfectamente
elaborados y una trama sólida la convierten en una
escritora que hay que tener en cuenta».
Natasha Is A Book Junkie

———

«*Sorprendida* es un viaje alucinante que deja
boquiabierto, que emociona, que corta la
respiración; una historia de amor, de pasión,
y sobre todo del amor más incondicional
e inolvidable que existe».
KATIE ASHLEY, autora de *The Proposition*,
bestseller de *The New York Times*

———

«Los fans de El affaire Blackstone no se sentirán
decepcionados. *Sorprendida* es perfecta».
Becca The Bibliophile

———

«Lo tiene todo. Erotismo, pasión, intriga y mucha
emoción... ¡*Sorprendida* tiene mucho que ofrecer!».
Totallybookedblog

———

«Le doy cinco maravillosas estrellas. Uno de los
libros más esperados del año. Es perfecto.
Intenso. Emotivo. Sencillamente increíble.
Y Ethan es uno de los novios más guapos de
todos los tiempos».
R. K. LILLEY, autora de la serie convertida en
bestseller *Up In the Air*

———

«*Sorprendida*, de lejos el mejor libro del 2013;
muy bien escrito, con mucha fuerza,
extraordinario, soberbio».
Donna, My Sticky Pages

———

«*Sorprendida* me ha hecho enamorarme de Ethan y
Brynne, y de su poderosa historia de amor. De lejos,
la mejor novela de El affaire Blackstone».
Nick Flirty And Dirty Book Blog

Sorprendida

Sorprendida

El affaire Blackstone III

RAINE MILLER

Título original: *Eyes Wide Open. The Blackstone Affaire III*
Edición original en inglés publicada por Atria Paperback, agosto 2013
Todos los derechos reservados
© 2013, Raine Miller
© 2013, de la traducción Cora Tiedra
© De esta edición: 2013, Santillana USA Publishing Company, Inc.
2023 N.W. 84th Ave.
Doral, FL, 33122
Tel: (305) 591-9522
Fax: (305) 591-7473
www.prisaediciones.com

Este libro es una obra de ficción. Nombres, personajes, lugares y hechos son producto de la imaginación del autor o se utilizan de forma ficticia. Cualquier parecido con hechos reales, locales, establecimientos comerciales o personas, vivas o muertas, es totalmente accidental.

Diseño de cubierta: Atria Paperback

Primera edición: septiembre de 2013

ISBN:978-0-88272-385-3

Para mis padres, que se siguen mirando al alma.

«El ojo ve en sueños una cosa con más claridad que la imaginación cuando estamos despiertos».

LEONARDO DA VINCI

Prólogo

Londres, julio de 2012

La observo. Recuerdo cómo era sentirla. Cómo se movía y los sonidos que emitía. Todo; recuerdo todo de ella.

Sin embargo, ella no me ve. Al principio me molestaba, pero ahora sé que no importa porque lo hará. Dentro de poco me verá.

El destino la puso en mi camino hace muchos años y el destino volvió a hacer de las suyas cuando aquel accidente de avión. Nunca me he olvidado de la dulce Brynne Bennett. Nunca. He pensado en ella durante años y nunca imaginé que nos volveríamos a ver. Sabía que se había ido de Estados Unidos y se había mudado a Londres, pero hasta que no vi las fotos de ella posando no me di cuenta de lo mucho que deseaba volver a verla.

Ahora lo he hecho.

Los astros se han alineado. Se ha producido todo a la vez. Puedo conseguir lo que quiero y tenerla a ella mientras tanto. Brynne se lo merece. Ella es un tesoro. La única joya de la corona. Algo para saborear y disfrutar todo el tiempo que quiera.

Todos somos peones. Ella lo es tanto como yo. Peones en un juego que yo no inventé, pero al que desde luego puedo jugar. Estoy luchando por hacer justicia. Esta es la oportunidad de mi vida y no voy a dejar que se me escape, igual que no voy a dejar que Brynne se me escape de las manos. Ella es un valor añadido y estoy deseando que llegue el día en el que pueda demostrarle lo mucho que la he echado de menos, a ella y al tiempo que pasamos juntos.

En mi defensa he de decir que intenté que ella me ayudara directamente. Me la hubiera ganado y habría sido maravilloso. Ella se hubiera alegrado de verme. Sé que lo hubiera hecho. Esos cretinos no la merecen, y desde luego que se han ganado su merecido. Sin embargo, ahora eso no importa. Están fuera de la ecuación y eso mejora las cosas para mí. En cualquier caso, al final yo seré el único beneficiario.

Ahora bien, Blackstone es otra historia. Ese capullo ha aparecido y se la ha llevado a su vida. Sé que ha conseguido que ella se fije en él con su aspecto y su dinero, y es una maldita pena, porque sin él todo habría ido sobre ruedas.

Blackstone ha echado a perder mis planes originales, pero no del todo. Lo cierto es que tiene buenos instintos, lo admito. Pensé que ella era mía cuando él salió a fumarse un cigarro a la parte trasera del edificio durante esa gala benéfica. No podía creerme la suerte que tenía. Él estaba fuera; ella dentro. La alarma saltó puntual como un reloj. Mi único fallo fue no darme cuenta de que él tenía su móvil. Eso fue una sorpresa tremenda. Pero, aun así, quería que supiera de mi existencia. Debería saber quién soy. Antes que él yo tuve a Brynne durante años.

Entonces sucedió algo a su favor. No estoy seguro de qué pasó, pero Brynne no estaba donde debería haber estado y no salió a la calle como se suponía que haría. Si hubiese tenido el teléfono con ella cuando le mandé el mensaje estoy seguro de que ahora estaríamos juntos, retomándolo donde lo dejamos hace siete años.

La perdí con la multitud… y con ella, mi oportunidad de oro. Eso me desagrada mucho.

Alguien deberá recibir su castigo para que todas las cosas recuperen su equilibrio y su posición correcta en el mundo. Pero eso no es un problema. A la larga todo saldrá como yo quiero.

Ahora Blackstone la tiene bien protegida, pero también me voy a ocupar de él. Él no tiene todas las respuestas, y me aseguraré de darle unas cuantas pistas más para confundirle. Mi especialidad.

No, no me voy a rendir. Todavía guardo cartas en la manga y puedo ser muy paciente. Todavía hay tiempo más que de sobra para mi jugada, y cada vez estoy más cerca.

Más cerca.

Entonces no lo sabía, pero cuando esos imbéciles eligieron esa canción dieron en el clavo. *Es* perfecto. Simplemente perfecto.

Capítulo
1

Los ojos de Ethan se posaron en mí mientras tomaba el control de mi cuerpo, con sus manos firmes en mis caderas, su grueso sexo llenándome y moviéndose dentro de mí. Su boca por todo mi cuerpo, sus dientes en mi piel.

Todo eso del hombre que había atravesado los muros que yo misma construí y que me había capturado. Eran demostraciones de caricias y placer, un medio para consolidar la conexión entre nosotros, de mantenerme cerca. Él era así. Sin embargo, no necesitaba preocuparse. Ethan me tenía.

A pesar de todo el caos de esta noche, me tenía en sus brazos y debajo de su cuerpo y su virilidad controladora se hacía cargo de mí tal y como había sido desde el principio. Me mantenía a salvo. Aquella noche en la calle cuando me persuadió para que me subiera a su coche y a continuación me llamó por teléfono exigiendo atención, fue solo el principio de mi relación con Ethan Blackstone. Ese hombre escondía muchas más cosas de las que pude imaginar entonces. No me iba a ir a ninguna parte. Estaba enamorada de él.

—Quiero mi polla dentro de ti toda la noche —dijo con voz ronca mientras sus ojos azules brillaban bajo la luz de la luna a la vez que se movía. Estaba encima de mí y tenía el control, manipulaba mi cuerpo de todas las maneras posibles a medida que la luz que entraba por la ventana del balcón iluminaba nuestros cuerpos desnudos. Manos, boca, sexo, lengua, dientes, dedos…, él lo usaba todo.

Ethan me hablaba durante el sexo. Me decía palabras inesperadas que me excitaban muchísimo, que fortalecían mi confianza y que me demostraban lo mucho que él me deseaba. Era justo lo que necesitaba. Ethan era mi respuesta y él sabía exactamente lo que yo anhelaba. No sé cómo me conocía tan bien, pero no cabía duda de que así era. Esa noche me lo confirmó alto y claro. Creo que por fin puedo admitir que necesito a otra persona para ser feliz.

Esa otra persona era Ethan.

Había dejado que alguien entrara en mí. La dura corteza que rodeaba mi corazón se había visto comprometida y además de forma plena. Ethan lo había hecho. Me había dedicado tiempo, me había presionado y exigido mi atención. Él nunca se rindió y siempre me quiso a pesar de mi maraña de problemas emocionales. Ethan hizo todo eso por mí. Y ahora podría regodearme en el hecho de que me amaba un hombre al que yo también amaba.

—Mírame, nena —me ordenó con un jadeo ahogado—. ¡Sabes que tienes que tener tu mirada fija en mí cuando te poseo! —Su mano había subido hasta mi cabello para agarrarlo y tirar de él. Sin embargo, nunca me hacía daño. Ethan sabía cuál era la presión justa y era totalmente consciente de que me volvía loca. Yo no sabía que tenía esa necesidad de que le mirara y me aferré a sus feroces ojos azules con todo mi ser.

Pero Ethan sabía más cosas de mí que yo de él.

—¡Vas a ser la primera en correrte! —gruñó al tiempo que embestía hondo y con fuerza y daba con el punto sensible dentro de mí que necesitaba encontrar para que yo cumpliera su orden.

A medida que sentí que la presión aumentaba me dejé llevar a un perfecto estado de éxtasis, sujeta bajo el cuerpo de Ethan, el cual estaba entrelazado con el mío, y tenía sus ojos azules a escasos centímetros de mí. Se dirigió a mi boca y me besó justo cuando el orgasmo me rasgaba, llenando otra parte de mí, haciéndome entenderle más, uniéndonos de una manera más profunda.

Su orgasmo siguió al mío en cuestión de segundos. Siempre sabía que estaba cerca por la inhumana dureza de su sexo cuando estaba a punto de correrse. La sensación se alejaba de este mundo y era intensa y fortalecedora. Que pudiera suscitar esa reacción en él y despertar ese tipo de sensaciones en otra persona me hacía consciente de muchas cosas. Cosas que me curaban poco a poco cada vez que ocurría; gracias a Ethan y su modo de demostrarme su amor hacía que las cosas dentro de mi cabeza siguieran mejorando. Tenía ciertas esperanzas de que al fin pudiera ser feliz y vivir una vida normal.

Ethan me había dado eso.

—Dime, nena —farfulló en un susurro seco, pero podía oír la vulnerabilidad que acompañaba la seguridad en sí mismo. Ethan también tenía sus propias inseguridades, era un simple mortal igual que el resto.

—¡Siempre seré tuya! —dije sintiendo cada una de mis palabras mientras notaba cómo entraba dentro de mí.

Cuando abrí los ojos un poco más tarde me di cuenta de que debía de haberme quedado dormida un rato. Ethan nos había recolocado en la cama y ahora estábamos más o menos de lado, pero seguíamos unidos. Le gustaba quedarse enterrado dentro de mí durante un tiempo después del sexo. A mí no me importaba porque era algo que él deseaba y a mí me encantaba hacerle feliz.

Simplemente me gustaría que me contara más cosas sobre su pasado y sus lugares oscuros. Sin embargo, él tenía miedo de compartirlo conmigo y, aunque me molestaba, entendía su miedo. Me preguntaba si los motivos de necesitar tocarme todo el tiempo y poseerme de tal manera durante el sexo, y después también, tenían algo que ver con el tiempo que estuvo prisionero. *Le torturaron y atemorizaron y le hicieron daño.* Solo el recordar cómo se había sentido esa noche cuando sus pesadillas le despertaron presa del pánico me dolía.

Le recorrí el hombro y la espalda con los dedos. Imaginé las alas del ángel de su tatuaje y las palabras debajo de ellas. Y también sentí las cicatrices. Ethan abrió los ojos y me embistió con fuerza.

—¿Por qué alas? Son preciosas, ya sabes.

—Las alas me recuerdan a mi madre —dijo después de un segundo o dos de silencio—, y cubren la mayoría de las cicatrices. —Me incliné hacia delante, besando sus labios con dulzura. Le puse las manos en la mandíbula y decidí arriesgarme. No quería espantar a Ethan y más si estaba enfadado, pero pensé que tenía que intentarlo de nuevo en algún momento.

—¿Y la frase? ¿Por qué esa?

Él se encogió de hombros y susurró:

—Creo que esa noche morí un poco.

Significaba mucho para mí que se abriera y compartiera cosas. Él no estaba dispuesto a hurgar más en su pasado. Me daba cuenta.

—¿Qué quieres decir con que moriste un poco?

—Cuando no te podía encontrar después de que llegara ese mensaje a tu móvil. —Me acarició la mejilla con el dedo y a continuación los labios; fue un roce ligero y sentí que me invadía un escalofrío por todo el cuerpo.

—Bueno, al final me encontraste, y que sepas que no está permitido morir, señorito. Eso sería un problemón. —Traté de bromear para que se alegrara un poco, pero no parecía funcionar. Cuando Ethan se ponía serio no desconectaba así de fácil.

—Me alegro de que te encuentres mejor —hizo una pausa y apretó las caderas contra las mías con una nueva erección hasta hundirse dentro de mí—, porque necesitaba estar así contigo, me moría de ganas.

—Estoy aquí y me tienes —murmuré contra sus labios mientras me ponía las piernas sobre sus hombros y tomaba el control de otra ronda de placer. Una sola ronda casi nunca era suficiente.

Ethan me hacía sentir deseada. Me hacía sentir guapa y sexi, desde las palabras que salían de su boca hasta el roce de su cuerpo con el mío cuando me hacía el amor. Y después, cuando me sujetaba contra su pecho como si fuera importante.

Alguien me deseaba, a pesar de todo lo que me había sucedido en el pasado. Alguien estaba dispuesto a luchar por mí. Yo era importante para otra persona. Para Ethan lo era. Saber eso me cambiaba la vida.

La atención de Ethan era extrema y al principio resultaba difícil de aceptar, pero conmigo funcionaba. Ethan y yo funcionábamos. Él podía mostrarme lo mucho que me deseaba, y por primera vez tenía esperanzas de que pudiéramos hacer que esta relación funcionara. La parte «tomémoslo con calma» que habíamos acordado la primera vez que nos conocimos no se había cumplido. Pero si hubiéramos ido con calma, dudo muchísimo de que en este momento estuviera desnuda en la cama con él en la costa de Somerset, en una casa solariega inglesa digna de un rey y que resultaba ser de su hermana, y de que me estuviera follando hasta el borde de otro magnífico orgasmo. Una chica tiene que aceptar las cosas como vienen.

Me llevó un rato espabilarme después de la segunda ronda de sexo salvaje, pero conseguí escabullirme de sus brazos y dirigirme al baño para asearme y prepararme para dormir. Me encantaba cómo me tocaba todo el rato. Lo necesitaba, así de claro, y Ethan lo sabía. Era otra cosa en la que éramos compatibles.

Llené un vaso de agua y me tomé la pastilla que me había mandado la doctora Roswell para los terrores nocturnos. Tenía mi propia rutina. La píldora y vitaminas por la mañana y la pastilla para dormir por la noche, siempre y cuando fuera a dormir. Sonreí al espejo del elegante baño que parecía salido del palacio de Buckingham y me di cuenta de que *cama* y *dormir* casi nunca eran sinónimos cuando estaba con Ethan. Pasábamos una gran parte del tiempo en la cama *sin* dormir, pero no me quejaba.

No esperaba encontrármelo despierto cuando salí del baño, pero tenía los ojos abiertos y me recorrió con la mirada a cada paso hasta que volví a la cama. Alargó la mano y me sujetó la cara, algo que solía hacer cuando estábamos así de cerca.

—¿Cómo es que sigues despierto? Debes de estar muerto después de un viaje tan largo —hice una pausa para darle énfasis— y después de un sexo tan increíble.

—Te amo y no quiero soltarte nunca —interrumpió.

—Pues no lo hagas. —Le miré a sus ojos azules, que me abrasaban bajo la luz tenue.

—Nunca lo haré —dijo con cierta contundencia, y sentí que iba en serio.

—Yo también te amo, y no voy a irme a ninguna parte. —Me incliné para besarle en los labios y el roce de su barba ya se había convertido en algo muy familiar. Me devolvió el beso pero me di cuenta de que tenía más cosas que decirme y podía notar su nerviosismo, lo que resultaba sorprendente teniendo en cuenta la de orgasmos que me acababa de dar.

—La cosa es que nece… necesito algo más serio. Necesito que estés conmigo todo el rato para poder protegerte y poder estar juntos todos los días… y todas las noches.

Sentí que el corazón me empezaba a latir a toda velocidad y me invadía el pánico. Justo cuando estaba a gusto con un aspecto de nuestra relación, Ethan me presionaba y me pedía más.

Él siempre ha sido así…

—Pero ahora estamos todo el día juntos —le dije.

Frunció el ceño y entrecerró los ojos una fracción de segundo.

—No es suficiente, Brynne. No después de lo que ha pasado esta noche y de la mierda del mensaje ese que a saber quién te lo mandó. Tengo a Neil trabajando en el rastreo de tu móvil en este momento y llegaremos al fondo del asunto, pero necesito algo más formal que le haga ver al mundo que estás fuera de su alcance y que eres intocable sea lo que sea que tengan planeado para ti.

Tragué con dificultad, mientras sentía cómo sus pulgares empezaban a moverse por mi mandíbula mientras trataba de imaginar adónde quería llegar con todo esto.

—¿Qué quieres decir con *formal*? ¿Cómo de formal? —Dios, me temblaba la voz y sentía como si el corazón se me fuera a salir del pecho en cuestión de segundos.

Me sonrió y se inclinó para darme un beso suave y dulce que me calmó un poco. La verdad es que Ethan siempre me calmaba. Si estaba intranquila o asustada, él sabía consolarme y acabar con el estrés del momento.

—¿Ethan? —le pregunté cuando por fin se apartó.

—No pasa nada, nena —respondió con suavidad—, todo va a salir bien y yo cuidaré de ti, pero sé lo que necesitamos hacer, lo que necesito que suceda.

—Ah ¿sí?

—Mmm, mmm. —Me dio la vuelta y me sujetó la cara de nuevo, apoyado en sus codos y atrapándome debajo de su cuerpo escultural, fuerte y suave contra mis partes más íntimas.

—Estoy seguro de eso, de hecho. —Sus labios bajaron a mi cuello y me besaron en la oreja y luego en la mandíbula y la garganta, para volver a subir a la otra oreja—. Muy, muy seguro —susurró entre dulces besos—. Me he dado cuenta esta noche en cuanto llegamos aquí y vi que llevabas eso puesto. —Me besó en la parte hueca de la garganta, donde pendía el colgante de amatista que me había regalado.

—¿De qué estás tan seguro? —Mi voz era débil, pero cada palabra resonó en el poco espacio que nos separaba y parecía que le estuviera gritando.

—¿Confías en mí, Brynne?

—Sí.

—¿Y me quieres?

—Sí, claro. Y lo sabes.

Volvió a sonreírme.

—Entonces está decidido.

—¿El qué está decidido? —imploré a su preciosa cara, la cual me había fascinado desde el principio, y vi cómo la comisura de su bonita boca se levantaba con confianza mientras me tenía bien sujeta debajo de él de la manera posesiva tan típica de Ethan.

—Casémonos.

Le miré fijamente, segura de que las palabras habían salido de su boca y no de una escena de una novela romántica. Quizá estaba soñando. Ojalá.

Ethan se movió encima de mí y su idea me dejó por los suelos. ¡Santo querido!

—Tiene todo el sentido del mundo —dijo mientras esbozaba una sonrisa—. Haremos un comunicado que pegue fuerte, que explique que estás conmigo de manera oficial, y dejamos saber a todo el mundo que tu prometido se dedica a la seguridad.

—¿Estás loco? —le corté, y vi cómo con su mirada me recorría el rostro, estudiando mi reacción a sus palabras—. Ethan, no puedo casarme. No quiero hacerlo. Estoy empezando a acostumbrarme a tener una relación. Es pronto, prontísimo para siquiera considerar algo así entre nosotros.

Él sonrió, totalmente tranquilo y seguro.

—Lo sé, nena. Es muy pronto, pero el mundo no tiene por qué saber eso. Para ellos parecerá que estás a punto de ser la mujer de un antiguo miembro de las fuerzas de seguridad y del importante presidente de Blackstone S. A. Quien sea que esté ahí fuera con intenciones ocultas recibirá el mensaje alto y claro. Ya pueden mantenerse alejados de ti porque no serán capaces de ponerte la mano encima de ningún modo, manera o forma, ni serán capaces de acercarse lo bastante a ti como para pestañear y mucho menos para soltarte amenazas como la mierda esa de anoche. —Me besó con suavidad y parecía muy orgulloso de sí mismo—. Es un plan brillante.

Seguí mirándole fijamente, segura de que era producto de algún sueño fantástico que estaba teniendo en ese momento.

—También es deshonesto, Ethan. ¿Has pensado siquiera en lo que me estás pidiendo que haga? ¿Mentir? ¿Engañar a nuestras familias y amigos para que se crean que después de dos meses nos vamos a casar?

Se puso rígido y apretó la mandíbula.

—Si se trata de protegerte haré lo que sea. Contigo no voy a correr ningún riesgo, es demasiado tarde para eso. Te dije que todo o nada y eso no ha cambiado en las últimas horas.

Su mirada penetrante era más que un poco intimidatoria incluso a pesar de la tenue luz. Traté de explicarme.

—Bueno, no, mis sentimientos tampoco han cambiado, pero eso no significa que tengamos que…

Mis palabras se fueron apagando mientras trataba de procesar lo que acababa de decirme con tanta seguridad: que casarse sería una buena idea, del mismo modo que lo era comer más verdura o ponerse crema para el sol. Me pregunté si el virus estomacal de esta noche me estaba haciendo alucinar.

—No hay ninguna razón que nos lo impida. —Ethan parecía un poco dolido mientras me estudiaba con detenimiento, y sentí una punzada de arrepentimiento, pero solo durante unos segundos. Lo que me estaba proponiendo era una absoluta locura. Apenas podía asimilar el hecho de estar enamorada de un hombre que había irrumpido así en mi vida, de manera atrevida y sin miramientos, hacía dos meses. ¿Cómo narices iba a aceptar que nos casáramos únicamente para protegerme de una misteriosa amenaza anónima con motivaciones desconocidas?

—E... estoy..., ¡se te ha ido la cabeza por completo! Ethan, ¿te das cuenta de lo que me estás proponiendo?

Afirmó con la cabeza, con la cara a pocos centímetros de la mía. Lo cierto es que en este momento yo tampoco sabía lo que estaba pensando exactamente. Él quería las cosas a su modo, eso lo sabía, pero lo que más me sorprendía eran sus razones. Sabía que él me quería. Se aseguraba de repetírmelo a menudo. Y yo sabía que mis sentimientos hacia él eran los mismos..., pero... *¡¿matrimonio?!* Estaba segura de que no podía haberme sugerido algo más impactante que esto teniendo en cuenta mi pequeño y frágil estado emocional. Era evidente que Ethan no quería una esposa. Era demasiado pronto.

—Sí, Brynne, sé perfectamente lo que te acabo de decir. —Mantuvo la cara neutral pero firme, de forma inexpresiva.

—Quieres casarte conmigo, una chica que conociste hace solo ocho semanas, que tiene fobia a las relaciones y..., y... un pasado de mierda.

Me calló con un beso controlador que no dejaba la menor duda de la seriedad de su propuesta. ¡Dios! ¿Estoy en el mundo bizarro? Dejé que su boca saqueara la mía durante unos segundos y a continuación me llevó la mano detrás de su cabeza. Yo también tiré de él y le acaricié la mejilla, buscando de nuevo sus ojos.

—Nena…, lo de esta noche me ha asustado —susurró—. No tenía nada de esto planeado; simplemente sé lo que creo que es lo correcto. Quiero tenerte a mi lado. Ya no necesitarás ningún visado de trabajo. Tendrás tiempo para encontrar el trabajo perfecto sin la presión de tener que lidiar con las leyes de inmigración, y lo más importante: podremos estar juntos. Eso es lo que quiero. Puedo protegerte si soy tu marido. Puedo asegurarme de que siempre estés protegida. No hay nada que no hiciera para mantenerte a salvo. Te quiero. Y tú me quieres a mí, ¿no? ¿Cuál es el problema? Es la solución perfecta. —Inclinó la cabeza y entrecerró los ojos como si estuviera siendo una tonta insensata.

—Ni de lejos estoy preparada para esto, Ethan, independientemente de lo que sienta por ti.

—Yo tampoco y el momento es horrible, pero creo que es la única opción que tenemos. —Me apartó el cabello de la cara con cuidado—. Yo estoy dispuesto… y creo que deberías al menos considerarlo. —Me miró con las cejas arqueadas—. No voy a tolerar otro episodio como el que hemos vivido esta noche en la Galería Nacional.

Empecé a protestar pero me acalló con otro beso controlador tan típico de él. Me tenía sujeta debajo, apretándome contra el suave colchón y acariciándome la boca con su habilidosa lengua. Permití que me besara y durante unos segundos me dejé llevar, tratando con todas mis fuerzas de procesar lo que acababa de decirme.

—Antes de que te pongas a la defensiva y te preocupes más, quiero que por ahora solo pienses en ello. Podríamos estar comprometidos durante mucho tiempo, pero el comunicado es lo que hará que la gente reaccione y tome nota. Hemos tenido una noche dura y hay millones de cosas que solucionar, pero al final lo importante es que estamos juntos y que eso no va a cambiar. —Me besó en la frente—. Y tú te vienes a vivir conmigo. —Me quedé mirándole mientras asimilaba sus palabras—. La última parte no es una pregunta,

Brynne. Lo que ha pasado esta noche ha sido una verdadera locura y no podemos vivir en dos sitios diferentes.

—Dios, ¿qué voy a hacer contigo? —Reprimí un bostezo y me di cuenta de que la pastilla me estaba dejando grogui. Sabía que no sería capaz de continuar esa conversación durante mucho más tiempo. Se me pasó por la cabeza la idea de que quizá Ethan estuviese utilizando todo eso a su favor. Por eso Ethan era bueno al póquer.

—Estás muerta, y para ser sinceros yo también.

Volví a bostezar y le di la razón.

—Sí…, pero sigo sin saber qué decirte a lo que estás sugiriendo —le dije, mirándole a los ojos, que estaban a tan solo unos centímetros de los míos.

Me acurrucó sobre él para prepararnos para dormir y enterró la cara en mi cuello.

—Vas a dormirte ahora mismo y a pensar sobre el tema… y a confiar en mí… y a mudarte conmigo de manera oficial.

—¿Así de fácil? —pregunté.

—Sí, así de fácil. —Sus labios se deslizaron por mi nuca—. Es tal y como tienen que ser las cosas. —Sentí cómo me raspaba la piel con la barba a medida que apretaba—. Te quiero, nena. Ahora duérmete.

Que los fuertes brazos de Ethan me rodearan me producía una sensación maravillosa aunque pensaba que se le había ido la cabeza. Pero saber que haría algo así de drástico para protegerme, que me quería tanto, me hizo esbozar una pequeña sonrisa que me sentó *jodidamente bien*, por citar las palabras militares de mi amor.

Entonces me dormí a salvo en sus brazos.

Capítulo
2

Cuando salíamos a patrullar veíamos todo tipo de mierdas horribles. La democracia es algo que la mayoría de la gente en realidad nunca tiene la oportunidad de apreciar. Supongo que para gran parte del mundo eso es algo bueno, pero aun así les da que pensar a aquellos que ni siquiera saben lo que tienen en la vida. Lo que más me molestaba es la enorme pérdida de potencial. La gente reprimida y aterrada pierde todo su potencial, tal y como les gusta a los dictadores del tercer mundo.

Ya la habíamos visto pidiendo por las calles de Kabul antes, pero nunca con el niño. Los militares tenían prohibido interactuar con las mujeres afganas. Era demasiado peligroso, y no solo por las tropas, los hombres excitados son las criaturas *más predecibles y estúpidas del planeta. Buscan sexo y se meten en líos casi todo el tiempo. Tenía sentido asumir que era una prostituta. No es común en Kabul pero existen burdeles, aunque yo nunca he estado en uno. Sin embargo, algunos hombres corrieron el riesgo, así de estúpidos que son, pensando con la polla. Yo me apañaba con el porno y con algún polvo a escondidas con alguna «colega» del ejército cuando se podía hacer en secreto. Despertaba el interés de las mujeres del ejército y tenía bastantes ofertas. La discreción era la clave para tener sexo en la base. Las soldados tenían motivos para ser precavidas, pues los hombres las superaban ampliamente en número.*

El nombre de la mujer era Leyya y murió de forma inhumana. Los talibanes la ejecutaron en mitad de la plaza de la ciudad por sus delitos. El principal delito era trabajar para dar de comer a su hijo. Los gritos del niño nos alertaron. Tenía unos tres años y estaba sentado entre la sangre de su madre en medio de la calle. Más tarde me pregunté si alguien de esa ciudad lo habría recogido, o si le habrían dejado morir ahí junto al cuerpo ultrajado de su madre. En realidad no tenía sentido preguntárselo.

Me ponía enfermo dejarle ahí cuando habían descartado la posibilidad de una bomba suicida. Joder, tardaron siglos en darnos permiso. Fui yo quien salí a apartarle del cadáver. Fui corriendo y le cogí en brazos. Él no quería separarse de ella y agarró con fuerza el burka, arrastrándolo por la cara de su madre mientras le levantaba. Le habían rajado la garganta de oreja a oreja y tenía la cabeza casi colgando. Deseé con todas mis fuerzas que fuera lo bastante pequeño para no recordar a su madre así.

Tuve un presentimiento terrible casi de inmediato. Una sensación heladora me invadió mientras le sacaba de ahí corriendo. Y de repente dejó de llorar. Oí un silbido y entonces... sangre. Demasiada sangre para un niño tan pequeño. Un segundo más tarde todo se volvió un caos...

—Cariño, estás soñando —me dijo una voz con suavidad al oído. Me giré hacia la voz, tratando con dificultad de encontrarla. El sonido me calmó como nada antes lo había hecho. Quería esa voz. Y entonces de nuevo—: Ethan, cariño, estás soñando.

Abrí los ojos, cogí aire mientras la miraba y asimilé sus palabras.

—Ah, ¿sí?

—Sí, murmurabas y te movías de un lado a otro. —Me puso una mano en la nuca y me miró fijamente—. Te he despertado porque no quería que soñaras algo terrible.

—Joder, lo siento. ¿Te he despertado? —Seguía sintiéndome desorientado, pero estaba despejándome rápidamente.

—No pasa nada. Quería despertarte antes de que se volviera… peor. —Sonaba triste y sabía que intentaría que le hablara sobre este sueño como hizo la última vez.

—Lo siento —repetí. Me sentía avergonzado por molestarla otra vez con esta mierda.

—No tienes que disculparte por soñar, Ethan —dijo con firmeza—. Pero me encantaría que me contases de qué se trata.

—Oh, nena. —La acerqué más a mí y le acaricié la cabeza y el cabello con la mano. Posé los labios en su frente e inhalé. Solo respirar su aroma me ayudaba muchísimo, al igual que el tacto de su pecho contra mi acelerado corazón a medida que la sujetaba cerca de mí. Era real, estaba aquí, ahora. A salvo conmigo.

Estaba excitado. Excitado y empalmado contra su suave piel.

—Sigo sintiendo mucho haberte despertado —dije pegado a ella cuando mis labios encontraron los suyos. Adentré la lengua en su boca, hondo y con fuerza, decidido a conseguir más. En este momento solo me podía ayudar Brynne. Ella era la única cura.

Y lo *lamentaba,* pero esto ya me había sucedido antes con ella. Despertarme en mitad de la noche necesitando sexo para quitarme la hiperansiedad o lo que fuera que me hubiera sucedido esa noche en mis sueños.

—Todo está bien —me consoló con voz ronca contra mi boca.

Su respuesta me volvió loco. Casi todo lo que hacía me excitaba. Me gustaba ser controlador, pero me encantaba cuando Brynne me demostraba que era receptiva y que me deseaba del mismo modo que yo la deseaba a ella. De forma instintiva supe que le atraía. Era otro ejemplo de la gran comunicación que teníamos. Ojalá todos los aspectos de nuestra relación fueran así de fáciles. La parte del sexo la habíamos resuelto muy rápido, desde el principio. Sí, el sexo siempre había sido salvaje y maravilloso entre nosotros.

Le di la vuelta, la coloqué debajo de mí y le separé bien las piernas con las rodillas, abriéndola mientras agachaba la cabeza. Aparté las mantas y bajé los ojos a su precioso y receptivo cuerpo, en el que iba a estar enterrado muy hondo en cuestión de segundos. *Joder, gracias, Dios.*

—Bien, porque necesito follarte hasta que te corras diciendo mi nombre —afirmó de ese modo tan característico suyo—. Entonces voy a sacar la polla de tu precioso coño y voy a follarte tu bonita boca. Y a observar tus dulces labios envolverla y lamerla hasta que me dejes seco. —Sus ojos se encendieron y su torso escultural se movía mientras respiraba entrecortadamente a medida que se colocaba—. Sí, nena, voy a hacer todo eso.

Ethan y su sucia boca. Era una locura, pero esas palabras obscenas provocaban algo en mí.

Me excité por la expectación de lo que haría conmigo y gemí cuando embistió contra mí fuerte y hondo, llenándome tanto, acercándonos tanto, que mi mente volvió a pensar en lo que me había dicho antes. *Casémonos*. No era una pregunta, sino una orden que solo Ethan podría dar y salirse con la suya, tal y como había hecho tantas otras veces desde que nos conocimos.

Ethan tenía mis muñecas sujetas con una mano y me recorría el cuerpo con la otra mientras cabalgaba sobre mí con fuerza. Lo hacía a un ritmo frenético, casi enfadado. Sin embargo, sabía que no estaba enfadado conmigo. Luchaba contra su sueño. Necesitaba sacárselo de la cabeza. Entendí perfectamente lo que pasaba. No me importaba. Era una participante completamente entregada en esta forma de autodisciplina.

Me tenía abierta del todo y ahondaba en mi dulce sexo con su pene con una perfección tal que no tardé mucho en forcejear contra un orgasmo, sintiendo mis músculos contraerse listos para la explosión que me llevaría al paraíso en una supernova de calor y luz.

Me pellizcó el pezón, que estaba mucho más sensible de lo normal, y el dolor me cegó durante un instante. Grité cuando el clímax empezaba a recorrer mi cuerpo. Calmó la zona delicada con su lengua y dijo:

—¡Di mi nombre! Tengo que oírlo.

—¡Ethan, Ethan, Ethan! —coreé contra sus labios mientras él sumergía la lengua en mi boca y se tragaba mis palabras. Me estremecí y contraje los músculos internos alrededor de su sexo, inmovilizada y totalmente entregada. Y más satisfecha que nunca. Él tomaba el control de mi placer y nunca me soltaba. Pero él no había terminado. Recordaba lo que me había dicho antes.

Ethan gruñó un sonido muy primitivo y se separó de mí. Protesté por la pérdida pero agradecí que me tirara en la cama y sentir el calor de su pene llenando mi boca a medida que él reajustaba el lugar de penetración. Podía sentír el sabor de mi esencia mezclada con la suya y el erotismo fue enorme. Le agarré las caderas y le empujé más hondo hasta el final de mi garganta. Justo después de que mis labios acariciaran su sexo sentí salir la explosión de semen. Los sonidos que emitió eran carnales y extrañamente vulnerables para ser así de controlador. Siempre me sentía poderosa cuando Ethan se corría. *Lo conseguí.*

Él me estaba mirando, observándolo todo tal y como él quería, nuestros ojos conectados mucho más allá del acto físico.

—Oh, Dios —susurró mientras salía de mi boca y volvía a acercarse a mí para abrazarnos con fuerza. Me envolvió de nuevo, esta vez con cuidado, se deslizó dentro de mí hasta encajar a la perfección ambos cuerpos antes de que su erección desapareciera. Podía sentir los latidos de su corazón fundiéndose con los míos.

Me sujeté a él y dejé que siguiera. Me besó y me tocó durante un buen rato, con la necesidad de seguir dentro de mí más tiempo, diciéndome que me quería y haciéndome sentir amada. Entendía tanto a este hombre y su modo de pensar... Tanto... excepto por una cosa que quería saber de él y que desconocía por completo.

El pasado de Ethan seguía siendo un misterio para mí tal y como lo había sido siempre.

—Me encanta que me hayas traído aquí. —Volví a sentir que me invadía el sueño, y estaba decidida a hablar con él de sus pesadillas al día siguiente, pese a ser consciente de que no le gustaría, pero que le den, iba a hacerlo de cualquier modo. Me pregunté si él sentía lo que yo. Ethan tenía la asombrosa habilidad de predecir mis intenciones.

—Y a mí me encantas tú.

Me colocó entre sus brazos y me acarició el pelo. Inhalé su olor a clavo, sexo y colonia y me dejé llevar, sabiendo que estaba en los brazos del único hombre que había conseguido que me quedara ahí.

Al amanecer me desenredé con mucho cuidado del cuerpo que estaba envuelto en mí. Ethan tan solo suspiró en su almohada y se enrolló entre las mantas. Debía de estar agotado del estresante altercado de la Galería Nacional de anoche y de las tres horas posteriores al volante rumbo a la costa. Y no podía olvidar el tiempo dedicado al sexo una vez que llegamos aquí. O su pesadilla. Y el sexo de después. Su mirada y su naturaleza controladora fueron igual que cuando tuvo la pesadilla la otra vez. Yo sabía lo que me decía. La reacción no había sido tan extrema como la anterior, pero sentí que Ethan se había esforzado mucho en controlarse para no dejarse llevar tanto como la última vez. Mi pobre pequeño… Nunca se lo diría, pero me dolía verle herido; sobre todo porque no podía hacer nada al respecto, ya que él se negaba a compartirlo conmigo. Los hombres eran muy pero que muy frustrantes.

Me enjaboné la piel con fuerza con el gel de ducha y me apresuré para terminar, dispuesta a vestirme y salir de la habitación sin despertar a Ethan de su necesitado sueño.

Me metí el teléfono en el bolsillo de los vaqueros y salí de puntillas de la habitación, cerrando la puerta con cuidado al salir. Me quedé de pie y miré hacia el vestíbulo desde el ala en el que estaba situada nuestra habitación, en una esquina de la casa. Este lugar era increíble, una mezcla entre el Pemberley del señor Darcy y el Thornfield Hall del señor Rochester. No podía esperar a hacer un tour oficial, todavía fascinada con el hecho de que la hermana de Ethan y su marido fueran los dueños de este lugar.

Bajé la mitad de las escaleras y me paré en seco. En la pared estaba el cuadro más impresionante del mundo. Lleno de vida y sin duda de un artista que conocía bien. Un retrato pintado nada más y nada menos que por la mano de sir Tristan Mallerton estaba colgado en la pared de esta casa privada. *Guau. Esta familia está tan fuera de mi liga…*

Saqué el teléfono y llamé a Gaby.

—No te creerás lo que estoy mirando ahora mismo —le dije a un adormilado «dígame» que solo podía ser de mi compañera de piso aunque no desprendiera para nada la seguridad que le caracterizaba.

—¿Oh? ¿Qué puede ser? Y es un poco temprano, ¿no?

—Lo siento, Gab, pero no podía resistirme. Se te caería la baba si vieras esto…, oh…, un Mallerton de mitad de siglo a menos de treinta centímetros de mis ojos. Podría tocarlo si quisiera.

—Es mejor que no hagas eso, Bree. Cuenta —me ordenó, y ya sonaba más a ella misma.

—Bueno, debe de ser de unos tres por dos metros y es preciosísimo. Un retrato familiar de una mujer rubia, su marido, y sus dos hijos, un niño y una niña. Ella lleva puesto un vestido rosa y unas perlas que parecen de la colección de joyas de la realeza de la Torre de Londres. Él parece tan enamorado de su mujer. Dios, es precioso.

—Mmmm, ahora no lo ubico. ¿Puedes preguntar si te dejan hacerle una foto para verlo?

—Lo haré en cuanto conozca a alguien al que le pueda preguntar.

—¿Ves su firma?

—Claro. Es lo primero que busqué. Abajo a la derecha, T. Mallerton con esas mayúsculas tan distintivas suyas. Es sin lugar a dudas auténtico.

—Guau —soltó Gaby con voz neutra.

—¿Estás bien? Anoche fue una locura y no te volví a ver después de que saltara la alarma. No me encontraba muy bien y Ethan estaba estresadísimo por otras cosas que pasaron.

—¿Qué cosas?

—Hum, no sé muy bien todavía. Me llegó un mensaje muy raro a mi móvil antiguo y Ethan lo tenía con él. La persona que fuera mandó una locura de mensaje y la canción de…, eh…, ese vídeo que me hicieron.

—Mierda, ¿hablas en serio?

—Sí. Eso me temo. —Solo contarle eso hacía que se me revolviera un poco el estómago. No quería enfrentarme a eso ahora. Ignorar las cosas me había funcionado en el pasado y volvería a hacerlo ahora. Estaba segura.

—No me sorprende que Ethan estuviera estresado, Bree. ¿Por qué no lo estás tú?

—No lo sé. Solo prefiero creer que nadie va detrás de mí y que es solo una falsa alarma que desaparecerá cuando acaben las elecciones. Confía en mí, Ethan está a cargo de todo.

—Sí, bueno, está bien que alguien lo haga —refunfuñó. Decidí en ese momento que no iba a con-

tarle lo de la «propuesta» que me hizo Ethan la
noche anterior. Necesitaba un café antes de afron-
tar algo de esa magnitud. Mejor esperar antes
de contarle el ultimátum de Ethan de que tenía
que irme a vivir con él. Gaby no tendría ningún
problema en decirme lo que pensaba. Y en este
momento no necesitaba oír ninguna advertencia.

—Oye —le pregunté—, no me has contestado a mi pregunta. ¿Estás bien? Anoche fue un
caos. Sé que intercambiamos mensajes y que todo
estaba bien, pero aun así… —Silencio—. ¿Gabrielle? —la llamé otra vez, aumentando la intensidad
al utilizar su nombre completo.

—Estoy bien. —Su voz sonaba plana y sabía
que se estaba conteniendo.

—¿Dónde fuiste? Quería presentarte al primo de Ethan, pero eso nunca pasó, obviamente.

—Me distraje… y entonces saltó la alarma esa
y tuve que salir como todo el mundo. Esperé en
la calle durante un rato hasta que recibí tu mensaje. Una vez que supe que estabas a salvo encontré
un taxi y me fui a casa. Lo único que quería era una
ducha y meterme en la cama. Fue una noche muy
rara. —Sonaba más a como era ella, pero yo tenía
que preguntarme si me estaba poniendo alguna ex-

cusa—. Benny también llamó. Lo vio todo en las noticias y estaba preocupado por nosotras. Hablé con él durante un buen rato.

—Vale…, ya veo. —Gaby era muy cabezota y si no estaba de humor para hablar sobre algo, el teléfono no ayudaba mucho. Tenía que verla en persona.

—Pero quiero conocer al primo de Ethan y su casa llena de Mallertons algún día. A lo mejor lo puedes organizar —dijo en lo que parecía una ofrenda de paz.

—Sí, a lo mejor. Lo comentaré con Ethan.

En cuanto esas palabras salieron de mi boca me di cuenta de que ya no estaba sola. Me giré y vi la cara solemne de la niña más guapa del mundo, con unos ojos azules que me recordaban mucho a otro par que conocía bien.

—Lo he pillado, Gab. Te llamo luego y veo qué puedo hacer con lo de la foto del cuadro. Besos.

Colgué y me metí de nuevo el teléfono en el bolsillo. Mi compañera de carita seria seguía mirándome. Le sonreí. Me devolvió la sonrisa, con sus largos rizos enmarcando una cara que estaba segura de que algún día se convertiría en una gran belleza. Me moría de ganas de verla con Ethan.

—Soy Brynne. —Saqué la mano—. ¿Cómo te llamas? —pregunté, aunque lo sabía de sobra.

—Zara. —Me cogió la mano y apretó—. Sé quién eres. El tío Ethan te quiere y ahora bebe cerveza mexicana por ti. Le oí a mamá decirle eso a papá.

No pude evitar soltar una risita.

—Yo también sé quién eres, Zara. Ethan me dijo lo mucho que admira que lidies así de bien con tus hermanos.

—¿Te dijo eso?

—Ajá —afirmé mientras ella me miraba asombrada—. ¿Dónde vamos?

Zara no compartió esa información conmigo, pero le dejé que tirara de mí de todas formas, y fuimos serpenteando por habitaciones y pasillos hasta que vi las luces de una acogedora cocina y me invadió lo que era con total seguridad un olor maravilloso a café.

—Mamá, la tengo —anunció Zara mientras tiraba de mí hasta entrar en la cocina.

—Ah, ya lo veo, cariño —contestó una mujer morena muy guapa que solo podía ser la hermana de Ethan, Hannah. Esta me sonrió mientras respondía a su hija y esa expresión me recordó a Ethan durante un segundo. No había duda del parecido, pero ella se semejaba más a su padre, pensé, que Ethan. Hannah tenía el mismo pelo y la piel oscura, pero sus ojos no eran azules como los de Ethan. Tenía los ojos grises. Y era menuda mientras que Ethan era musculoso y alto. Resultaba interesante cómo la genética conseguía mezclar los genes según fueras hombre o mujer para crear combinaciones que tenían todo el sentido del mundo—. Bienvenida, Brynne. Es un placer conocerte —dijo, al tiempo que se echaba hacia delante y me analizaba rápidamente—. Hannah Greymont, madre de la pequeña secuestradora que está ahí y hermana mayor de un hombre que nunca imaginé que me pondría en esta situación. Me he dado cuenta de que sigue siendo una caja de sorpresas.

Me reí por lo que acababa de decir y me gustó su honestidad de inmediato mientras nos dábamos la mano de manera efusiva.

—Lo mismo digo, Hannah. Llevo mucho tiempo deseando hacer este viaje. Ethan habla con tanto cariño de ti. Conocí a vuestro padre. Es todo carisma, como seguro que sabes.

—Sí, la verdad es que sí. Ese es mi padre sin duda alguna. —Me señaló una taza de café y extendió la mano hacia la mesa donde estaban el azúcar y la leche—. E me contó lo mucho que te gusta el café. —Sonrió y le guiñó el ojo a Zara.

—Gracias. —Inhalé profundamente el delicioso aroma del café y le guiñé también el ojo a la niña—. Tu hija me ha dicho que ahora Ethan bebe cerveza mexicana por mi culpa.

Ella abrió la boca fingiendo estar enfadada con Zara.

—¡No me digas que ella…! —La niña se rio—. Mi hermano está prácticamente irreconocible, Brynne. ¿Cómo narices lo has hecho y dónde está, por cierto?

Le eché azúcar y leche al café.

—Bueno, puedo decir con toda la sinceridad del mundo que no tengo ni idea. Ethan…, ah…, está siempre tan concentrado… Salvo ahora. —Me reí—. Estaba destrozado y le dejé dormir. Entre el viaje de ayer y lo… rara que terminó la noche… —Miré a Zara, que estaba asimilando cada palabra de nuestra conversación, y pensé que cuanto menos dijera, mejor. Los oídos pequeños pueden ser muy grandes, y la verdad era que no les conocía, a pesar de lo encantadores que se mostraban conmigo.

—Sí, me lo contó cuando me llamó. —Se encogió de hombros y negó con la cabeza—. Está claro que hay mucho loco ahí fuera. Y sobre lo de la concentración de E, no es nada nuevo. Siempre ha sido así. Mandón, testarudo y un poco insufrible de niño.

Sonreí y me apoyé en la encimera que tenía enfrente, donde parecía que estaba haciendo pan. Así que Hannah era cocinera.

—La casa… es increíble. Justo acabo de hablar con mi compañera de piso sobre el Mallerton que está colgado en las escaleras.

—Has encontrado a sir Jeremy Greymont y a su Georgina, los antepasados de Freddy… Y estás en lo cierto, el artista es Mallerton.

Afirmé con la cabeza y le di un sorbo al café.

—Estudio restauración de arte en la Universidad de Londres.

—Lo sé. Ethan nos lo ha contado —Hannah hizo una pausa antes de añadir—. Para nuestra sorpresa.

Ladeé la cabeza de forma interrogante y acepté el desafío.

—¿Sorprendida de que os hablara de mí?

Asintió poco a poco con una ligera risita.

—Ah, sí. Mi hermano nunca me ha hablado de ninguna chica ni ha traído a alguien a mi casa un fin de semana. Todo esto es —hizo un gesto con las manos— muy *diferente* para Ethan.

—Mmmm, para mí también es muy diferente. Desde el momento en que le conocí fue muy difícil llevarle la contraria. —Di otro trago—. Imposible, en realidad.

Me sonrió.

—Bueno, me alegro por él, y me alegro de haberte conocido por fin, Brynne. ¿Siento que os quedan muchas cosas por vivir?

Hannah lo formuló como una pregunta y tenía que reconocer que era muy intuitiva, pero desde luego no iba a contarle la locura de pedida de matrimonio que Ethan me propuso la noche anterior. Ni de broma. Todavía necesitábamos una larga charla sobre esa idea. Así que me encogí de hombros.

—Ethan está muy… seguro de las cosas que quiere. Nunca ha tenido problemas en decírmelo. Creo que a mí me cuesta más escucharlas que a él decirlas. Tu hermano puede ser muy duro de pelar.

Se rio de mi afirmación.

—También lo sé. La palabra «sutileza» no está en su vocabulario.

—Ni que lo digas. —Mis ojos percibieron una foto en un estante del armario. Una madre con dos niños, un niño y una niña. Me pregunto si… Me acerqué más y miré durante largos segundos a quienes no tenía duda de que eran Ethan y Hannah con su joven y preciosa madre, sentados sobre un muro como si estuvieran casi posando, aunque lo más seguro es que fuera la magia de haber capturado el instante perfecto—. ¿Sois vosotros dos con vuestra madre?

—Sí —respondió Hannah con suavidad—. Justo antes de que falleciera.

El momento fue un poco extraño. Sentía mucha curiosidad mientras me impregnaba de la imagen de Ethan con cuatro años y de la mujer que le había dado la vida, pero no quería ser maleducada y traer tristes recuerdos. Aun así, la curiosidad impedía que apartara la mirada. La señora Blackstone era increíblemente hermosa, de una manera aristocrática, elegante pero con una sonrisa cálida. Llevaba el pelo recogido y un vestido muy elegante de color burdeos y unas botas altas negras.

Tenía un estilo increíble para la época. No quería dejar de mirar. En la foto Ethan estaba apoyado sobre ella, acurrucado en su brazo y con la mano en su regazo. Hannah estaba sentada al otro lado, con la cabeza inclinada hacia el hombro de su madre. Era un momento dulce y cariñoso congelado en el tiempo. Había muchas preguntas que quería hacer, pero no me atrevía. Eso me parecía inoportuno e indiscreto.

—Era muy guapa. Os parecéis mucho.

—Y la verdad era que Hannah se parecía a la mujer de la foto, pero a quien yo quería mirar era al pequeño Ethan, durante mucho, mucho tiempo. Su carita redondeada e inocente y su cuerpecito en esos pantalones cortos y jersey blanco me daban ganas de abrazarle.

—Gracias. Me gusta cuando la gente dice eso de mí. Nunca me canso de escucharlo.

—Los dos os parecéis a ella —dije, mirando todavía la fotografía; deseaba cogerla con la mano pero no quería arriesgarme a pedírselo.

—Nuestro padre nos dio una copia de la foto a cada uno. —Hannah me miró dubitativa—. ¿No la habías visto antes?

Negué con la cabeza.

—No, no está enmarcada en su casa. Tampoco la vi cuando fui a su oficina.

Sentí una punzada al mencionar su oficina; la última vez que puse un pie en ese lugar no terminó nada bien. Me enfadé y le dejé, reacia a escuchar nada de lo que tuviera que decirme. Incluido su «te quiero». Podía recordar la expresión de su cara herida fuera del ascensor cuando las puertas se cerraron. *Recuerdos dolorosos y desagradables*. Ethan no me había pedido que me pasara por ahí desde que habíamos vuelto y yo tampoco me había ofrecido. Era raro. Como si estar los dos en su oficina fuera una herida que todavía estaba abierta. Pero, bueno, quizá con el tiempo podríamos volver a sentirnos cómodos en las oficinas de Seguridad Internacional Blackstone, S. A.

—Mmm…, interesante…, me pregunto dónde la tendrá. —Hannah volvió a su pan y levantó un paño de un cuenco. Yo le di un sorbo al café y seguí estudiando la foto—. Ethan estuvo sin hablar casi un año después de su muerte. Un día de repente dejó de hablar. Creo que fue la conmoción de ver que ella no volvía…, y le llevó tiempo aceptarlo, incluso a pesar de ser un niño de tan solo cuatro años —dijo Hannah con suavidad mientras amasaba el pan.

Guau. Mi pobre Ethan. Me dolía solo escuchar esa historia. La tristeza de las palabras de Hannah era enorme y luché para no decir nada que sonara estúpido. Ojalá supiera de qué había muerto su madre.

—No puedo ni imaginarme lo duro que debió de ser para todos vosotros. Ethan habla con tanto cariño de ti y de tu padre. Me contó que cuando vuestra madre falleció os unisteis más y os apoyasteis mucho.

Hannah asintió mientras seguía amasando.

—Sí, así fue, es verdad. —Dio un golpe a la bola de masa y cubrió el cuenco con el trapo de nuevo para dejarlo crecer—. Creo que al fin y al cabo ayudó que fuera así de repentino. No fue una larga enfermedad o tristes angustias sobre algo que no se puede cambiar, y con el tiempo Ethan volvió a hablar. Nuestra abuela fue maravillosa. —Sonrió con tristeza a Zara—. Falleció hace seis años.

No sabía qué decir, por lo que me quedé en silencio y le di un sorbo al café, esperando que me contara más sobre la historia familiar.

—Accidente de coche. De madrugada. Mi madre y mi tía Rebecca regresaban a casa del funeral de su abuelo. —Hannah se volvió hacia Zara, que se había bajado de su silla y estaba saliendo de la cocina—. No despiertes al tío Ethan, cariño. Está muy cansado.

—No lo haré —le contestó Zara a la vez que me miraba y se despedía de mí con la manita. Se me derritió el corazón mientras me despedía y me guiñaba un ojo.

—Tienes una niña encantadora. Es tan independiente. Me encanta.

—Gracias. A veces es un poco difícil, y es más curiosa de lo que resulta recomendable. Sé que tratará de sacar a Ethan de la cama para conseguir sus chucherías.

Me reí con la imagen de esa escena. Ojalá pudiera verlo.

—Y tienes dos hijos más, dos niños, he oído. No sé cómo te las apañas con todo.

Sonrió, como si pensar en sus hijos le despertara sensaciones bonitas. Me daba cuenta de que Hannah era una gran madre y la admiraba por eso.

—Tengo mucha suerte de tener a mi marido y disfruto de contar con huéspedes aquí. Conocemos a gente muy interesante. A algunos nos encantaría no volver a verles nunca, pero en general está muy bien —dijo bromeando—. Y a veces no sé cómo me las apañaría sin Freddy. Se ha llevado a los niños como voluntarios a un desayuno benéfico con los boy scouts. Vendrán en un ratito y conocerás al resto del clan.

—¿No tenéis más huéspedes?

—Este fin de semana no. Mi hermano y tú. Por cierto, ¿qué puedo ofrecerte para desayunar?

Me acerqué más y miré el pan.

—Oh, por ahora estoy bien con el café. Esperaré a Ethan. Hasta entonces, ¿puedo echarte una mano con el pan? Me encanta hornear. Me servirá como terapia después de la locura de anoche.

Sonrió y se apartó un mechón de pelo de la cara con la muñeca.

—Estás contratada, Brynne. Los delantales se encuentran detrás de la puerta de la despensa y quiero oírlo todo sobre la locura de anoche.

—Eso está hecho —dije mientras iba a por el delantal.

—No soy estúpida. He aprendido con los años que la ayuda es siempre buena. —Me miró con sus dulces ojos grises—. No me lo preguntes dos veces.

Capítulo
3

No sé qué me hizo abrir los ojos. Creo que fue el ligero olor a mermelada, pero en cualquier caso ahora entiendo por qué las películas de terror en las que salen niños son, sin lugar a dudas, las más terroríficas de todas. No hay nada como un niño en silencio observándote mientras duermes o, incluso peor, despertándote.

Me vienen un montón de preguntas a la cabeza, como: ¿cuánto tiempo llevas ahí mirándome como una de las gemelas malditas de *El resplandor*?

Me aterró durante unos dos segundos.

Y después sonrió.

—¡El tío Ethan está despierto! —gritó con todas sus fuerzas al tiempo que corría hacia la puerta, que dejó abierta de par en par.

—¡Zara! Cierra la puerta, por favor. —Me senté detenidamente, consciente de que estaba desnudo
y con cuidado de seguir bien tapado con las sábanas.
Además estaba solo en la cama, así que me incliné
y miré hacia el baño para tratar de ver a Brynne.

Pero ella no estaba ahí.

—Está abajo hablando con mami. Están tomando café. —Zara asomó la cabeza de nuevo.

—¿Sí? —dije, preguntándome por qué narices
había dormido como un tronco y cuánto tiempo
llevaría mi sobrina merodeando a mi alrededor.
¿Nivel de escalofrío? Doce de diez.

Zara asintió de manera contundente.

—Bajó hace siglos.

—¿Qué opinas de ella?

Ignoró mi pregunta e inclinó la cabeza hacia mí.

—¿Te has casado, tío Ethan?

Estoy seguro de que mis ojos se salieron de
sus órbitas, porque Zara me miró fijamente mientras esperaba una respuesta.

—Hum…, no. Brynne es mi novia.

—Mamá y papá están casados.

—Sí, lo están. Yo estuve en la boda. —Sonreí
y deseé poder salir de la cama y alcanzar algo de
ropa, pero me tenía bien atrapado.

—¿Por qué duermes desnudo?

—Perdona, Zara, necesito vestirme.

—Papá no duerme desnudo como tú. Brynne es simpática. ¿Me llevarás a tomar un helado con *Rags?* Le encanta el helado y yo dejo que lo lama y mamá dice que eso es un asco, pero yo le dejo de todos modos. Mami me dijo que no subiera aquí, pero me cansé de esperar a que te despertaras. Eres el único que aún duerme.

Increíble. Una niña de cinco años me tenía preso en la cama y lo único que podía hacer era escuchar, fascinado por su letanía de observaciones, opiniones y peticiones, mientras rezaba para encontrar un modo de escapar. Me dirigió una mirada indignada con la última frase. Una que parecía decir: *¿Qué demonios te pasa, tío Ethan?* Y de verdad, estaba de acuerdo con su lógica de cinco años. Me pasaban un montón de cosas.

—Vale, te diré una cosa, señorita Zara. Veré qué puedo hacer con lo de ir a por el helado con *Rags* si sales de la habitación para que pueda levantarme y vestirme. —Le brindé mi mejor movimiento de cejas—. ¿Trato hecho?

—¿Y qué pasa con mamá? —soltó sin cambiar en absoluto de expresión. Esta niña podría jugar al póquer con los grandes algún día, no me cabía la menor duda. Mi sobrina era magnífica.

—Si mamá no sabe nada acerca de lo de los helados, no le hará daño. Ese es mi lema. —Me pregunté cuánto tiempo pasaría hasta que esa frase se volviera en mi contra. Probablemente lo que tardase en llegar al piso de abajo, pero ¡qué narices! Si servía para conseguir un poco de privacidad inmediata…

—Trato hecho. —Me miró fijamente antes de ir hacia la puerta y volverse con sus ojos azules clavados en mí con un mensaje: *Será mejor que muevas el culo enseguida o volveré a por ti.*

—Bajaré de inmediato —insistí a la vez que le guiñaba un ojo.

Esperé un largo minuto a levantarme después de que se fuese. Utilicé una almohada para cubrir mis partes y pegué una carrerilla, y antes de entrar en la ducha cerré el pestillo del baño. Lo último que necesitaba era que me pillara una niña con todo al aire. Así que Brynne estaba abajo hablando con Hannah… Me pregunté qué estarían diciendo de mí y me apresuré.

La ducha me sentó bien. El agua caliente ayudó a limpiar las telarañas de mi cabeza. *Joder con el sueño de anoche.* El hecho de que hubiese tenido otra pesadilla con Brynne al lado me cabreaba de verdad. Y aunque me aliviaba que no fuese tan mala como la última, aún odiaba levantar mierda de la que no necesitaba preocuparme ahora. Ella quería hablar de ello otra vez... *No estoy preparado.*

Me froté el pene con la mano al lavarme, recordando lo que le había hecho a Brynne tras mi pesadilla. Ella aceptaba todo lo que estuviese dispuesto a darle en lo que a sexo se refería, sin protestar, sin quejarse, dispuesta y generosa con su cuerpo en todo momento, ayudándome a salir del terror. *Lo hace porque te ama.* Tuve que preguntarme si su reacción tendría algo que ver con su pasado, con las cosas que me contó acerca de su violación y cómo se había sentido cuando era más joven. Brynne parecía tan segura de sí misma casi todo el tiempo que era duro imaginarla sintiéndose frágil y vulnerable. Mi postura era sencilla, de verdad. No me importaba su pasado. No cambiaba nada lo que sentía por ella. Ella era la única, la persona con la que necesitaba estar. Ahora solo quedaba convencerla de ello. *Y lo haré... porque la quiero.* Agarré una toalla de felpa para secarme según salí de la ducha.

Sonreí al espejo mientras me recortaba la barba. La cara que me puso cuando le dije que deberíamos casarnos no tenía precio. Debería haber utilizado mi móvil y haber grabado un vídeo. Mi sonrisa se convirtió en preocupación al pensar en el vídeo que le mandaron anoche. Me recordó que debía llamar a Neil en algún momento del día. Quería detalles del hijo de puta que estaba jugando con ella. No lo haría durante mucho tiempo más, eso podía jurarlo.

Volver a pensar en la noche anterior rozaba lo doloroso. Cientos de imágenes cruzaban mi mente. El vestido morado de Brynne, el colgante que le regalé alrededor de su cuello, los perturbadores mensajes de texto y el vídeo, la amenaza de bomba, cómo la busqué presa del pánico, y luego ella vomitando a un lado de la carretera. ¡Dios! Todo fue una absoluta locura. Necesitábamos un poco de paz y algo de descanso. Estaba decidido a concedernos eso este fin de semana aunque me fuese la vida en ello.

Me sentí culpable de inmediato por ser tan exigente con ella en la cama anoche. No había mucha paz y descanso para mi chica conmigo al lado. Recordé la desesperación por estar dentro de ella otra vez… tras ese sueño. *¡Joder!* Agradecía haber estado menos alterado que la última vez, pero aun así me preocupaba que fuese demasiado para ella. Que *yo* fuese demasiado.

Pensándolo de nuevo, Brynne no parecía estar molesta ni siquiera después de que le hablara de mis planes de hacer público nuestro compromiso. Me dijo que estaba loco, eso es cierto, pero no estaba enfadada conmigo de ningún modo, al menos que yo supiera. De hecho siguió cuidándome *después* de eso, cuando me desperté destrozado de otro sueño retorcido que mezclaba todo lo malo de Afganistán con mi preocupación por ella. *Una-jodida-mierda.* Ella había dicho que me despertó porque no quería que mi pesadilla fuera a más. ¿Y qué hice con mi dulce chica para agradecérselo?

Me la follé de nuevo.

La poseí con fuerza y ella aceptó todo lo que hice, me aceptó a mí. Dijo que no pasaba nada. *Sí, de acuerdo, me quiere.*

Era muy consciente de que el tacto de Brynne me calmaba como nada lo había hecho antes. Ella era el único salvavidas al que me quería agarrar cuando me encontraba en ese estado.

Solo recordar cómo terminó nuestra sesión hizo que mi sangre bombease y mi mente volara. Fui a buscar ropa y me di cuenta de que ahora pensaba demasiado en el sexo. Buscar una distracción sería una buena idea sin duda. Por ahora. Cuando la tuviese de nuevo a solas, bueno, entonces todas las apuestas apuntaban a que no sería capaz de tener las manos quietas. Altamente improbable. Era tan solo otra prueba de lo bien que funcionábamos juntos y de por qué iba a llegar hasta el final con mi chica americana. Nunca había necesitado a nadie del modo en que la necesitaba a ella.

En el plan de hoy figuraba un largo entrenamiento, lo había decidido. Pasar un poco de tiempo haciendo cosas normales con Brynne y mi familia, alejado del trabajo y los demás problemas, sería un agradable cambio. También quería que Brynne se lo pasara bien aquí. Tal vez le apeteciese ir a correr por el paseo marítimo. Esperaba que se encontrara bien esta mañana. Me puse unos pantalones de deporte y unas zapatillas y agarré mi móvil.

Decidí contactar con Neil antes de bajar. Llamarle me aliviaría la mente. A veces hablar de un caso era catártico.

—Qué tarde te has levantado hoy, jefe —anunció Neil tras sonar la primera señal.

Le gruñí.

—A lo mejor llevo despierto horas, ¿cómo lo puedes saber?

—Es poco probable. Me sorprende que no llamases nada más llegar anoche.

—Tal vez lo hubiera hecho… si no hubiese estado tan cansado de un largo viaje y de un sueño poco reparador —le contesté—. Ah, y Brynne se puso mala y tuvimos que parar a un lado de la carretera para que vomitara.

—¡Jesús! Qué desagradable.

—Estoy de acuerdo. Toda la noche fue bastante desagradable.

—¿Qué le ocurre?

—No sé. Un virus estomacal o algo así. Ya se encontraba mal en la galería.

—No supondrás que alguien envenenó su comida o su copa, ¿verdad?

Consideré la idea, aunque me enfureciera.

—No puedo descartarlo por completo. Hay que investigar a Paul Langley. Tiene su número antiguo de móvil y estaba en la galería, pero ahora la llama al número nuevo. Por otro lado, le ofreció un vaso de agua. —Quería tener a ese gilipollas a solas en una habitación. Podría descubrir toda clase de cosas, estoy seguro. Procuré centrarme en mi conversación con Neil—. El tema es que la persona que mandó el mensaje se encontraba allí. Tal vez no en el evento, pero estaba viéndome fumarme un cigarrillo. Y la alarma saltó justo un segundo o dos después de que enviaran el vídeo con la música.

—Langley estaba limpio cuando le investigaste anteriormente.

—No me lo recuerdes, por favor. —Si ese hijo de puta estaba involucrado, juro que sería hombre muerto. Brynne y yo necesitábamos hablar sobre su historia con Langley, una idea que me resultaba más desagradable que el desastre de la noche anterior—. Tan solo mira qué puedes averiguar. ¿Ha habido suerte con la localización de la llamada al móvil de Brynne? —Había dejado la investigación en manos de Neil, dispuesto a pasar un fin de semana sin dedicarlo a su caso o a mi trabajo.

—Alguna. La llamada fue hecha desde Reino Unido. Es probable que el que llamó a su móvil te observase en directo y no a través de una webcam desde Estados Unidos. ¿Piensas en esa posibilidad?

—Joder. —Un cigarro resultaba muy tentador ahora mismo—. Es poco probable, pero podría ser. Bueno, no es Oakley entonces, está en servicio activo en Irak. Merodear por Londres le sería complicado cuando está esquivando misiles en el desierto. Tampoco es Montrose, porque está disfrutando de una bien merecida siesta eterna. Así que eso nos lleva al tercer hombre del vídeo. Ese mamón es el siguiente en mi lista. Aún no tenemos nada de él. Su expediente está accesible en el Q drive. Todo lo que importa sobre él se encuentra ahí. ¿Puedes indagar un poco? ¿Averiguar qué hace últimamente? Asegurarte de que no está usando su pasaporte. Hum…, su nombre es Fielding. Justin Fielding, veintiséis años, vive en Los Ángeles, si la memoria no me falla. Quiero saber si también asistió al funeral de Montrose. Apuesto a que se esfumó.

—Yo me ocupo, E —concluyó Neil—. Disfruta de tu fin de semana e intenta olvidar toda esta mierda durante unos días. Yo me ocupo. Ahora mismo la tienes a salvo y fuera del punto de mira. No va a pasar nada en Somerset.

—Gracias. Te lo agradezco. Ah, una cosa, ¿puedes dar de comer a *Simba?*

—No le gusto —dijo Neil con tono seco.

—Yo tampoco, pero le gusta que le alimenten. Y si no lo haces empezará a comerse a sus compañeros de pecera.

—De acuerdo. Alimentaré a tu arisco y venenoso pez.

—No tienes que hacerle mimos, tan solo lanzarle algo de krill.

—Es más fácil decirlo que hacerlo. Esa criatura tiene una parte piraña, estoy seguro.

Reí ante esa imagen.

—Gracias, valiente soldado, por adentrarte en la batalla por mí dando de comer a mi pez.

—De nada.

—Vigila el fuerte por nosotros, y ya sabes dónde encontrarme. Estaremos de vuelta en la ciudad el lunes por la noche.

Terminé la llamada y salí de la habitación, ansioso por ver a Brynne. Era el momento de enfrentarme a mi chica y ver en qué lío me había metido por mi mal comportamiento de anoche. Aunque no estaba realmente preocupado. *Mi chica me quiere y sé cómo darle lo que necesita...*

Me reí ante mis engreídos pensamientos, abrí la puerta del dormitorio y por poco me choqué con mi sobrina.

Zara estaba sentada en el suelo, con la espalda contra la pared, esperándome al parecer. Tras mi sorpresa me agaché para ponerme a su nivel.

—Por fin has salido —dijo indignada.

—Perdona, tenía que hacer una llamada, pero ya he terminado.

Me miró esperanzada.

—¿Podemos ir a tomar el helado ahora? Dijiste que iríamos.

—Aún es por la mañana. Los helados son para la tarde.

Arrugó su monísima nariz en respuesta. Supongo que no compartía esa visión pragmática.

Me señalé la mejilla.

—No he recibido aún unos bonitos buenos días de mi princesa favorita. —Se alzó, me rodeó el cuello con sus pequeños brazos y me besó en la mejilla—. Eso está mejor —dije—. ¿Te gustaría dar una vuelta? —pregunté señalándome la espalda.

—¡Sí! —Su expresión se iluminó.

—Bueno, pues sube a bordo entonces —le respondí.

Se subió y colocó los brazos alrededor de mi cuello mientras yo sujetaba sus pequeñas piernas enganchadas bajo mis brazos. Gruñí, fingiendo que me costaba ponerme en pie. Choqué contra la pared con movimientos exagerados, con cuidado de que no se golpeara la cabeza.

—Dios, pesas mucho. Has estado comiendo muchos helados, ¿verdad?

Rio y golpeó sus talones a cada lado.

—¡Vamos, tío Ethan!

—Lo intento —gruñí, al tiempo que continuaba chocando contra las paredes y tropezando—. ¡Parece que tenga un elefante en la espalda!

—¡No! —exclamó riendo ante mis payasadas, y golpeó más fuerte—. ¡Ve más rápido!

—Sujétate bien —contesté, y salimos vitoreando y gritando todo el camino hacia la escalera que llevaba a la zona familiar.

Mi hermana y Brynne estaban esperándonos cuando aparecimos en la hogareña cocina. Estoy seguro de que todas las risas y chillidos precedieron nuestra llegada, pero lo que me dio energía fue la mirada de Brynne. Tenía los ojos como platos, probablemente sorprendida de verme jugar así.

—Hola Han —dije, adelantándome a besarla en la mejilla, con Zara aún colgada a mi espalda y agarrada a mi cuello.

—E. —Me abrazó y su pequeño cuerpo me llegaba justo debajo de la barbilla, tan reconfortante como lo había sido siempre. Como había perdido a mi madre tan pequeño, había tenido que sustituirla por mi hermana mayor en algunos sentidos. Ella siempre se comportaba como mi madre de todos modos y amoldamos nuestra relación de la única manera que supimos. Miré a Brynne y le guiñé un ojo. Zara rio y botó como si quisiera que su «caballito» siguiese adelante—. Zara, ¿despertaste al tío Ethan? —le preguntó Hannah con el ceño fruncido. Noté cómo la niña sacudía con fuerza la cabeza sin parar y tuve que contener la risa incriminatoria que amenazaba con aparecer en mi rostro.

—Abrió los ojos él solo, mami —dijo.

Brynne se echó a reír.

—Eso ha debido de ser interesante, qué pena habérmelo perdido.

—Zara —la reprendió Hannah con suavidad—, te pedí que le dejaras dormir.

—No importa —le dije a mi hermana—. No me ha quitado más que un año o dos de vida, estoy seguro —bromeé—. ¿Recuerdas a esas niñas en *El resplandor?* —Hannah rio y me dio un golpe en el hombro. Me giré hacia Brynne—. Buenos días, nena. Parece que tengo un monito en mi espalda.

—Me gustaba ser juguetón por una vez.

—Oh, lo siento, pero no nos conocemos. Me pregunto si tal vez ha visto a mi novio por aquí. Su nombre es Ethan Blackstone. Un tipo muy serio, rara vez sonríe y desde luego no da vueltas por casas rurales gritando y golpeándose contra las paredes con pequeños monos en la espalda. —Le hizo cosquillas a Zara en la oreja, que rio un poco más.

—No. Ese tipo no está por aquí. Le dejamos en Londres.

Me extendió la mano.

—Soy Brynne, encantada de conocerle —dijo con gesto serio.

Hannah resopló tras de mí y arrancó a Zara de mi espalda mientras yo tomaba la mano que Brynne me ofrecía y la llevaba hasta mis labios para besarla. Me fijé en su cara y vi cómo se le iluminaban los ojos; luego sonrió y frunció los labios. Esos labios. Hacía cosas maravillosas con esos labios… *Mía*.

Hannah me dio unos golpecitos en el hombro.

—Te pareces a mi hermano, y tu voz suena igual, pero definitivamente no eres él. —Me ofreció su mano—. Hannah Greymont. ¿Quién es usted?

Reí y puse los ojos en blanco.

—«Tienes que divertirte un poco, E. Sal más y conoce a gente. Relájate y disfruta un poco de la vida» —dije imitando las palabras que había oído a mi hermana en más de una ocasión.

—No me malinterpretes, me gusta verte cabalgando y riendo así. —Hannah hizo una pausa y me señaló—. Tan solo dame un minuto para que me haga a la idea.

—Te acostumbrarás —le contesté mientras rodeaba a Brynne con un brazo y le besaba en la sien, perfumada por la esencia floral de su champú. Siempre olía de maravilla—. ¿Cómo te encuentras esta mañana?

—Me siento genial —respondió sacudiendo la cabeza—. No sé qué fue lo de anoche, pero hoy me encuentro perfectamente. —Bebió de su taza—. Hannah hace un café delicioso.

—Sí que está bueno —contesté, y me serví un poco—. ¿Has comido algo?

—No, te estaba esperando. —Sus ojos parecían más marrones que nunca. Y tenía una mirada que me decía que quería discutir algo. Me parecía bien. Teníamos mucho de que hablar. Debía convencerla de algo. *Vamos*.

—No tenías que esperarme…, pero se me ocurre una idea, si estás interesada —dije mientras volvía a su lado con mi taza de café, de la que emanaba un delicioso aroma.

—¿Y qué idea es esa, extraño-hombre-que-se-parece-a-mi-novio-pero-que-no-puede-ser-él?

Me provocaba de una manera que me hacía desear lanzarla sobre mi hombro y regresar a nuestro dormitorio.

—Qué graciosas están las señoritas esta mañana —dije, mirando a cada una de ellas, incluida la de cinco años—. ¿Dónde están los demás hombres? Estoy en inferioridad de condiciones.

—Cosas de los scouts. Volverán después de comer —explicó Hannah.

—Ah, ya veo. —Miré de nuevo a Brynne—. ¿Te apetece correr por el paseo marítimo? Es realmente bonito y hay un café donde podemos tomar algo después.

Toda su cara se convirtió en algo indescriptible, una mezcla entre belleza y felicidad.

—Suena perfecto. Iré a cambiarme deprisa. —Se dio la vuelta y salió de la cocina con una risita. Adoraba cuando era feliz, y especialmente cuando era por algo que yo hacía.

—Quiero ir —pidió Zara.

—Oh, princesa, vamos a correr muy lejos como para que vengas con nosotros hoy. —Me agaché hasta su cara otra vez.

—Me prometiste que podríamos llevarnos a *Rags* y comprar... —Zara no parecía muy contenta con su tío Ethan. En absoluto. Eso también provocaba cosas raras en mi interior. Las niñas descontentas son la leche de aterradoras. Las niñas grandes también, en realidad.

—Lo sé —la interrumpí, y miré a Hannah, que puso los ojos en blanco y cruzó los brazos—. Vamos a ir por la tarde. Recuerda lo que dije... —le susurré al oído—. Los helados son para la tarde, princesa. Mami nos está observando. Será mejor que vayas a jugar con tus muñecas o sospechará.

—Vale —me respondió susurrando alto—. No le diré que nos vas a llevar a mí y a *Rags* a por un helado esta tarde.

Reí bajito y la besé en la frente.

—Buena chica. —Me sentí bastante orgulloso de haber manejado ese pequeño problema tan bien. Zara me dijo adiós con la mano cuando se fue a jugar y yo le guiñé un ojo. Me apoyé sobre los talones y alcé la vista hacia el gesto de burla de mi hermana.

—Me cuesta reconocerte, Ethan. Te gusta mucho, ¿verdad?

Me puse de pie y volví a mi taza de café, dando un trago antes de contestar a ese comentario.

—Solo iremos a por un helado, Han.

—No hablo de comprarle chucherías a Zara a hurtadillas, y lo sabes.

La miré fijamente y le respondí.

—Sí, me gusta muchísimo.

Hannah me sonrió con dulzura.

—Me alegro por ti, E. Dios, estoy encantada de verte así. Feliz…, eres feliz con ella. —Los ojos de mi hermana se humedecieron.

—Eh, ¿qué ocurre? —La abracé.

Ella me abrazó fuerte.

—Son lágrimas de alegría. Te lo mereces, E. Ojalá mamá estuviese aquí para verte así… —Sus palabras se fueron apagando y era evidente que estaba emocionada.

Miré la fotografía que reposaba en el estante, una en la que estábamos los tres juntos, Hannah, mamá y yo sentados en el muro de casa de mis abuelos.

—Y lo está —dije.

Capítulo
4

Ethan me guio a lo largo de la costa por un sendero escarpado que dominaba el mar de la bahía de Bristol, con su centelleante agua azul titilando en un millón de fragmentos brillantes a causa del viento. Lo seguimos durante un buen rato hasta que el camino viró hacia el interior. El sol brillaba y el aire era fresco. Se podría pensar que el esfuerzo físico despejaría mis dispersos pensamientos y los pondría en orden, pero no hubo suerte. No. Mi cabeza simplemente continuaba dando vueltas. *¿Comprometernos? ¿Irnos a vivir juntos? ¿¡Matrimonio!?* Necesitaba organizar una cita con la doctora Roswell para cuando regresáramos a Londres.

Mientras observaba a Ethan delante de mí, el modo en que se movía, su agilidad natural y su sigilo, sus músculos definidos impulsando su cuerpo hacia delante, al menos apreciaba también esas vistas. *Mi chico, mis vistas.* Sí, el paisaje *y* mi hombre estaban muy bien.

Lo cierto es que me encantaba estar ahí y estaba contenta de que me hubiera llevado, a pesar del rumbo que había tomado nuestra conversación de la noche anterior. Ethan había bajado esta mañana alegre y cariñoso, como si no hubiéramos discutido algo importante. En realidad me molestaba mucho que él pudiera soltar algo como lo de casarse sin más, ¡ni que fuera tan sencillo como sacarse el carné de conducir!

Sin embargo, me gustaba que saliera a correr conmigo. Si no llovía, salíamos a correr por las mañanas en la ciudad cuando me quedaba a dormir en su casa. Ethan mantenía un ritmo competitivo y yo esperaba que él no me tratara con mano suave solo porque podía hacerlo.

El sendero serpenteaba junto al litoral e iba descendiendo hacia la costa y la playa que se extendía debajo, hasta que al final llegamos a un cabo pedregoso. Ethan se giró y me dirigió una sonrisa de modelo de portada, algo que me afectaba cada vez que lo hacía. Tenía una sonrisa espléndida que hacía que me derritiera. Eso significaba que él era feliz.

—¿Tienes hambre? —me preguntó mientras me detenía.

—Sí que tengo. ¿Adónde vamos?

Señaló un diminuto edificio con forma de mirador situado en lo alto de las rocas.

—El Ave Marina. Dan unos desayunos geniales en ese pequeño lugar.

—Suena muy bien.

Puso mi mano en la suya y la llevó hasta sus labios, besándola con rapidez.

Yo le sonreí y observé su precioso rostro. Ethan era un regalo para los ojos, pero me resultaba curioso que él pareciera no pensar mucho en ello. Quería saber más sobre esa mujer de la noche anterior, Priscilla. Sé que se había acostado con ella en algún momento del pasado; se limitó a decir: «Salimos una vez juntos». No había que ser un genio para saber que había aceptado libremente tener sexo con ella. En el bar no paró de ponerle las zarpas encima. No me gustaba nada su mirada. Demasiado depredadora. Paul no obstante parecía interesado. Los vi juntos fuera, en la acera, después de que evacuaran la Nacional.

—¿En qué estás pensando, nena? —preguntó Ethan dándome un golpecito en la punta de la nariz—. Puedo ver moverse el engranaje ahí debajo. —Me besó en la frente.

—En muchas cosas.

—¿Quieres que hablemos de ello?

—Creo que deberíamos —dije asintiendo—. Creo que no tenemos opción, Ethan.

—Sí —respondió, al tiempo que sus ojos perdían el brillo de felicidad que habían tenido hasta ese momento.

La camarera pelirroja le miró de arriba abajo mientras nos sentaba junto a la ventana, algo a lo que me había habituado cuando salía con Ethan. Las chicas no disimulaban demasiado su interés. Yo siempre me quedaba pensando en cómo actuarían otras chicas o qué le dirían si yo no estuviera presente. ¡Ja! «Este es mi número, por si quieres venir a mi casa y tener un poco de sexo rápido y sucio. Haré todo lo que quieras». Argh.

Esperó hasta que ella se marchó y entonces fue directo al grano.

—Bueno…, volviendo a nuestra conversación de anoche. ¿Te sientes más receptiva a la idea?

Bebí primero un poco de agua.

—Creo que todavía estoy conmocionada por el hecho de que quieras… —vacilé.

—No tienes por qué tener miedo a pronunciar las palabras, Brynne —dijo mordaz, sin parecer ya tan feliz conmigo.

—Bien. No me puedo creer que quieras «casarte» conmigo —contesté marcando el gesto de las comillas y observando cómo se le contraía la mandíbula.

—¿Por qué te sorprende?

—Es demasiado pronto y apenas hemos empezado a salir juntos, Ethan. ¿No podemos seguir tal y como estamos?

Su gesto se endureció.

—Seguimos estando como estábamos. No sé adónde te crees que estamos yendo, pero te puedo asegurar que será a un lugar en el que estaremos juntos —contestó entornando los ojos, que brillaron un poco—. *Todo o nada*, Brynne, ¿o es que ya lo has olvidado? Anoche dijiste que querías lo mismo.

Juraría que estaba más que un poco frustrado conmigo.

—No lo he olvidado —susurré, y hojeé la carta que tenía frente a mí.

—Bien.

Él cogió la suya y no dijo nada durante un minuto o dos. La camarera al final regresó y anotó la comanda de nuestros desayunos de una forma bastante desagradable, tonteando con Ethan a lo largo de todo el tortuoso proceso.

Fruncí el ceño en cuanto se giró y se marchó con paso tranquilo.

Ethan continuaba mirándome, sin pestañear, mientras hablaba.

—¿Cuándo vas a entender que no me importan las mujeres como esa camarera ni cómo intentaba flirtear conmigo mientras tú estás aquí sentada? Ha sido de muy mal gusto y lo detesto. Cosas así me han pasado durante toda mi vida adulta y puedo asegurarte con sinceridad que es terriblemente molesto —dijo mientras alargaba la mano por encima de la mesa y me cogía la mía—. Yo ahora quiero que solo una mujer flirtee conmigo, y tú sabes quién es esa mujer.

—Pero ¿cómo puedes estar tan seguro de algo tan importante como el matrimonio? —pregunté retomando nuestro tema.

Empezó a rozar su pulgar sobre la palma de mi mano, en un gesto que iba más allá de lo sensual.

—He decidido lo que quiero contigo, nena, y no voy a cambiar de opinión.

—Lo sabes. Sabes que jamás cambiarás de opinión sobre mí o sobre querer estar conmigo —pronuncié esas palabras con un tono ligeramente socarrón, pero eran cuestiones que le planteaba de verdad. Dios, si me lo estaba proponiendo, entonces yo tenía que escuchar el *porqué* de las cosas—. No tengo ningún buen ejemplo en el que inspirarme. El matrimonio de mis padres era una farsa.

—*No* cambiaré de opinión, Brynne —dijo entornando los ojos, en los que pude atisbar algo de dolor—. Tú eres todo lo que quiero y necesito. Estoy seguro de eso. Solo deseo hacerlo oficial ante el mundo de forma que pueda protegerte de la mejor manera que sé. La gente se casa por mucho menos. —Bajó la mirada a nuestras manos y volvió a alzarla hacia mí—. *Te quiero.*

Mi corazón se derritió ante la explosión de intensidad que provenía de él y me sentí de nuevo una verdadera bruja. Ahí estaba Ethan, desnudando sus sentimientos, contándome lo mucho que yo significaba para él, y yo se lo estaba haciendo pasar mal.

—Sé que me quieres, y yo también te quiero. —Asentí y giré la mano para sostener la suya, sintiendo mis palabras con todo mi corazón—. De verdad. Nadie más ha sacado eso de mí antes... excepto tú.

—Bien.

Ahora parecía vulnerable, y yo quería consolarle, hacerle ver que me importaba. Porque era la verdad. Ethan me importaba. Muchísimo. Le acaricié la palma de la mano con un dedo, rozándole de un lado a otro.

Las últimas veinticuatro horas habían sido una locura y yo solamente estaba tratando de mantener la calma. Lo que Ethan me proponía me agobiaba, pero también me hacía sentir amada. Era un buen hombre que deseaba comprometerse conmigo, y que únicamente pedía lo mismo a cambio. ¿Por qué tenía tantos problemas para admitirlo? La verdad era algo que entendía demasiado bien, aunque odiara reconocerlo al haberla enterrado en lo más profundo de mi cabeza. Estar con Ethan me obligaba a enfrentarme a mis demonios.

—Me mudaré contigo. ¿Qué tal eso para empezar?

—Es solo eso, un comienzo —contestó de manera seca—. Te expliqué que en cualquier caso esa parte era innegociable.

—Lo sé. Me dijiste muchas cosas, Ethan —respondí sin poder evitar el sarcasmo en mi voz, pero le sonreí, sentado frente a mí con toda su belleza masculina, tan confiado y seguro.

Me devolvió la sonrisa.

—Y cada palabra que he dicho iba en serio.

La camarera apareció con nuestra comida justo en ese momento, sonriendo e inclinándose sobre la mesa de un modo descarado que hizo que se me revolvieran las tripas. Los huevos y el beicon que colocó frente a mí ya no parecían tan apetecibles. Alargué primero la mano hacia la tostada.

No pude evitar volver a entornar los ojos mientras se marchaba pavoneándose, contoneando las caderas para conseguir el máximo efecto. Ethan rio con suavidad y me tiró un beso.

—Hablemos un poco más de este plan tuyo cuando volvamos a Londres, ¿vale? Quiero disfrutar de nuestro tiempo aquí juntos el fin de semana, y olvidar el mensaje de anoche, y pasarlo bien… —Y no pude evitar añadir con un ligero tono mordaz —: Aunque contemplar cómo se te abalanzan las mujeres no es que sea pasarlo bien que digamos.

Se rio con más fuerza.

—Bienvenida a mi mundo, nena. Dios, si ayuda a mi causa ponerte celosa, quizá debería dar un poco más de alas a mis admiradoras —dijo señalando en dirección a la camarera.

Le miré echando chispas por los ojos.

—Ni se te ocurra, Blackstone —contesté apuntando hacia su entrepierna—. No ayudará para nada a tu causa ni a conseguir lo que tanto te gusta.

Mordió el último trozo de beicon e ignoró mi amenaza, al tiempo que me abrumaba con ojos sensuales y pausados.

—Me gusta *mucho* tu yo celoso. Me pone cachondo —dijo en voz baja.

¿Qué *no* te pone cachondo? Sentí cómo el hormigueo de la excitación se agitaba en mi interior mientras me escudriñaba con la mirada. Ethan podía excitarme con el más mínimo gesto. Noté cómo se le contraían los músculos bajo la camisa, y quería arrancársela y proceder a lamerle su precioso y esculpido torso, para después bajar hacia su abdomen y a esa V que culminaba en su grandiosa…

—¿En qué estás pensando ahora? —me preguntó arqueando la ceja, e interrumpiendo mis perversas fantasías.

—En cómo me gusta salir a correr contigo —contrarresté, orgullosa de mi concisa réplica cuando me cazó comiéndomelo con los ojos sin ningún tipo de vergüenza, peor de lo que había hecho la pelirroja que nos había servido el desayuno.

—Ya —dijo totalmente escéptico—. Yo creo que estabas soñando con desnudarme y echar un polvo.

Estaba horrorizada y me quedé mirando mi comida, mientras me preguntaba por qué estaba tan sexual esos días. Mis hormonas debían de estar alteradas otra vez. Por-su-culpa.

—Hablando de sueños… —Pensé que ese era un buen momento para cambiar de tema y dejé que mi comentario flotara en el aire un instante entre los dos.

Sus ojos se oscurecieron y frunció el ceño.

—Sí, tuve otra pesadilla. Lo siento mucho por molestarte mientras dormías. De verdad. No sé por qué he empezado a tenerlas otra vez después de todo este tiempo.

—Quiero saber de qué tratan esos sueños, Ethan.

Se hizo el distraído y cambió otra vez de conversación.

—Pero tienes razón, nena, no debería haber sacado el tema de vamos-a-casarnos de forma tan repentina. No estuvo bien soltarte eso en mitad de la noche, a pesar de que sigo convencido de que es nuestra mejor opción. Podemos hablar más sobre ello cuando volvamos a la ciudad y te hayas mudado a mi piso. Ya te dije que el suceso de la otra noche en la Galería Nacional me hizo enloquecer —continuó moviendo la cabeza lentamente—. Cuando no podía encontrarte..., fue lo peor Brynne. No puedo pasar por eso otra vez. Mi corazón no puede soportarlo.

Le miré fijamente, frustrada de que estuviera cerrándose en banda una vez más, y endurecí mi postura.

—¿Por qué no quieres hablarme de tus pesadillas? *Mi* corazón no puede soportar *eso*.

Bajó la mirada y después la alzó, implorándome con los ojos.

—Cuando volvamos a casa. Te lo prometo —dijo jugando con mi mano, acariciando mis nudillos con mucha delicadeza—. Pasémoslo bien juntos este fin de semana como tú quieres, sin sacar a colación nada desagradable. ¿Por favor?

¿Cómo podía negarme? Su mirada aterrorizada me era suficiente para darle una tregua. Unos pocos días más sin saberlo no importaban. No obstante, sí sabía algo, que cualesquiera que fuesen los hechos que había sufrido Ethan, habían sido terribles de verdad, y me producía pánico siquiera imaginarlos. Dijo que eran de su época en la guerra, y recordé las palabras que Neil me dirigió una vez: «Él es un milagro andante, Brynne».

Sí, es un buen milagro. Mi milagro.

Para regresar a la casa tomó un sendero distinto ya que quería mostrarme los alrededores. Ese camino era mucho menos agotador, y lo agradecí; pero por alguna razón estaba otra vez cansada. Sentí que me sonrojaba al reconocer el porqué: muchísimo sexo la noche anterior. Otro milagro, teniendo en cuenta que había empezado y terminado la noche vomitando. Argh. Aunque Ethan se había portado muy bien conmigo. Era verdaderamente un hombre atento y solícito, y con una gran sensibilidad para no haber crecido con una madre al lado. Tendría que darle las gracias a su padre, Jonathan, cuando le viera de nuevo por haber hecho tan buen trabajo.

La zona se volvió más boscosa a medida que nos alejábamos de la costa. El sol se filtraba entre las hojas verdes y las ramas, trazando dibujos de luces y sombras en el suelo. Todo el lugar resultaba apacible. Un pequeño cementerio oculto bajo unos robles muy antiguos parecía un sitio perfecto para detenerse un rato. El lugar parecía sacado de una novela gótica, con las ramas sobresaliendo y las lápidas profusamente decoradas.

Ethan esperó a que le alcanzara en la puerta y extendió la mano. Nada más tocarle, me acercó contra su cuerpo, envolviéndome.

—¿Quieres echar un vistazo por aquí y descansar un poco? Pensé que te apetecería, teniendo en cuenta lo que te gusta la Historia.

—Me encantaría. Esto es precioso —dije mirando a mi alrededor—. Tan tranquilo y sereno.

Caminamos por el terreno, leyendo en las lápidas los nombres de las personas que habían vivido y muerto en la zona. Una cripta de mármol señalaba el lugar donde reposaban los restos de la familia Greymont, los antepasados del marido de Hannah, Freddy. Distinguí los nombres de Jeremy y Georgina y recordé que eran las personas que Hannah había mencionado del bellísimo retrato que había descubierto esta mañana en la escalera. Los del Mallerton. Supe sin la menor duda que el cuadro de sir Jeremy y su preciosa Georgina era el original, y esperaba que la familia me permitiese tomar algunas fotografías solo para catalogarlas. Quizá podría traer a Benny aquí y hacer algunas buenas fotos. Gaby querría verlo y la Mallerton Society estaría muy interesada en cualquier cosa relacionada con el estatus actual de la pintura. Mi mente se agitaba con todas las posibilidades mientras dejábamos el cementerio privado y continuábamos hacia el interior por el camino del bosque.

Llegamos a una imponente puerta de hierro, del tipo que se ven en las películas que ganan Oscars. Sujeto en el hierro había un cartel de una agencia inmobiliaria que anunciaba el lugar como Stonewell Court.

—¿Conocías esta casa? —pregunté.

Negó con la cabeza.

—Nunca había venido por este camino. Parece que está en venta. —Probó con la aldaba de la puerta y, para nuestra sorpresa, esta se abrió con un desagradable chirrido—. Echemos un vistazo. ¿Quieres?

—¿Crees que no pasará nada?

—Claro que no —dijo encogiéndose de hombros y mirando el cartel.

—Entonces sí.

Di un paso adelante para seguirle al interior. La oxidada puerta se cerró tras nosotros con un ruido metálico. Le cogí la mano a Ethan y me acerqué más a él mientras descendíamos por el serpenteante camino de gravilla. Parecía que volvíamos a dirigirnos hacia la costa.

Se rio con dulzura.

—¿Te da miedo que nos metamos en algún lío?

—Para nada —mentí—. Si alguien viene detrás de nosotros por entrar sin permiso, pienso hacerles saber que todo fue idea tuya y que tú dijiste que no pasaba nada.

Traté con todas mis fuerzas de permanecer seria, esperando poder aguantar la risa unos segundos más.

Hizo que nos detuviéramos en el sendero y me miró fingiendo estar enfadado.

—Muy bonito. ¡Vas a abandonarme con tal de salvar tu precioso y pequeño trasero!

—Bueno, me aseguraré de ir a la cárcel a visitar tu precioso y sexi *trasero* —dije con suavidad, enfatizando la pronunciación británica de «trasero» mientras pensaba que sonaba mucho más elegante cuando la decía él. Era pésima intentando imitar el acento británico.

Bajó el brazo para meterme mano y me hizo cosquillas en el costado con la otra mano.

—Oh, ¿lo harás ahora? —preguntó pronunciando lentamente. Me rompió la compostura con facilidad haciéndome cosquillas sin piedad.

—¡Sí! —grité, zafándome de su sujeción y corriendo entre los árboles.

Él salió detrás de mí, riendo todo el tiempo. Podía sentirle acercarse y me esforcé más para mantenerle a distancia, apurando la extensión del camino de entrada a la casa con cada zancada.

Ethan me alcanzó justo cuando girábamos por una curva del camino y se las apañó para tirarnos a ambos con dulzura sobre la suave hierba, rodando sobre mí y haciéndome cosquillas sin parar.

Yo me retorcía y me zarandeaba, intentándolo todo para escapar, pero era un ejercicio inútil contra su fuerza.

—No tienes escapatoria, nena —dijo en voz baja al tiempo que me inmovilizaba sin esfuerzo alguno las muñecas con una mano y me sostenía la barbilla con la otra.

—Por supuesto que no —susurré a su vez, sintiendo ya el rubor del calor, excitándome de manera salvaje. Ethan hacía que pasaran todo tipo de cosas en mi cuerpo. Ya me había habituado a ello.

Sus ojos se encendieron con pasión mientras su boca descendía hacia la mía, abriéndola por completo para cubrirme los labios y devorarlos. Yo gemí de placer y le dejé entrar. Ethan sabía besar. No me gustaba imaginar lo mucho que habría practicado, pero valoré su talento mientras su lengua me exploraba a fondo. La presión de su peso sobre mí no hacía sino acentuar mi estado.

Atacó mi labio inferior, mordisqueándolo y lamiéndolo, antes de soltarlo con un suave ruido de succión.

—Has huido de mí —me regañó, con su boca sobrevolando justo encima de la mía.

—Me manoseaste el culo —dije con un tono indignado—, lo que hace que salga corriendo, por cierto. No creas que voy a olvidar también esto, Blackstone.

—No puedo resistirme a tu *culo*, jamás. Ahí está, lo dije como tú —añadió mientras me lamía el lóbulo de la oreja—. A ti en cambio te gustan mis besos.

—Sinceramente, podría vivir sin tus besos —mentí, poniendo una cara inexpresiva que no podría sostener más de dos segundos.

—Está bien…, ¿de modo que no te importará si no te beso nunca más? —bromeó, inclinando su frente para tocar la mía cuando giré la cabeza. Entonces mis ojos vislumbraron la casa y no pude evitar quedarme mirándola. Ethan siguió mi ejemplo y suspiró—. Santo cielo.

Los dos nos quedamos contemplando la grandiosa fachada de una bellísima casa georgiana de piedra gris que se alzaba justo en el saliente del litoral dominando el mar. Me quitó el aliento, con sus hileras de ventanales, su tejado alto, angosto, puntiagudo. No era una mansión enorme pero estaba situada en un lugar perfecto y tenía un diseño elegante. Apostaba a que la vista des-

de las ventanas que daban al mar era sobreco-
gedora.

Ethan se apartó para ponerse de pie en primer lugar y después me ayudó a mí a levantarme.

—Guau. —No tenía más palabras que decir
en ese momento.

—Está aquí oculta, tan en secreto… No tenía
ni idea de que sería así…, o ni siquiera de que exis-
tiera —dijo entrelazando su mano con la mía—.
Vayamos a echar un vistazo. Quiero contemplar
las vistas desde la parte trasera.

—Me has leído el pensamiento —contesté
mientras le daba una juguetona palmada en el culo
con la otra mano.

—Y tú estás muy pero que muy traviesa hoy.

Me agarró la mano con la que le había azota-
do y la llevó hasta sus labios para besarla, como
había hecho tantas veces conmigo en el pasado,
pero era algo de lo que nunca me cansaba y que
jamás dudaba que haría. Ethan poseía un con-
junto de dones que combinaba el chico-malo-
dios del sexo con un caballero romántico y cor-
tés; algo tan inusual y cautivador que yo era incapaz de resistir la atracción. Le sonreí y no dije
nada.

—Tendré que pensar un buen castigo acorde con tus delitos.

—Haz lo que te plazca —le respondí con descaro mientras rodeábamos la casa hacia los jardines. Los jardines de la parte posterior eran increíbles. Podía imaginar a los antiguos propietarios haciendo fiestas aquí en días soleados, con la vista de la costa de Gales al otro lado de la bahía. Pensé en la de horas que habrían pasado pintando esta escena que yo contemplaba justo ahora. Me apostaría todo a que muchas.

Paseé más lejos por el césped, hasta donde este se encontraba con las piedras de la costa. Ahí, incrustada en la base, había una estatua de un ángel. No, esperad. No era solo un ángel, sino más bien una sirena con alas de ángel, con finos detalles y tranquila en medio del viento. En la base de la estatua había un nombre tallado: *Jonathan*.

Ethan se acercó por detrás y se abrazó a mí con fuerza, su barbilla descansando encima de mi cabeza.

—El nombre de tu padre —dije a media voz—. La estatua es cautivadora. Una sirena alada. Es increíble, y nunca había visto nada parecido. Me pregunto quién sería Jonathan.

—Quién sabe. Este sitio tiene como mínimo doscientos cincuenta años de antigüedad y no creo que haya estado ocupado, incluso aunque no haya estado a la venta estos últimos años. Hannah y Freddy deben de saber si hubo gente viviendo aquí.

—¿Quién no querría vivir en una casa tan hermosa? —dije mientras me giraba para mirarle.

—No lo sé, nena. No me malinterpretes, me encanta la ciudad, pero el campo también tiene su encanto —argumentó admirando de nuevo la casa—. Quizá murió alguien, o eran demasiado mayores y no podían mantenerla.

—Puede que tengas razón. No obstante, es triste que algo así se desprenda del legado familiar. Imagina si Hannah y Freddy hubieran perdido Hallborough.

—Habría sido trágico. Ella ama esa casa, y es el lugar perfecto para criar niños.

—Toda esta zona es fascinante. Estoy muy contenta de haber venido hoy por aquí y haber descubierto este camino. Es como encontrar un lugar secreto y escondido. —Me puse de puntillas para besarle—. Gracias otra vez por traerme aquí. Es maravilloso estar fuera contigo.

Ethan me rodeó con sus brazos y me besó justo debajo de la oreja.

—Sí, lo es —susurró.

Comenzamos el regreso a Hallborough, con el brazo de Ethan rodeándome suavemente. Incliné la cabeza hacia él, feliz por confiar y por las fuerzas que me daba. De pronto algo pasó por mi cerebro. Era la imagen de los dos, como estábamos justo aquí en este momento, con el enorme brazo de Ethan sobre mis hombros, cerca de mí. Supe entonces que al final se saldría con la suya. Tendría todo lo que me había pedido. Mudarme con él, comprometernos y, seguramente, incluso la boda.

Dios mío.

Ethan era un verdadero as jugando sus cartas.

Capítulo
5

Es la tercera vez que bostezas. ¿Podrás llegar a casa o tengo que cogerte en brazos antes de que te desplomes?

—Sí, claro —se burló ella—. Los dos sabemos por qué estoy tan cansada hoy. —Me dedicó una descarada sonrisa de suficiencia que hizo que me dieran ganas de hacerles cosas sucias a esos bonitos labios suyos.

Sí, bueno, la tuviste despierta la mitad de la noche follando, ¿cómo esperas que esté? El recuerdo me hizo sonreír. Mi chica nunca me rechazaba, ni cuando era un depravado. Soy un hombre con mucha, mucha suerte. Pero eso no es nuevo y ya hace tiempo que lo sé.

—Lo siento, cariño. Te alegrará saber que he disfrutado cada minuto que te he mantenido despierta. —Alargué el brazo y le estrujé su bonito trasero y la observé saltar.

—¡Estás loco! —gritó, y me dio un empujón.

—Loco por ti —contesté yo, rodeándole con el brazo y estrechándola contra mí—. De todas formas, ya casi hemos llegado. Espero que Fred y los chicos estén en casa para que puedas conocerlos.

—Lo estoy deseando —afirmó ella mientras trataba de reprimir otro bostezo.

—¡Hasta aquí hemos llegado! ¡Pienso meterte en la cama para que duermas la siesta en cuanto lleguemos!

Se rio de mí.

—No es mala idea. Me están empezando a encantar las siestas.

Los sonidos de voces masculinas y el olor a pan recién hecho nos dieron la bienvenida en la puerta cuando llegamos. Eso y los gamberros de los hermanos mayores de Zara, que se me echaron encima en una caótica explosión de gritos.

—¡Los chicos! Dios, estás enorme, Jordan. Y, Colin, ¿cuántas citas has tenido esta semana?

Los dos me ignoraron y se quedaron mirando a Brynne. Creo que fui testigo de un flechazo de Jordan mientras Colin simplemente se ponía colorado.

—Chavales, esta es Brynne Bennett, mi… novia. —Le sonreí de oreja a oreja—. Brynne, estos son los demás engendros de mi hermana, quiero decir, mis sobrinos. Jordan y Colin Greymont.

—Encantada de conocerla, señorita Bennett. —Jordan le ofreció la mano.

Colin me miró como si me hubiera salido una segunda cabeza.

—Es verdad que ahora tienes novia —comentó asombrado.

Brynne le dio la mano a Jordan y le dedicó una seductora sonrisa.

—Veo que has aprendido de tu tío Ethan o puede que hasta de tu abuelo —le dijo después de que él le plantara un beso en la mano—. Tienes muy buenas maneras, Jordan. —Le guiñó el ojo y luego se dirigió a Colin—: Tú no tienes que besarme la mano, Colin, pero estoy encantada de conocerte.

Este asintió con la cabeza y la cara se le fue poniendo cada vez más roja.

—Un placer —repuso entre dientes con un rápido apretón de manos.

—Y ese tío tan guapo de ahí es el que procreó a los engendros, es decir, a todos estos niños que me acosan. —La pequeña Zara había aparecido y se me había pegado como con pegamento a un lado para no quedar excluida—. Freddy Greymont, mi cuñado, un brillante médico rural, el amor de la vida de mi hermana y el culpable de todo esto. —Levanté las palmas de las manos.

Fred se acercó a saludar a Brynne y me echó una mirada que significaba que más tarde querría detalles, de hombre a hombre.

—Brynne, es un gran placer conocerte por fin en persona. He escuchado hablar tanto de ti —Freddy me miró entrecerrando los ojos—. Casi todo a través del padre de Hannah, eso sí; Ethan no me cuenta nada. —Derrochó todo su encanto con Brynne, algo que se le daba bien, al ser médico y eso.

—Gracias por este fin de semana en tu preciosa casa. Está siendo realmente perfecto —le dijo Brynne—. Tienes una familia encantadora.

Seguro que el pobre estaba muy alucinado de verme con alguien. Conocía a Freddy desde hacía más de quince años y no recordaba haberle presentado nunca a una novia. Así que supongo que podría contar con algún tipo de interrogatorio por su parte. Este era otro de los que sabía muchos de mis secretos, pero no todos. Quizá debiera hablarle a Fred de los sueños y las pesadillas. *Pero no puedo.* Bloqueé ese desagradable pensamiento y observé a Brynne cautivar a mi familia hasta convertirlos en sus fans.

—Ese pan huele de maravilla, Hannah. —Brynne se acercó a la encimera de la cocina para ver las barras de pan recién horneadas—. Hacía mucho tiempo que no hacía pan. Ha sido divertido hacerlo esta mañana.

—Para mí también —dijo Hannah—. ¿Quieres un poco? Estaba preparándome para tomar un té con Freddy y los niños. Pan recién hecho y mermelada de fresa casera.

—Suena divino, pero la ducha me llama después de una carrera tan larga y de caminar hasta aquí. —Intentó aguantarse otro bostezo, pero fue imposible. Se tapó la boca con una elegante mano y murmuró—: De verdad que lo siento. No sé por qué estoy tan cansada. Debe de ser el aire fresco, que me da sueño.

Pillé la miradita de complicidad entre mi hermana y Freddy mientras nos íbamos. Simplemente negué con la cabeza y seguí a Brynne escaleras arriba. Estoy seguro de que empezaron a reírse de mí en cuanto salimos de la habitación. Qué divertido que ahora mi familia meta las narices en cada detalle de mi vida privada, pensé. *Supongo que será mejor que te vayas acostumbrando.*

Brynne se dirigió a la ducha y yo comprobé si tenía mensajes en el móvil. Mi ayudante, Frances, había prometido mandarme cualquier cosa potencialmente apremiante, pero me alegró ver que solo eran cosas sin importancia que podían esperar. Ahora mismo necesitaba lavarme y Brynne estaba desnuda en la ducha.

—Eres consciente de que hay escasez de agua en Inglaterra, ¿verdad? —pregunté mientras me metía detrás de ella, toda resbaladiza con gel y agua caliente, y me volvía loco como siempre.

Se dio la vuelta para alcanzar el champú y me miró de arriba abajo.

—Creo que lo he visto en las noticias, sí.

—Así que supongo que tendremos que compartir el agua siempre que sea oportuno.

—Ya veo —dijo ella despacio, mientras sus ojos bajaban hasta mi sexo, que empezaba a despertar—. ¿Y crees que ahora mismo es oportuno?

—Extremadamente oportuno.

—Entonces por supuesto, adelante. —Se apartó del agua para que yo pudiera meterme debajo.

—Oh, voy a necesitarte más cerca si queremos sacar el máximo provecho de compartir el agua, nena.

—¿Así de cerca está bien? —Dio un paso y la visión de su piel enrojecida y mojada provocó que se me hiciera la boca agua al pensar en probarla.

—No. —Negué con la cabeza—. Sigues estando a kilómetros de mí.

—Creí que te gustaba mirarme —dijo con coquetería.

—Oh, sí, nena. Me gusta mucho. —Asentí con la cabeza—. Pero lo que más me gusta es mirarte y tocarte al mismo tiempo.

Dio otro paso, lo que la situó a unos centímetros de distancia, nuestros cuerpos alineados pero aún sin tocarse mientras el agua caliente caía a raudales en el pequeño espacio que nos separaba.

Saboreé el momento de calor erótico que se arremolinaba entre nosotros, la expectación de lo que iba a llegar, porque sabía que muy pronto la estaría devorando con todos mis sentidos.

—Pero solo me estás mirando y no me tocas —susurró—, ¿cómo es eso?

—Oh, lo haré, nena. Lo haré. —Puse la boca en su cuello e inhalé el aroma de su piel, el jabón y el agua, todo mezclado en un embriagador elixir que solo me puso más caliente—. ¿Cuántas ganas tienes de que te toque?

—Muchísimas.

Podía escuchar el deseo en su voz, y me elevó aún más alto. No había nada más excitante que saber que ella quería eso conmigo. Presioné los labios en el punto justo debajo de su oreja y sentí un delicioso escalofrío por su parte.

—¿Aquí? —pregunté.

—Sí. —Se arqueó ligeramente hacia atrás, haciendo que la punta de sus duros pezones me rozara la piel justo debajo del pecho.

—¿O tal vez aquí es mejor? —La lamí desde el cuello, arrastré la lengua por su deliciosa piel, y seguí hacia abajo para encontrarme con uno de esos pezones endurecidos que suplicaban que los chupara.

—Ahhh, sí. —Ella se estremeció, se puso de puntillas y dejó esa preciosa, suave y rosada piel al borde de mis labios.

Saqué la lengua y le lamí solo la punta y en respuesta la escuché gemir con un sonido más suave. Empezó a levantar los brazos hacia mí y yo retrocedí rápidamente.

—No. —Negué con la cabeza—. Nada de tocarme, nena. Esto es todo para ti. Saca las manos y apóyalas contra los azulejos, y quédate así para mí.

Podía ver cómo sus pechos se elevaban y bajaban cuando respiraba; sus ojos tenían destellos de un color verde grisáceo que me recordaba al color del mar de nuestra carrera de esa mañana. Se puso en posición y también echó la cabeza hacia atrás, a la espera de que le diera la próxima orden. Verla someterse a mis instrucciones me afectaba. Estos juegos que practicábamos no se parecían a nada de lo que había experimentado antes con otra persona. También me empujaban hasta terrenos emocionales que tampoco había deseado nunca antes con nadie. Solo ella. Solo Brynne me llevaba a ese lugar.

—Joder, estás tan sexi ahora mismo.

A ella le dio un escalofrío y tensó las caderas cuando pronuncié esas palabras; a continuación abrió bien los ojos y me miró con algo más que un poco de frustración. Volví a acercarme a ella y la observé temblar un poco más y respirar con más dificultad.

—Por favor…

—¿Por favor qué, nena? —pregunté antes de tocarle rápidamente la punta del pezón con la lengua.

—Necesito que me toques —gimió en voz baja.

Le volví a lamer el pezón, esta vez formando un círculo alrededor de la oscura punta.

—¿Así?

—Más que eso —jadeó, mientras luchaba por mantener las manos apoyadas en los azulejos de la ducha.

Pasé al otro pecho, lo agarré fuerte con la boca y terminé con un pellizquito con los dientes sobre el pezón. Se puso rígida bajo mi tacto y emitió el jadeo sexual más bonito que he escuchado nunca, suave, abandonado y precioso.

—Me gusta escuchar ese sonido salir de tu dulce boca, nena. Quiero escuchártelo una y otra vez. ¿Puedes volver a hacer ese sonido para mí? —Le capturé el otro pezón de la misma forma con la boca y deslicé la mano que tenía libre justo entre sus piernas—. Oh, joder, estás tan mojada, nena ¡Quiero escucharte! —Me concentré en su resbaladiza hendidura. Deslicé la mano de un lado a otro en su clítoris hasta que se derritió contra la pared de la ducha para mí en una perfecta sumisión sexual.

También hizo ese sonido para mí otra vez.

Dejé la mano en su sexo y la mirada en su cara, observando cada exquisita sacudida y ondulación de su cuerpo mientras la hacía tener un orgasmo. Después de un momento levantó la vista poco a poco hasta mis ojos y la mantuvo ahí.

—Eso ha sido precioso verlo —dije.

—Ahora quiero esto —susurró ella mientras me agarraba la polla y la hacía resbalar contra ese paraíso mojado y caliente que tenía entre sus piernas.

—Dilo con palabras. —Eché hacia atrás las caderas.

—Quiero tu polla dentro de mí.

—Conque sí, ¿eh? —Presioné hacia dentro, deslizando mi miembro de un lado a otro por sus labios vaginales, consiguiendo una buena fricción para mí y una segunda ronda de placer para ella.

—¡Sí! ¡Por favor! —suplicó.

—Pero has sido mala y has quitado las manos de la pared. Te he dicho que las dejaras ahí —espeté, mientras seguía acariciándola dentro y fuera a través de sus resbaladizos pliegues.

—Lo siento…, no podía esperar…

—Eres tan impaciente, nena.

—¡Lo sé!

—¿Qué quieres de mí ahora? —pregunté, con mi boca en su cuello y mi polla aún moviéndose despacio ahí abajo.

—Quiero que me folles y que me hagas correrme otra vez —respondió ella con una voz tan baja, tan suplicante…, como si de verdad le fuese a hacer daño si no la follara. Se me encendió una bombillita cuando lo dijo de esa forma. Me daba permiso para llevarla más lejos de lo que habíamos llegado antes, de conseguir que se entregara más. Fue la mejor sensación del mundo. De todo el puto mundo.

—Ponme los brazos alrededor del cuello y sujétate. —La agarré por debajo de los muslos y la levanté—. ¡Envuelve las piernas a mi alrededor, nena, para que pueda darte lo que quieres!

Ella apretó las piernas en torno a mis caderas y la espalda contra los azulejos. Dijo mi nombre.

—Ethan…

—¿Sí, preciosa? —Ella jadeó—. Estás tan guapa esperando a que te folle contra la pared de la ducha… Te encanta que te follen contra las paredes, ¿verdad?

Sus ojos se abrieron y balanceó sus caderas abiertas contra mí con frustración.

—¡Sí!

—Te voy a contar un pequeño secreto, nena.

—¡¿Qué?! —protestó ella, sin una gota de paciencia.

Coloqué la punta justo a las puertas de su sexo y me sumergí hasta los testículos.

—¡Oh, Dios mío! —gritó ella mientras me tomaba dentro y sus ojos se ponían en blanco por un instante.

—Me encanta follarte contra las paredes. —Empujé fuerte; la apretada presión de su sexo latía alrededor del mío y me hacía tambalearme en una bruma de placer inmediato tan intenso que no sabía cuánto tiempo iba a poder aguantar. Quería que durara para siempre—. ¿Recuerdas la noche que te follé contra la pared en tu piso? —dije con los dientes apretados—. Me gustó tanto entonces como me está gustando ahora.

—Sssssssí —siseó temblando a través de la potente embestida, con las manos agarradas con fuerza para hacer palanca—. Quería que lo hicieras. Me encantó. Odié que te fueses después.

Ahora ella estaba casi llorando mientras llegamos juntos hasta el frenesí, fundidos en cuerpo y mente. Brynne estuvo allí mismo conmigo todo el camino. Conectamos tan perfectamente que casi dolía sentirlo. No casi…, ¡*dolía* de verdad!

El sexo con Brynne también dolía del gusto. Siempre lo había hecho y sabía que siempre lo haría.

—¿Y qué te pedí que me dijeras aquella noche, nena? Fue la primera vez que me lo dijiste.

Sus ojos parpadeantes, cubiertos de placer, me apuñalaron con violencia, igual que mi polla estaba apuñalando su coño ahora mismo.

—Que soy tuya —susurró en voz baja.

—Sí. Eres-mía. —Empecé a añadir un pequeño giro circular a mis golpes y sentí sus músculos internos contraerse más—. Y ahora te vas a correr encima de mí. ¡Una-vez-más!

Brynne se tensó mucho y sentí los espasmos comenzar en sus profundidades, exprimiendo mi sexo todo lo que pudo. *¡Oh, joder, sí!* Se estremeció debajo de mí y se puso a hacer esos suaves sonidos que me encanta escucharle, los que me hacen volar. Y en un abrir y cerrar de ojos perdió totalmente el control en mis brazos mientras la atravesaba y el agua caliente caía a chorros sobre nosotros.

Me mandó hasta los límites del maldito sistema solar y luego más allá.

Y menos mal que se corrió entonces, porque si hubiese tenido que aguantarme un segundo más creo que habría muerto. Vi cómo sus ojos se encharcaban cuando llegó al clímax y disfruté al saber que yo había hecho que eso sucediese, y luego del glorioso ascenso y colisión de mi propia descarga cuando explotó dentro de ella...

Mis dientes estaban mordisqueándole el cuello y mi polla aún daba sacudidas dentro de ella cuando tomé conciencia de nosotros. No sé lo que me mantuvo de pie, sinceramente. Solo una reacción automática, creo, porque la estaba sujetando y no quería soltarla, pero no era consciente de mucho más aparte de eso. Estaba inmerso en la completa y total confusión sensual de Brynne y mi amor por ella. De la forma en que siempre me sentía después.

Le rocé el cuello con la lengua y bombeé el último resquicio de placer entre nosotros, busqué su boca y la besé con pasión. Si había una forma de colarse dentro de ella, entonces yo estaba allí. No sé por qué era así con ella y con nadie más. Simplemente lo era.

Abrió los ojos despacio, tan hermosa en su confusión posorgásmica, y me dedicó una soñolienta sonrisa.

—Ahí está —dije.

Ella tragó saliva e hizo que su garganta se moviera, lo que llevó a mis ojos hasta la marca roja que le había dejado en el cuello con los dientes. Eso lo hacía mucho, y siempre me sentía culpable después. Aunque ella nunca se quejaba. Ni una sola vez había protestado por lo que le hacía cuando follábamos. A veces apenas parecía real.

—Voy a dejarte en el suelo, ¿vale?

Ella asintió con la cabeza.

Salí de Brynne despacio y disfruté hasta del último segundo a la vez que me invadía una punzada al separarme de ella; se estaba tan bien ahí dentro. Se quedó de pie y me rodeó con los brazos. Nos quedamos allí bajo el agua de la ducha un par de minutos antes de lavarnos todo el sexo.

Qué pena. Sé que me convertía en un cavernícola, pero me encantaba tener todo mi semen en ella.

Cerré el grifo y salí para acercar unas toallas. Ella me dejó que la secara, algo que me encantaba hacer cuando tenía tiempo, como ahora.

—Tengo que secarme el pelo —dijo con un suspiro.

Me envolví la toalla alrededor de la cintura y alcancé el batín de raso color crema que se había traído. La ayudé a ponérselo y le até el cinturón, mientras hacía pucheros porque ya no estaba desnuda.

—Qué pena que tengamos que taparlas. Una verdadera tragedia. —Rodeé sus dos preciosas tetas con las manos y las estrujé sobre el sedoso tejido.

Ella se encogió de dolor.

—¿Te he hecho daño?

—En realidad no, es solo que están sensibles. —Bostezó y se puso la parte de delante de la muñeca sobre la boca para reprimirlo.

—Ahora de verdad que necesitas una siesta. Te he dejado totalmente hecha polvo. Lo siento, nena, es que no puedo evitarlo. ¿Me perdonas? —Le agarré la barbilla y le acaricié los labios con el pulgar.

—Perdonarte ¿por qué? ¿Por el polvo en la ducha? De eso nada, Blackstone. —Negó con la cabeza de manera brusca.

—Entonces ¿ahora estás enfadada conmigo? —Me asaltó la duda y odié esa sensación.

—Para nada. Me ha encantado retomar la pared contigo. —Se rio de mí y borró todo mi temor.

—Muy bien, mi preciosa provocadora, siéntate y deja que te peine. —Le di una ligera palmada en el trasero y me reí de su pequeño saltito sobre el banco del tocador.

—Cuidado, Blackstone —me advirtió.

—¿O qué? —la desafié.

—Te quedarás sin futuros polvos contra la pared. Puedo hacerlo, ¿sabes…?, si quiero. —Me miró en el espejo con los ojos entrecerrados.

Le pasé el peine con cuidado por una parte del pelo y luego seguí con otra zona enredada.

—Ah, sí, podrías, pero ¿por qué diablos harías eso, nena? Te encantan mis polvos contra la pared casi tanto como que te peine. Probablemente más.

Ella suspiró.

—Cómo odio cuando tienes razón, Blackstone.

Quince minutos más tarde, Brynne tenía aún más sueño y el pelo seco, así que la metí en la cama. Ella me miró mientras me vestía, y estaba muy sexi jugando con un mechón de pelo con el dedo.

—¿Qué les vas a decir? —preguntó.

Me acerqué y la besé en la frente.

—Que te he follado hasta que te has quedado dormida.

Sus ojos se abrieron.

—No serías capaz…

Era mi turno de reír.

—No soy tan idiota, nena —dije mientras me señalaba el pecho con el pulgar—. ¿Qué crees que les voy a decir? Que estás durmiendo la siesta.

Negué con la cabeza.

—Van a pensar que soy una vaga por quedarme frita.

—No es verdad. Estás agotada y ayer estuviste enferma, y aún no creo que estés bien del todo. Me he dado cuenta de que no has desayunado mucho esta mañana y te quedabas atrás en la carrera.

Ella farfulló y me miró enfurecida.

—¡*No* me he quedado atrás en la carrera, idiota!

¿Una cosa sobre Brynne? Es lo más competitiva que os podáis imaginar. Juro que podría competir en motivación y determinación con algunos de los tíos que conocí en las Fuerzas especiales. Y *nunca* insinuéis que es débil físicamente. La pone furiosa.

Joder, pero qué guapa está cuando se enfada.

Me mordí el labio para no reírme de manera descarada y levanté las manos en señal de rendición.

—Vale, solo te has quedado atrás un poquito. —Traté de calmarla con unos besos—. No hay nada malo en ello, puesto que estuviste enferma la noche pasada, nena. Tu cuerpo necesita recuperarse. Descansa y te sentirás mejor. —Asentí con la cabeza—. Quiero que lo hagas.

Ella bajó la vista hasta la manta y la pellizcó de forma distraída.

—¿Qué vas a hacer mientras estoy durmiendo?

—Tengo una cita con una belleza del pueblo. —Me encogí de hombros—. Es una auténtica rompecorazones. Pelo oscuro, grandes ojos azules, absolutamente despampanante. Aunque es muy bajita. —Hice un gesto con la mano—. Tiene predilección por los helados.

Ella se rio mientras volvía a bostezar.

—Siento perderme tu cita y no tomar helado con la belleza del pueblo. Es adorable. ¿Le harás una foto con el móvil para mí?

—Claro, nena. —Otro beso—. Ahora vete a dormir.

Mi chica ya estaba frita cuando salí de la habitación.

Capítulo
6

Por qué los peces no van a la escuela? —me preguntó Zara.

Me encogí de hombros con un gesto exagerado.

—No tengo ni idea de por qué los peces no van a la escuela. ¿Tú lo sabes?

Ella asintió con la cabeza muy seria.

—Porque se les mojan los libros.

Me reí de su carita engreída, manchada de helado de fresa, que atacaba por un nuevo ángulo su cucurucho medio derretido.

—¿Quieres un poco, *Rags*? —Le ofreció su manjar al golden retriever que estaba sentado de manera fiel bajo la mesa al aire libre.

Rags dio un par de lametazos con su larga lengua rosa y yo fruncí el ceño. Zara me miró para ver lo que iba a decir, menudo diablillo era. Yo me encogí de hombros.

—No me importa si quieres babosos gérmenes de perro en tu helado. Haz lo que quieras.

Ella soltó una risita y dio patadas a la silla al mover las piernas.

—Brynne habla raro.

—Lo sé. Se lo llevo diciendo desde hace mucho tiempo, pero no me hace caso. —Negué con la cabeza con tristeza—. Lo sigue haciendo. —Saqué el móvil para hacerle unas fotos y comenzó a posar en el momento en que se dio cuenta de lo que estaba haciendo. Me partía de risa con Zara, era indomable. A sus padres les esperaba una buena cuando llegara a la adolescencia. *Dios mío.*

Más risitas.

—Habla como las palabras de *Bob Esponja.*

Abrí la boca fingiendo sorpresa.

—¿Sabes qué? ¡Tienes razón! ¿Se lo dirás? —Ella se encogió de hombros—. Es simpática y creo que no puede evitarlo. —Zara me echó una mirada de censura y volvió a su helado de fresa. Parecía querer decir: *Solo un auténtico gilipollas se burlaría de la forma de hablar de alguien, idiota.* No podía negar que era hija de su madre.

—Bien hecho, E. Dejar a tu sobrina compartir el helado con el perro. Lo he visto todo desde el escaparate de la tienda. —Hannah parecía indignada con los dos cuando llegó—. Me voy un par de minutos…

—Ha dicho que no le importaba, mamá —interrumpió Zara, que me vendió sin pensarlo.

—Oh, yo creo que *Ragssey* está bastante sano. —Le di al perro una palmadita en la cabeza—. ¡Y tú eres una pequeña traidora! —Señalé a Zara con el dedo—. Pues denúnciame, Han. Yo aquí solo soy el tío. Dejarla campar a sus anchas sin miramientos es mi trabajo.

—Sí, bueno, yo no tengo el trabajo de tía permisiva… todavía.

Le lancé una mirada y distinguí algo en su expresión. No estaba seguro de qué, pero reconocía la sospecha en mi hermana solo con verla. Tenía la mente ocupada.

—¿Qué significa ese comentario tan críptico?

—Tú y Brynne. —Negó un poco con la cabeza—. Esto es realmente serio, ¿verdad? Nunca te he visto así.

Miré hacia el mar, con sus millones de ondas cegadoras, y me ajusté las gafas de sol.

—Quiero casarme con ella.

—Me lo imaginaba… Bueno, suponía que ibas a ir por ese camino. Lo que he hablado con ella esta mañana prácticamente lo ha confirmado, y luego, cuando ha dicho que necesitaba una siesta, he empezado a atar cabos.

¿Y qué tiene que ver en esto que Brynne necesite una siesta?

—Entonces ¿lo apruebas? —pregunté.

Hannah me miró con curiosidad.

—¿Que si apruebo que Brynne y tú os caséis? Pues claro que te apoyo. Quiero que seas feliz y si la quieres y ella te quiere a ti…, bueno, pues entonces así es como tiene que ser. —Me alcanzó la mano por encima de la mesa—. Esto pasa muchas veces. Nadie es perfecto. Fred y yo empezamos de la misma forma, E, y no cambiaría absolutamente nada de nosotros o de cuando llegaron nuestros hijos. Son una bendición.

Le cogí la mano y le di un beso.

—De verdad que lo son, y puede que algún día…, pero una familia no entra en los planes ahora mismo. Solo estoy intentando que se acostumbre a la idea de atarse para empezar.

Hannah pareció aliviada.

—Oh, bien. Ahora me cae aún mejor. Debo admitir que estaba preocupada por si te habían atrapado y odiaba pensar que te pasara eso, hermanito. Me alegro por ti si es algo que quieres.

Resoplé.

—Sí, claro…, *ella* es la que necesita que la atrapen. Es muy difícil hacer que Brynne se comprometa y le asusta tener una relación. Seré afortunado si consigo llevarla al altar de aquí a un año. Estoy intentando convencerla de que un noviazgo largo funcionará mejor.

Hannah asintió lentamente con la cabeza, como si estuviera asimilando la información.

—Así que esperaréis hasta después para celebrar la boda… Es una opción, pero papá lo va a odiar. Recuerda cómo se puso cuando Freddy y yo nos precipitamos con Jordan. Papá nos hizo casarnos en un mes. —Se burló de las palabras que dijo mi padre en aquel entonces—. «¡Ningún nieto mío será un bastardo! A tu pobre madre se le rompería el corazón si estuviese aquí para verlo…».

—¡¿Qué?! —Me quedé boquiabierto—. Brynne no está…, o sea, estás muy equivocada si eso es lo que estás insinuando. —La fulminé con la mirada, estupefacto por sus elucubraciones—. Creías que... —Negué enérgicamente con la cabeza—. ¡No, Han! Mi chica no está embarazada. Es imposible. Ha sido muy cuidadosa con la píldora. La veo tomársela cada mañana. Joder, estoy seguro de que la he escuchado esta mañana en el baño cogiendo sus pastillas.

Hannah negó lentamente con la cabeza; sus ojos grises parecían compasivos y extrañamente sabios, pero aun así no me lo tragaba.

—¿Crees que está embarazada? ¿Y que por eso me quiero casar con ella? —Estaba realmente estupefacto y me pareció un insulto que mi hermana nos imaginara tan irresponsables—. No podrías estar más equivocada, Han. ¡Dios! Oh, mujer de poca fe —dije con desdén mientras cogía mi café.

—Entonces quizá vosotros dos deberíais hablar con Freddy —comentó ella—, porque yo me apostaría mi casa a que Brynne está muy embarazada y a que vais a ser padres te guste o no.

Me atraganté con el café y asusté al perro, que se dio contra la pequeña mesa y la hizo repiquetear en mitad del patio adoquinado.

Hannah bajó la vista hacia Zara, que para todos los efectos parecía estar escuchando cada palabra de nuestra conversación.

—Sé buena y lleva a *Rags* al césped para que juegue, ¿vale?

Zara reflexionó un momento antes de decidir que enfrentarse a su madre era inútil y se marchó con *Rags* como le había pedido, con el helado derretido en la mano.

Se me aceleró el ritmo cardiaco al instante y sentí miedo combinado con ansiedad y entusiasmo, todo al mismo tiempo.

—No vamos a hablar con Freddy…, ¡espera un puñetero segundo, Hannah! Pero ¡¿qué narices?! Quiero saber lo que te hace estar dispuesta a apostar tu magnífica casa a que está embarazada. —Ahora estaba gritando—. ¡Dímelo! —Me pasé la mano por la barba y sentí brotar el sudor mientras miraba enfurecido a mi hermana y esperaba que dejara ya ese equivocado intento de gastarme una broma.

Hannah miró alrededor de la zona del patio de la tienda de golosinas y sonrió con amabilidad a los demás clientes, que ahora nos ponían mala cara.

—Frena, hermano. ¿Y si damos un paseo? —Cogió sus bolsas, se puso de pie y me brindó una mirada paciente que decía claramente: *Escucha a tu hermana mayor, pedazo de idiota.*

Pensé en dejar a mi hermana y a mi sobrina allí mismo, en el centro del pueblo, volver corriendo a la casa a por Brynne, subirla en el Range Rover y conducir de vuelta a Londres. Podríamos alejarnos de aquí y fingir que todo esto solo había sido un extraño e imposible sueño o malentendido. Lo pensé en serio. Durante unos cinco segundos.

De algún modo me puse de pie a pesar de que de repente me fallaban las rodillas, cogí la bolsa con la compra de la tienda de antigüedades en la que habíamos parado antes y seguí a mi hermana.

—¿De cuánto es el retraso? —preguntó Hannah mientras andábamos.

—¿Retraso? ¡Joder, yo no sé nada de esas cosas! Dijo que las pastillas que se toma hacen que se le retire la regla algunas veces.

—Ah, entonces no se enteraría si tuviese un retraso. Tiene sentido. Me ha contado que anoche vomitó. Ha dicho que tuviste que parar a un lado de la carretera. También ha mencionado que anoche además estaba mareada.

—Sí, ¿y qué? —dije yo a la defensiva—. A lo mejor fue algo que le sentó mal.

Hannah me dio un golpe en el hombro.

Sorprendida

—No seas tonto. He tenido tres hijos, E, conozco los síntomas del embarazo y mi marido es
médico. Sé de lo que estoy hablando.

Sentí una línea de sudor por mi espalda.

—Pero… no puede ser.

—Oh, deja de quejarte y cuéntame los hechos. Te aseguro que puede ser. ¿Qué pasó cuando
Brynne se mareó?

—Tuvo que sentarse y dijo que tenía sed.

—La sed es un síntoma —explicó Hannah
con sonsonete.

—Joder, y después de eso tuvo que vomitar.
Oh, Dios.

—Algunas mujeres tienen náuseas matutinas
por la *noche* —anunció—, Fred incluso te dirá que
es muy común.

—¿Qué más te pasaba a ti?

—Me podría muy malhumorada y sensible.
Es por las enormes cantidades de hormonas des-
controladas.

Visto. Mi broma sobre su transformación en
Medusa de hacía un par de semanas de repente ya
no le hacía gracia.

—Extremo cansancio, necesidad de siestas.
—Giró la cabeza todo lo que pudo hacia un lado—.

Nunca en mi vida he dormido la siesta excepto las tres veces que he estado embarazada.

Visto. Brynne estaba durmiendo ahora mismo en casa de mi hermana. Yo quería un cigarro y luego otro, y seguir hasta terminarme el paquete entero.

—Los pechos se vuelven muy sensibles al tacto, un poco doloridos. De nuevo, son las hormonas que están empezando el proceso de lactancia para alimentar al bebé.

Me quedé pasmado mirándola, estoy seguro de que tenía la boca abierta de par en par como el tonto del pueblo mientras hablaba de hormonas y pechos y producción de leche. *Esto no puede estar pasando. No puede. No ahora.*

Pero mi hermana siguió divagando, aterrándome con cada frase que salía de su boca.

—Esta última parte es algo que pasa y, créeme, preferiría no decirlo, pero supongo que debo contártelo de todas formas ya que me has preguntado. —Levantó la mano para que no le hablase—. No quiero escuchar si es verdad o no. *De verdad* que no necesito saberlo.

—¡¿El qué?! —le grité—. ¡Deja de andarte por las ramas y dímelo, joder!

Hannah me lanzó una mirada asesina y luego poco a poco la cambió por una sonrisa de superioridad.

—Las mujeres embarazadas se excitan mucho y quieren sexo todo el tiempo. Por lo general los hombres son demasiado estúpidos para darse cuenta de por qué tienen la suerte de contar con esos polvos de más. —Estoy seguro de que le encantó decirme eso—. Definitivamente son las hormonas. —Hannah se cruzó de brazos y esperó.

—Tenemos que volver —dije con una extraña voz. Incluso para mis oídos, no soné normal. Todo lo que podía ver era a Brynne suplicándome que la follara en la ducha. *Oh, Dios mío*. Hablar de conmoción petrificada no cubría ni de lejos el impacto de esta bomba.

Mientras estaba allí de pie junto a mi hermana, mirando la costa de Somerset en un cálido día de verano, con mi sobrina persiguiendo a un perro sobre el césped, supe dos cosas que eran verdades irrefutables.

La primera era que Brynne no se tomaría la noticia nada bien.

De la segunda parte me di cuenta enseguida y con una extrema claridad. La reafirmación de que era un hombre muy, muy afortunado por razones que solo podía decirme a mí mismo. Ni siquiera se lo contaría a Brynne. Solo podía saberlo yo y mantenerlo en privado. Una lógica muy simple, en realidad. Y cuanto más lo pensaba, más fácil era aceptar la posibilidad.

Si Brynne realmente va a tener un hijo mío…, entonces nunca podrá abandonarme.

Capítulo
7

Cuál podría ser la causa de que no le funcionara la píldora? Brynne me ha dicho que lleva tomándosela desde hace varios años. Explícamelo —exigí una respuesta.

Freddy me miró con compasión.

—Relájate, tío. No es el fin del mundo. No va a estar obligada a hacer nada. Vivimos en el 2012. Hay opciones.

—¡Oh, joder! —Con la idea de que pudiese estar embarazada ya tenía bastante que procesar en ese momento, pero pensar en lo que Fred podría estar insinuando era aún peor—. ¿Te refieres a un aborto?

—Sí. Está en su derecho, y es una opción. La adopción es otra —dijo en voz baja.

Me dejé caer en una silla y apoyé los codos en las rodillas y la frente en las manos. Me quedé allí sentado y respiré. Aun en estado de shock, sabía que el aborto estaba descartado. No era una posibilidad. De ninguna forma iba a permitir que matasen a un hijo mío o que se ocultase su existencia. Solo esperaba que Brynne pensase de la misma forma que yo. *¿Y si no es así?*

—Bueno, vosotros dos tenéis que hablar y luego ella deberá hacerse un test para confirmarlo. Si quieres que le haga uno y hable con ella lo haré, pero primero tienes que ir tú, E, y discutirlo entre los dos.

Asentí con la cabeza entre mis manos y levanté el culo del asiento. Fred me dio una palmadita en la espalda en señal de apoyo.

—Pero ¿cómo? Si se toma la píldora, ¿por qué iba a pasar esto? —insistí. Tal vez en el fondo esperaba que si alargaba mi patético intento de negación, en algún momento me haría ver la luz y me diría cómo tenía que reaccionar.

Freddy sonrió y negó con la cabeza.

—Las cosas cambian, otros medicamentos pueden disminuir los efectos de los anticonceptivos, los preservativos se rompen, la gente se emborracha y se deja llevar, cogen enfermedades que alteran la capacidad del cuerpo para metabolizar los fármacos, y lo que es más importante: *nada* es cien por cien efectivo. Excepto el celibato. —Me echó una mirada—. ¿Preservativos? —Negué con la cabeza y miré al suelo—. Ah, bueno, pues si haces depósitos en el banco, amigo mío, puede pasar con mucha facilidad.

Hice una mueca de dolor.

—¿Cómo voy a ir al piso de arriba a decirle que la he dejado preñada y que tiene que hacerse un test? ¡¿Cómo?!

Freddy fue al minibar, me sirvió un vodka doble y me lo pasó. Me lo bebí de un trago y me dio una palmadita en la espalda por segunda vez.

—No creo que vayas a tener que ir al piso de arriba para hacerlo —dijo Fred.

Levanté rápidamente la cabeza para preguntarle qué quería decir y noté que se me aflojaban las rodillas de nuevo.

Zara y Brynne entraron en la habitación de la mano y sonriendo de oreja a oreja. Estaba tan contenta… y hermosa… y… embarazada.

—Oh, hola. —Sonreí a Ethan y me pregunté por qué me miraba como si me hubiese salido una segunda cabeza—. ¿De qué estáis cotilleando aquí, chicos? ¿Cosas de hombres?

Ethan soltó una risita nerviosa y estaba un poco pálido. De hecho parecía aterrorizado. *Eso es muy raro.*

—¿Va todo bien? ¿Te ha llamado Neil? —pregunté, mientras empezaba a sentirme intranquila yo también—. ¿Ha averiguado quién mandó el mensaje anoche? —Me puse la mano que tenía libre en el cuello y traté de detener el pánico que empezaba a invadirme de repente.

Lo que pasa con Ethan es que él es el que nos mantiene con los pies en la tierra. Él es el seguro, rebosa confianza a cada paso. Me hace sentirme a salvo, así que verle de la forma en que estaba entonces... me preocupó..., bueno, me asustó muchísimo.

Vino hacia mí y me estrechó fuerte contra su pecho.

—No. Nada de eso. —Me besó en la frente y me agarró la cara, lo que le hacía parecerse mucho más al Ethan que conozco y quiero—. Aún está trabajando en tu teléfono. —Negó con la cabeza—. Ni se te ocurra pensar en ese maldito mensaje, ¿vale? ¿Tienes sed? ¿Quieres agua? ¿Por qué no te sientas y descansas los pies? —Nos llevó hasta el sofá y prácticamente me sentó de un empujón.

—Esto…, vale. —Negué con la cabeza y le miré con los ojos entrecerrados, mientras articulaba—: *¿Qué diablos te pasa?*

—Nada, cariño. Es que pareces cansada. ¿Qué tal la siesta? —Su voz sonaba extraña.

Fruncí el ceño.

—La siesta genial, pero no ha sido muy larga. —Zara se subió en mi regazo y comencé a acariciarle sus largos rizos—. Mientras estabais fuera tomando un helado he hecho un tour por Hallborough y algunas fotos del retrato de Mallerton de sir Jeremy y su Georgina para Gaby… y se las he enviado.

—Qué bien —dijo Ethan, mientras se pasaba la mano por el pelo.

—Sí…, qué *bien.* —Eché una ojeada a Freddy y noté algo extraño en él también. Habíamos tenido una buenísima conversación antes mientras los demás no estaban y me había enseñado la casa. Ahora parecía que solo quería largarse de la habitación—. ¿Qué pasa? ¿Por qué actuáis los dos de una forma tan extraña?

Ethan se encogió de hombros y levantó las manos con impotencia.

—Cariño...

Freddy vino adonde yo estaba y extendió los brazos hacia Zara.

—Ven con papá, pequeña. El tío Ethan quiere hablar con Brynne.

—Oh, vale —dije, y se la entregué de mala gana—. Quería que me contaras qué tal fue tu excursión a comprar helado con el tío Ethan. —Le puse una cara triste a la niña.

—El helado estaba bueno —respondió desde los brazos de su padre—. Mami le contó al tío Ethan que se apostaría su casa a que tú estás muy embarazada y vais a ser padres te guste o no. —Sonrió con dulzura—. Compartí el helado con *Rags* para que el tío Ethan y mamá pudiesen gritar sobre tu embarazo.

Varias cosas sucedieron al mismo tiempo. Estaba de pie en vez de en el sofá, pero no tenía ni idea de cómo había llegado hasta allí. Podía verme a mí misma de pie, justo en el centro del precioso salón georgiano de Hallborough, con sus elegantes muebles y cuadros y alfombras. Podía ver la hermosa cara de Ethan y el sol de la tarde filtrándose por los ventanales. Y esas partículas que se arremolinan en el aire, las que suelen ser invisibles pero que cuando la luz del sol les da de la forma adecuada puedes verlas flotar perezosamente, suspendidas como por arte de magia. Ahora que lo pienso, yo también estaba flotando. El techo impedía que me fuese a la deriva por el cielo y probablemente llegara hasta el espacio exterior. Habría seguido flotando y alejándome. Sé que lo habría hecho de no haber sido por el techo.

Ethan soltó una palabrota y dio un traspié hacia mí. No paraba de oír mi nombre. Una y otra vez escuchaba decir mi nombre. Podía verlo todo. Estaba allí de pie. Ethan volaba hacia mí. Freddy salía de la habitación tan rápido con Zara que parecía una película borrosa a cámara rápida. La temperatura de la habitación subió de repente, hacía mucho calor. Como un horno. Miré hacia abajo desde el techo y vi a Ethan precipitarse hacia mi «yo» que estaba de pie en el salón. Extendió los brazos, pero luego todo se ralentizó. Muy lento. Ethan siguió moviéndose pero su velocidad se redujo aún más. No pensé que fuera a alcanzarme. Parpadeé e intenté entender lo que Zara había dicho. Pero Freddy ya se la había llevado de la habitación, así que no podía preguntárselo. Incluso escuché una vocecita preguntarle a Freddy:

—Papi, ¿qué es embarazada?

—Te quiero. —Me desperté con esas palabras que salieron de los labios de Ethan. Estaba de vuelta en el sofá, pero esta vez estaba tumbada. Ethan se encontraba de rodillas en el suelo y me acariciaba la cabeza y el pelo con muchísima preocupación en los ojos—. Has vuelto... —Cerró los ojos y luego los volvió a abrir. Parecía bastante conmocionado, probablemente igual que yo. *Ponte a la cola, colega. Acabo de hacer un viaje astral.* Ya podía tacharlo de mi lista de cosas pendientes.

Recordé.

Y el peso del conocimiento me comprimió el pecho hasta que jadeé, cogí una bocanada de aire y traté de incorporarme con dificultad. Ethan me mantuvo tumbada y me hizo callar. La necesidad de escapar era muy grande. Era como si mi subconsciente supiera que el pánico no ayudaría en absoluto pero, como con una adicción, lo haces de todas formas aunque sabes que solo empeorará las cosas.

Negué con la cabeza.

—No, Ethan. *No* estoy embarazada. Me tomo la píldora y nunca se me ha olvidado…

Él siguió acariciándome el pelo con una mano y apoyó la otra en mi hombro.

Le daba miedo que fuese a salir corriendo. Conozco a Ethan y a veces puedo ver lo que está pensando. Me estaba aguantando en ese sofá para que no pudiese abandonarlo, o escapar, o levantar el vuelo, o salir huyendo. *Eres un hombre muy sabio, Ethan Blackstone.*

Porque eso es justo lo que quería hacer.

—Recuerda lo que te acabo de decir, Brynne. —Su voz era firme pero también vulnerable. Podía notar la preocupación en ella.

—¿Que me quieres? —Asintió con la cabeza lentamente, sin quitarme las manos de encima—. Pero no estoy embarazada —insistí—. Deja que me levante.

—Brynne, tienes que hacerte un test y entonces lo sabremos con seguridad. Hannah y Fred creen que podrías… —Fue bajando la voz, parecía muy inseguro—. Hannah me ha ayudado a comprar unos test de embarazo en la farmacia para que…

Le empujé con fuerza.

—¡Suéltame!

—Brynne…, cariño, por favor, escúchame…

—Suéltame. ¡Ahora!

Retrocedió. Me senté y crucé los brazos bajo el pecho. Tenía tanto calor y sed y me sentía tan mal en aquel momento que no era capaz de pensar con claridad.

—No pierdas los papeles, ¿vale? Tenemos que discutir esto como adultos. —Le hacía ruido la mandíbula al rechinar los dientes.

—Sí. —Le miré con desprecio—. Discutirlo. Eso habría sido una buena idea antes de que les hablaras de mí a tu hermana y a Freddy. ¿¡Ethan!? ¿Por qué has hecho eso? ¿Por qué?

—No lo he hecho. No tenía ni idea. Hannah sacó el tema y luego Fred se involucró. Creen que podrías estar embarazada. Los vómitos de anoche, que estés siempre con sueño y… otras cosas.

—¿Qué otras cosas?

Daba la sensación de que Ethan preferiría tragarse un puñado de cristales antes que tener esta conversación conmigo en este momento.

Hizo una mueca.

—¿Puedes simplemente hacerte el test?

—¡No! ¡No voy a hacerme un test simplemente porque tú y tu familia penséis que debería! ¡¿Qué otras cosas?! —La irracionalidad que sabía que debía controlar estaba atravesando la barrera de seguridad. *Bienvenida al país de los horrores. Por favor, deje el coche en el aparcamiento. Está realmente jodida y diríjase a la puerta principal, donde la recibirá su peor pesadilla.*

Él puso las manos en mi pecho, me cogió una teta con cada una y apretó. Me doblé del dolor y el pánico subió otro escalón. Recordaba ese tipo de dolor de antes. Lo había sentido anteriormente. *¡Noooooo!*

Le aparté las manos con brusquedad.

—¡¿Has hablado de esto con ellos?! ¡Oh, Dios mío!

—No ha sido así, Brynne. No he hablado de ti. Hannah simplemente supuso algunas cosas y cuando le pedí explicaciones me habló sobre los… síntomas. —Bajó la voz—. Tienes todos esos síntomas. Vomitas y duermes la siesta y te duelen… —Hizo un gesto hacia mi pecho y se quedó en silencio; la cautela de su voz me hacía sentirme como una cerda otra vez. Sabía que podía sacar la mala leche en cuestión de segundos cuando la ocasión lo mereciese. Esta podía considerarse una de esas ocasiones.

Me incliné hacia delante, enterré las manos en mi pelo y me quedé allí sentada sin más, mirando al suelo mientras intentaba procesar la información. Ethan me dejó tranquila, algo muy bueno porque quería tirarme a su yugular y morder como lo haría un animal encerrado. *Síntomas...* Mis reglas nunca son abundantes y se me había retirado por completo en otras ocasiones. Mi médico me aseguró que era normal por el tipo específico de píldoras anticonceptivas que tomo, así que nunca me preocupé por ello. A decir verdad, nunca tuve que preocuparme, porque *¡cuando no te estás acostando con nadie no tienes que preocuparte por quedarte embarazada!* Antes de Ethan, el sexo era esporádico y siempre con protección. No era tan tonta como para dejar que un tío no se pusiera un preservativo cuando no nos conocíamos bien. *Entonces ¿por qué lo hice con Ethan, tonta del culo?* Joder, Ethan solo había utilizado preservativo *una* vez. Una. *Montones y montones de oportunidades para que esos pequeños nadadores encontrasen la forma de entrar. De nuevo, soy tonta del culo.*

Vomitar la noche anterior había sido raro, porque tan pronto como vomité fue como si no me hubiese pasado nada en absoluto. Lo mismo había pasado esta mañana en el desayuno. Tenía mucha hambre y luego, cuando llegó la comida, solo quería una tostada. Ahora que lo pienso, en ese momento tenía el estómago débil. Ese sándwich de carne asada del almuerzo no me había sentado bien. También me dolían los pechos. Había dormido siestas los últimos dos días.

Todo se iluminó y tomó forma en un instante de entendimiento y apareció una terrible ansiedad. ¿Por qué estaba Ethan tan tranquilo? También debería estar en shock si esto fuera verdad.

—No puede ser cierto. No puede ser —le dije a nadie en particular.

—Recuerda lo que te he dicho, Brynne —pidió él algo nervioso.

Alargué la mano y él la cogió, yo estaba demasiado abrumada para contestarle. ¿Qué podía decirle de todas formas? ¿Siento que mis píldoras anticonceptivas hayan fallado? ¿Soy un desastre y siempre lo he sido, así que por qué no quedarme preñada para joderme la vida un poco más? O: sé que esto es complicar tu estresante vida, Ethan, lo siento muchísimo de verdad, pero estamos embarazados.

Tragué con ansiedad. La acuosa saliva se me empezó a acumular en la garganta. Vino más, y luego más, y supe que iba a vomitar otra vez. Me esforcé por controlar los efectos de las náuseas, que me sorprendieron así de repente.

Perdí.

A trompicones, corrí hacia el baño más cercano mientras mi mente intentaba desesperadamente recordar el plano de este enorme laberinto de casa. Con la mano sobre la boca, me tropecé con el aseo situado junto al solárium y me lancé sobre el inodoro. Vomité hasta que ya no quedó nada que expulsar.

Quería huir.

Era la segunda vez que estaba en esta situación con mi chica en menos de veinticuatro horas y era una mierda. Sobre todo para ella. Hablar parecía no servir de nada, así que no lo hice. Solo le sujeté el pelo y la dejé concentrarse en echar lo que tuviera en el estómago. Mojé un trapo con agua fría del lavabo y se lo pasé. Ella lo cogió, se lo puso en la cara y gimió. Me sentí un completo inútil. *Tú le has hecho esto y te odia por ello.*

Mi cuñado llamó a la puerta, que estaba abierta.

—Visita a domicilio —dijo amablemente.

—¿Puedes darle algo, Fred?

Brynne se quitó el trapo de la cara; estaba pálida y a punto de llorar. Fred sonrió.

—Te puedo dar un antiemético, pero será solo sintomático.

—Por favor —contestó ella, mientras asentía con la cabeza.

—¿Qué significa eso de solo sintomático? —pregunté yo.

Fred se dirigió a Brynne.

—Querida, no me siento cómodo dándote un tratamiento si no tenemos la confirmación. ¿Estás preparada para hacerte el test? —le inquirió con cariño—. Entones lo sabremos seguro y tú y E podréis decidir qué es lo mejor para los dos. Pero antes necesitamos esa prueba. —Hizo un gesto rápido de aprobación con la cabeza.

—Vale. —Eso fue todo lo que ella dijo, y le habló a Fred, sin ni siquiera mirarme. Parecía bastante fría y algo distante, como si ahora fuésemos extraños. Eso dolía. Quería desesperadamente que me mirase a los ojos, pero no lo hizo. Solo se sujetó el trapo mojado en la cara y mantuvo los ojos clavados en la pared.

Fred dejó dos test de embarazo en la encimera del lavabo. Hannah me había ayudado a elegirlos antes en el pueblo, porque yo no tenía ni idea de lo que hacía. Después de esa conversación con mi hermana, me había convencido de que tenía que comprarlos. La situación era surrealista. De verdad que lo era. Aquí estábamos los tres, de pie en un cuarto de baño intentando fingir que esto era un procedimiento estándar cuando, en realidad, era un desastre. Mi Brynne prácticamente obligada a punta de pistola a hacerse un test de embarazo sorpresa y yo descubriendo su pasado y la otra vez que estuvo embarazada.

¡JODER! Quería volver a darle un puñetazo a la pared pero en este lugar no me atrevía. Estas paredes eran demasiado caras.

Un montón de ideas locas me inundaron el cerebro. *¿Y si me odia por dejarla embarazada? ¿Y si esto rompe nuestra relación? ¿Y si quiere abortar? ¿Y si después de todo ni siquiera está embarazada y esto la espanta?* Estaba aterrorizado pero con todo quería saberlo. Ya. Necesitaba respuestas.

—Bien —dijo Fred—, hablaremos en un rato y trataremos de hacer que te sientas mejor, querida. —Salió despacio de la pequeña habitación pero volvió sobre sus pasos para decir algo más. Y allí estaba Brynne, rígida, mirando al suelo como un animal acorralado. Me rompió el corazón presenciarlo. Vaya que si lo hizo—. Brynne, estamos aquí para ayudarte y apoyarte en todo lo que podamos. Lo digo en serio y sé que Hannah también.

—Gracias —contestó con voz tímida.

Cuando Fred se fue nos quedamos solos. Brynne no se movía, seguía ahí de pie. Era incómodo. Quería tocarla pero me daba miedo.

—¿Brynne?

Levantó los ojos y tragó; estaba abatida y pálida. En cuanto me acerqué a ella dio un paso atrás y levantó la mano para mantenerme alejado

—Ne... necesito estar sola... —Le temblaba el labio inferior mientras se atragantaba con las palabras. Tan diferente a cuando se elevaba en una sonrisa sexi. Brynne solía sonreír mucho más que yo. Se le iluminaba la cara cuando lo hacía. Cada vez que sonreía, hacía que yo también quisiera sonreír. También conseguía que quisiera muchas cosas que nunca antes me habían importado.

Pero ahora no estaba sonriendo. Estaba aterrorizada.

Me mataba verla así.

—Cariño, recuerda lo que te he dicho. —Salí del baño aunque no quería hacerlo. Deseaba estar a su lado cuando lo averiguara. No quería dejarla sola. La quería en mis brazos diciéndome que me amaba y que podíamos hacer esto juntos. Ahora mismo necesitaba eso de ella y sabía que no lo iba a conseguir. —Me miró a los ojos cuando empezó a cerrar la puerta despacio—. No lo olvides —dije justo antes de que la cerrara, y me quedé frente a una elegante puerta tallada en lugar de estar frente a mi chica, que estaba pasándolo mal al otro lado.

El tiempo pasaba lentamente mientras esperaba a que saliera. Mi temor crecía con cada minuto que pasaba. Miré el móvil para ver si tenía mensajes y estaba respondiendo a algunos de ellos cuando recibí uno de Neil: «Tengo noticias d Fielding. Dnuncia d dsaparcn».

Marqué y esperé a que lo cogiera, mientras miraba fijamente la puerta del baño y me preguntaba qué estaba pasando ahí dentro. Mi mente se puso en alerta cuando accioné el modo protector.

—Jefe.

—¿Desaparición? ¿Fielding está desaparecido? Por favor, dime que no es cierto.

Neil suspiró.

—Sí, la denuncia la pusieron sus padres hace solo unos días. Viven en algún lugar del noreste; Pensilvania, creo. El último contacto confirmado es del 30 de mayo. Según la denuncia, no fue a trabajar. Su apartamento está limpio. Se dejó el pasaporte y no hay pruebas de una huida precipitada. El consulado, por supuesto, no tiene ningún registro de viajes fuera de Estados Unidos.

—Joder, eso no son buenas noticias, tío.

—Lo sé. Las posibilidades son infinitas. Su padre sospecha que se trata de juego sucio, y así lo ha hecho saber en las entrevistas a los periódicos.

—Apuesto a que el equipo de Oakley está encantado con la cobertura —dije con sarcasmo.

—Sin embargo, no ha hecho ninguna acusación. No menciona al senador Oakley, así que no se han relacionado a Montrose y Fielding con Lance Oakley.

—Entonces extrapolemos esto. El avión del congresista Woodson se estrella a principios de abril. El nombre de Oakley empieza a sonar como sustituto casi de inmediato. Montrose se mete en una pelea en un bar y recibe múltiples puñaladas en el cuello y el pecho el 24 de abril. El muy cabrón muere dos días después en el hospital. Tom Bennett se pone en contacto conmigo y yo empiezo a trabajar aquí el 3 de mayo con Brynne en la Galería Andersen. La última vez que Fielding es visto es a finales de mayo. Todo está tranquilo durante un mes. El mensaje de ArmyOps17 al móvil de Brynne llega anoche, el 29 de junio.

—Sí.

—¿Qué te dice tu instinto sobre Fielding? Tú has visto los informes.

—Yo creo que está muerto en algún hoyo en alguna parte o quizá en el Pacífico alimentando a los peces.

—¿Crees que está relacionado con Oakley?

—Es difícil de saber. Justin Fielding tenía problemas con las drogas. Cocaína, aparentemente.

Una de las razones por las que Neil y yo trabajábamos tan bien juntos era porque nuestros modos de razonamiento estaban muy bien sincronizados. Neil no era muy hablador. Decía lo necesario y no rellenaba la conversación con estupideces inútiles. Solo hechos. Y sus instintos daban en el clavo, así que cuando decía que no lo sabía, eso significaba que las cosas todavía no encajaban.

—Está bien. Tenemos a dos de los autores del vídeo fuera de juego, uno muerto y otro desaparecido. El tercero está de servicio activo en Irak y es un sospechoso muy improbable. El mensaje llegó desde dentro del Reino Unido y de alguien que había visto el vídeo en algún momento, puesto que sabía la canción que aparecía en el original.

—Eso parece correcto.

—¿Cómo ves un viajecito a California?

—Podría hacerlo. Puedo currarme el bronceado y matar dos pájaros de un tiro.

—De acuerdo entonces. Dile a Frances que te lo arregle para principios de la semana que viene. No quiero que te vayas hasta que yo no vuelva a la ciudad.

—¿Cómo se encuentra Brynne? Espero que esté mejor —preguntó Neil en voz baja.

Gemí al teléfono y traté de pensar qué contestar. *¡No le voy a contar nada!*

—Eh…, aún está enferma. Pero Fred la está ayudando. —Le dije adiós de manera apresurada y corté rápido la llamada. Podría hablar de trabajo todo el día, pero no tenía ninguna experiencia con las cosas personales ni deseaba ponerme a hablar del tema.

Miré el reloj y me dirigí a la puerta. Habían pasado veinte minutos desde que la cerró. Ahora parecían siglos. Toqué con los nudillos un par de veces.

—¿Brynne? ¿Puedo pasar?

Nada.

Agité el picaporte y volví a decir su nombre, esta vez más alto.

Silencio.

Pegué la oreja a la puerta y escuché. No podía oír nada de lo que estaba pasando dentro del baño y empecé a imaginarme la distribución de la habitación. Después de todo, conocer la estructura de los edificios y la forma más rápida de salir de ellos es parte de mi trabajo. A veces cuando ves las cosas claras de repente es aterrador. Esa fue una de esas ocasiones. El solárium lindaba con el baño al otro lado de la casa.

Entonces lo supe. Lo supe antes de que me llegara el mensaje al móvil un momento después: «Tngo q hacerlo… lo siento mucho. WATERLOO».

Capítulo
8

Por favor, dame fuerzas para hacer esto, recé. Lo único que pude ver fue la cara de Ethan antes de que cerrara la puerta. ¿En qué estará pensando ahora? Probablemente desearía no haberme conocido nunca. Me sentía tan avergonzada y estúpida… Aunque eso no cambiaba lo que sentía por él. Le quería igual que antes. Solo que no sabía cómo íbamos a enfrentarnos a algo así y sobrevivir como pareja. ¿Cómo podríamos?

Abrí el grifo y bebí unos cinco litros de agua, me enjuagué la boca y me lavé la cara. Parecía la novia de Frankenstein de la película antigua en blanco y negro. Mis ojos eran aterradores, tan abiertos como los de Elsa Lanchester en aquel filme. Quería fingir que esto no estaba pasando, pero sabía que no podía. Así es como piensa una niña, pero ¡yo no soy una niña! Voy a cumplir veinticinco años dentro de dos meses. ¿Cómo puede una persona cometer tantos errores en veinticinco años?

Agarré la caja del test y la abrí. Me temblaban las manos mientras sostenía la prueba de embarazo y las instrucciones, que estaban clarísimas. Signo negativo: «No estás embarazada», y signo positivo: «Estás superembarazada, zorra irresponsable». Sentí otra vez esa sensación de que mi cuerpo parecía querer irse flotando. Cerré los ojos y respiré, intentando recomponerme para seguir adelante, y entonces escuché la metódica voz de Ethan al otro lado de la puerta. Estaba hablando por teléfono, casi seguro que de trabajo. De repente me entró la risa tonta por lo absurdo de la situación. Yo estaba aquí dentro haciéndome un test de embarazo y él al otro lado siguiendo tranquilamente con su vida. ¿Cómo diablos podía hacerlo?

Miré a mi alrededor, a las preciosas paredes de mi prisión, y entonces la vi. Una puerta. No creo que la utilizaran nunca, pero eso no significaba que no se pudiera usar. No pensé, tan solo hice lo que deseé hacer cuando Zara lo mencionó de pasada.

Salí corriendo.

Parecía que apenas hubiera pasado algo de tiempo, pero me encontré llegando a la costa rocosa que habíamos recorrido esa mañana y supe que había transcurrido un buen rato. Cuanto más lejos corría, más culpable me sentiría por marcharme sin decir una palabra. Ethan estaría muy dolido. ¿Dolido? ¡Va a estar cabreadísimo! Iba a arder Troya. Me preguntaba si ya sabría que me había marchado. Cerré los ojos ante la idea de él al darse cuenta de que no estaba y supe que tenía que ponerme en contacto. Recordé algo que me había dicho hacía mucho tiempo. Fue cuando me pidió que eligiese una palabra de seguridad. Ethan me dijo que era para cuando necesitara mi espacio y que lo respetaría. Había mantenido su promesa la otra vez que la utilicé.

Ethan era sincero conmigo. Estaba segura de que mantendría su palabra, así que le mandé el mensaje, puse el móvil en silencio y seguí corriendo. No sé lo que esperaba conseguir, pero el esfuerzo físico me ayudaba. Tenía que quemar la adrenalina de alguna forma, y esto era algo que al menos podía controlar.

Acabé al final del muelle, justo en la cafetería El Ave Marina, donde habíamos comido hacía solo unas horas. *Qué rápido pueden cambiar las cosas en un solo día.*

Ethan me había insistido: «Recuerda lo que te he dicho, Brynne». Lo había repetido varias veces. Quería que supiera que me amaba. Así era Ethan, siempre tranquilizándome cuando me volvía irracional. Pero esto... Esto era demasiado, y no quería enfrentarme a ello. No quería enfrentarme a la verdad..., pero sabía que tenía que hacerlo. Correr como una loca por ahí en un pueblo costero no iba a ayudar en absoluto.

Cálmate, Bennett.

Bien, eso me dio fuerzas para empujar las puertas de la cafetería. Caminé hasta la primera empleada que encontré y le dije que había desayunado allí esa mañana y que creía que me podía haber dejado las gafas en el baño. Me permitió pasar y allí que entré.

Me saqué el test del bolsillo e hice lo que tenía que hacer, muy enfadada conmigo misma por estar en un baño público en vez de en casa con Ethan esperándome. Apoyándome. Sus últimas palabras fueron muy contundentes: «No lo olvides». Me aseguró a su manera que estaba ahí para lo que necesitara. *Soy tan estúpida.*

Intenté aguantarme las ganas que tenía de llorar y ni siquiera miré el resultado. Cerré el test de embarazo y me lo metí de nuevo en el bolsillo de los vaqueros, me lavé las manos y me fui. Nunca me había sentido tan débil, patética y perdida. *Bueno, sí que lo has hecho. Hace siete años fue mucho peor.*

El calor del sol empezaba a decaer al final de la tarde y se había levantado viento, pero no tenía frío. No. Estaba sudando mientras seguía el camino de vuelta por el que Ethan me había llevado esa mañana. Sabía adónde quería ir. Podía sentarme allí y pensar un rato… y luego… Luego ¿qué? ¿Qué iba a hacer después?

El camino del bosque no tenía tanta luz como esta mañana y era evidente que había perdido algo de su aspecto de cuento de hadas, pero seguí adelante hasta mi destino y apenas me di cuenta. El pestillo de la puerta de hierro se abrió igual que lo había hecho unas horas antes y emitió un fuerte sonido metálico detrás de mí en cuanto entré. Corrí por el largo camino de grava, levantando piedrecitas por detrás de mí al abrirme paso. Me apresuré; de alguna forma necesitaba verla otra vez. Suspiré aliviada cuando apareció la estatua del ángel sirena. Sí, aún estaba allí. Me reprendí a mí misma por pensar que sería de otra manera. Era real y no un producto de mi imaginación. *Se te va la cabeza.*

Me senté allí mismo, a los pies de la estatua, y sentí mi corazón palpitar. Latía con tanta fuerza que estoy segura de que hasta movía la piel que lo cubría. No estaba vestida para correr, pero al menos los zapatos que llevaba valían.

Me quedé allí sentada durante mucho, mucho tiempo.

El mar parecía más oscuro y más azul que por la mañana. El viento era más intenso y había un rastro de lluvia en la brisa. El olor me gustaba: a tierra, agua y aire, todo mezclado. Olor a vida.

Vida.

¿Había una pequeña vida creciendo dentro de mí? Todo el mundo parecía creerlo. La idea de ellos tres hablando sobre mí como si fuera una especie de rata de laboratorio aún me enfurecía. Secretos otra vez. Ethan sabía que no quería secretos. Simplemente no puedo soportarlos y dudo que nunca sea capaz de hacerlo. Cuando soy la última en enterarme de las cosas, aunque sean insignificantes, me recuerda al momento en que vi por primera vez ese vídeo mío en la mesa de billar siendo... ultrajada como si fuera basura. Despreciable. Feo. Feísimo.

Es mi trauma. Mi cruz. Espero que llegue el día en que pueda cerrar la tapa de esa caja de Pandora y mantenerla cerrada, pero eso todavía no ha sucedido. Desde que conocí a Ethan la tapa se ha soltado varias veces.

Pero no es culpa suya. Eso lo sé. Es mía. Yo he tomado decisiones igual que el resto del mundo. Tengo que vivir con ellas. El viejo dicho «cosechas lo que siembras», de hecho, tiene mucho sentido.

Aún no estaba preparada para mirar la prueba de embarazo, simplemente no podía. Supongo que eso significaba que era débil, pero nunca he dicho que fuera muy fuerte emocionalmente. Ese es el trabajo de la doctora Roswell y le he dado a la pobre mujer muchísimas cosas en las que trabajar en los últimos años. Haría su agosto con esta noticia. Necesitaría un tercer empleo solo para pagar la terapia adicional.

Volviendo a lo que podría pasar. Embarazada. Un bebé. Un niño. Un hijo de Ethan. Nosotros dos padres... Estoy bastante segura de que cuando Ethan sugirió que deberíamos casarnos no tenía en mente convertirse en padre. *Aunque sería un padre maravilloso.* Lo había visto con Zara y los chicos. Era bueno con ellos. Un poco gamberro pero con sentido común. Sería el tipo de padre que tenía yo.

El mejor. Si eso era algo que él quería ser alguna vez. Y estaba aterrorizada porque no sabía la respuesta a esa pregunta.

Imaginarme a Ethan en el papel de padre es lo que me rompió. Las lágrimas brotaron entonces, no podía aguantarlas ni un segundo más.

Estaba llorando en mitad del césped de un hermoso palacete de piedra situado en la costa de Somerset, a los pies de una sirena alada que miraba al mar. Lloré hasta que no me quedaron más lágrimas y era hora de saltar a la siguiente etapa de este duelo. Ya había pasado por la negación y la ira. ¿Qué era lo siguiente? ¿Negociación? Ethan tendría algo que decir al respecto. Me volví a sentir culpable por haberle dejado en casa. Seguro que me odiaba…

Para mi sorpresa el ataque de llanto ayudó porque me sentí un poco mejor. Aunque con muchísima sed.

Necesitaba agua y me imaginé que la deshidratación era la culpable. Tanto vomitar y correr es lo que tiene. Miré alrededor en busca de un grifo y localicé uno. Caminé hasta él y giré la manivela para dejar correr el agua un poco antes de poner la mano y llevármela a la boca. Sabía tan bien que bebí sin parar hasta que estuve satisfecha. También hice lo que pude con mi cara, intentando secarme las lágrimas, limpiarme los mocos y acabar con el terrible aspecto que tenía en ese momento.

Volví a mi sitio bajo el ángel sirena y miré el mar otro rato. La brisa me refrescó la cara mojada hasta que se secó al viento.

Ya es hora de mirar.

Hora de mirar y ver lo que me deparaba el destino. Nunca voy a estar preparada, decidí. Cuando me metí la mano en el bolsillo para coger la prueba de embarazo, sentí que otra oleada de náuseas se apoderaba de mí y me pregunté cómo era posible vomitar así.

Por lo visto, ni el agua era bienvenida en mi estómago, así que me limité a arrodillarme sobre las rocas y a soportar de nuevo las arcadas mientras toda esa agradable y refrescante agua volvía a salir.

Me mantuve alejado todo el tiempo. Le di el espacio que me pidió y respeté sus deseos.

Hasta que volvió a vomitar.

No podía dejarla pasar por eso sola. No a mi chica. No cuando necesitaba ayuda y compasión de alguien que la quisiera. Verla allí sentada bajo la estatua de la sirena y luego llorando a lágrima viva había sido duro de presenciar. Pero no tenía elección. No iba a dejarla salir sola cuando se encontraba en peligro. Eso no iba a pasar. Me había asegurado de que el GPS estuviese activado en su móvil después de aquella mañana en la que se fue a por café y se encontró con Langley en la calle. *El chupapollas*. Y como llevaba el móvil encima y encendido, había podido seguir sus movimientos casi todo el camino. Aunque la parada en El Ave Marina me sorprendió. Me preguntaba qué habría hecho allí. La estatua tenía mucho más sentido para mí. Este era un lugar muy tranquilo. Entendía a la perfección por qué había venido aquí para estar sola.

—Te tengo —dije al tiempo que le acariciaba la espalda y le recogía el pelo otra vez, perdida la cuenta de cuántas veces lo había hecho.

—Oh, Ethan… —contestó con la voz entre-
cortada debido a las arcadas—. Lo siento…, lo
siento…

—Shhhh, no pasa nada. No te preocupes,
cariño. —Le acaricié la espalda con una mano y le
sujeté el pelo con la otra—. Solo es el agua que has
bebido.

Cuando por fin terminó, se desmayó como
una flor marchita y se encorvó en el suelo con muy
mal aspecto. Sabía que necesitaba llevarla de vuelta a casa lo antes posible. Necesitaba con urgencia
que la atendiese Fred y que descansara.

La levanté hacia mí con piernas temblorosas,
ya que su terrible estado me destrozaba por dentro. Además, no podía evitar sentirme terriblemente culpable.

—Gra… gracias por venir a bus… buscarme
—dijo mientras le castañeteaban los dientes y con
los labios más azules que nunca. Estaba helada
y tiritando, así que me quité la camisa y se la puse
encima de la suya, confiando en que esta nueva
capa de tela le hiciera entrar un poco en calor.

Fue obediente, me permitió hacerme cargo,
y eso supuso un gran alivio. Cuidar de ella era
algo que podía hacer. No necesitaba mucho, solo

la seguridad de que quería mi ayuda. De que me quería a mí.

—Siempre te encontraré. —La cogí y empecé a caminar por el largo sendero de Stonewell Court hasta la puerta donde había aparcado. Ella cerró los ojos y me puso la mano en el pecho.

Justo en el corazón.

Siempre me sorprendía lo fácil que era llevarla en brazos. Sabía por qué. Era porque *ella* llevaba mi corazón consigo dondequiera que fuera. Mi corazón estaba en sus manos, y tal vez llevarla en brazos era en cierto modo instinto de supervivencia. Llevarla a ella era llevarme a mí.

No podía explicarlo, pero yo lo entendía. Para mí tenía mucho sentido.

Lo dije otra vez.

—Siempre te encontraré, Brynne.

En cuanto la llevé de vuelta a Hallborough, Fred me dijo que la llevara al piso de arriba, a nuestra habitación, y la metiera en la cama. Estaba dormida cuando lo hice. Ni siquiera se despertó cuando le quité los zapatos y la arropé con la manta.

Mi pequeña tenía un aspecto horrible. Nunca lo diría en voz alta, pero era así. Aunque eso no significaba que no siguiese siendo la mujer más hermosa del mundo. Para mí lo era. Mi preciosa chica americana.

Fred se acercó por el otro lado de la cama y le pellizcó el brazo unas cuantas veces. Le tomó el pulso en el cuello y luego la temperatura.

—Está muy deshidratada y tiene el pulso alto. Me gustaría ponerle una intravenosa. Necesita líquidos ahora mismo o podría tener problemas. Su masa corporal es baja y no puede permitirse…

—¿Puedes hacer eso aquí para no tener que ingresarla en el hospital?

—Puedo pero tengo que ir corriendo a la clínica a coger lo que necesito, y alguien tendrá que vigilarla todo el tiempo.

—Yo lo haré. —La miré dormir, esperanzado de que al menos estuviese soñando algo bueno. Se lo merecía—. No la voy a dejar.

—¿Y cuál es el veredicto? ¿Voy a ser tío o no?

—No lo sé, Fred. No me lo ha dicho. Aún no lo sabemos… —Aunque tenía muchísimas ganas de saberlo.

En cuanto Fred se fue, aparté las mantas para quitarle los vaqueros. Quería que estuviese cómoda en esta cama, ya que iba a tener que quedarse un buen rato. *¡Joder, y tanto!* Iba a descansar aunque tuviese que atarla a la maldita cama.

Encontré unas mallas suaves para cambiárselas por los vaqueros y un par de calcetines de pelo de color morado que a ella le gustaba ponerse por la noche. Brynne tenía unos pies preciosos y le encantaba darse masajes. La había visto echarse crema por las noches y luego ponerse unos calcetines como estos. Ella decía que por eso los tenía tan suaves.

Le desabroché los vaqueros y se los bajé por sus largas y sexis piernas con delicadeza. Arrastraron sus braguitas azules. Podía ver su cuerpo como lo había visto muchas, muchas veces, tan perfecto y sumamente cautivador, pero ahora mismo no pensé en sexo. Miré fijamente su vientre, tan plano y firme, y en su lugar pensé en lo que podría estar creciendo ahí dentro.

¿Vamos a tener un hijo?

Brynne podría tenerle un miedo atroz a esa posibilidad, pero si era cierto no tenía ninguna duda de que sería una madre maravillosa. Mi chica era brillante en todo lo que hacía.

Movió la cabeza inquieta en la almohada, pero no se despertó. Le susurré unas palabras al oído y esperé que pudiera escucharlas de algún modo. Le puse las mallas y a continuación los calcetines, agradecido de tener las manos en su piel solo para ayudarla y ser útil.

Tenerla de vuelta y a salvo era lo más importante. Aun así, un «Waterloo» dirigido a mí por segunda vez en nuestra relación no me había sentado bien. Pero al fin y al cabo me alegraba de que lo hubiera utilizado cuando lo necesitaba. Me había puesto «lo siento» antes de escribir la palabra en su mensaje. Suspiré. Sabía que Brynne estaba haciendo todo lo que podía, y al menos era sincera cuando necesitaba su espacio y un poco de tiempo. Yo sentía que me estaba comportando de la única forma que sabía hacerlo. No sabía qué otra cosa podía hacer.

Ponerle una camiseta holgada era un poco más difícil. Me decidí por su camiseta de Hendrix porque era muy suave y quería que estuviera lo más a gusto posible. Agradecido por que el cierre de su sujetador estuviera situado en la parte delantera, lo abrí para revelar sus preciosos senos y pensé que no notaba ninguna diferencia. *Solo perfección, eso es todo*. Pero las apariencias engañan, y había visto cómo había reaccionado cuando la toqué antes. *¿Cómo narices la he dejado embarazada con lo cuidadosa que es con la píldora?*

A pesar de todo, la estúpida de mi polla reaccionó al ver su cuerpo desnudo. Me entraron ganas de retorcerla y arrancármela por habernos metido en este lío, pero sabía que era inútil. La única forma de mantener a esa traidora lejos de Brynne sería desde la tumba.

Lo que podría ser pronto, dada la velocidad a la que avanzábamos. Por Dios, apenas podía mantener el ritmo y sentía que en las últimas veinticuatro horas había envejecido años.

Con prisa por terminar de vestirla, la levanté de la cama con delicadeza para meterle la camiseta por la cabeza y pasársela por la espalda. Después la estiré hasta que su hermosa piel desnuda estuvo cubierta de nuevo.

No pude resistirme a besarla en la frente antes de meterle los brazos por las mangas. No se despertó en todo el proceso, lo que no me tranquilizó en absoluto. No quería que estuviera enferma, necesitaba tenerla *de vuelta*. Desesperadamente. Intenté mantener mis sentimientos a raya pero no fue fácil, sobre todo cuando mi Bella Durmiente no iba a despertar de su sueño solo porque la besara. ¿Dónde me dejaba eso en este despropósito de fin de semana? Los cuentos de hadas en realidad son mentira.

Cuando agarré las mantas para taparla, algo cayó a los pies de la cama, haciendo un ruido sordo. ¿Su teléfono? Seguro que era el móvil de Brynne que se había salido del bolsillo de sus vaqueros. Me agaché para recogerlo del suelo y vi algo más que se había caído del bolsillo. Estaba allí tirado sobre la tela azul. Un palito blanco de plástico con una tapa morada en la punta que predecía una parte de nuestro futuro.

Sabía lo que era ese palito blanco de plástico, pero aún no conocía su secreto. La pantalla del indicador estaba boca abajo, mirando al suelo.

Capítulo
9

Abrí los ojos y encontré a Ethan dormido en el sillón que estaba junto a la cama. Tenía los brazos cruzados y las largas piernas estiradas en la otomana a juego. Era tan guapo que casi me dolía mirarle mucho rato. Aún estaba asombrada de que hubiese venido a buscarme. ¿Cómo podía querer esto? ¿Cómo era posible? ¿Por qué no estaba huyendo a toda prisa?

Sentí algo raro en el brazo izquierdo y averigüé por qué en cuanto vi que tenía un tubo que llevaba directo a la bolsa de suero que colgaba de uno de esos aparatos con ruedas.

Me senté en la cama y miré el reloj para ver la hora. ¿Cuánto tiempo había estado dormida? En el reloj eran poco más de las diez y media. Los acontecimientos de la tarde se me vinieron encima en una repentina oleada y me preparé para más dolor y sufrimiento, pero nunca llegó. Supongo que tanto correr, llorar y vomitar me había dejado sin capacidad de reacción. En su lugar, estaba calentita en una cómoda cama con Ethan cuidándome y con una vía en el brazo. Bueno, eso daba un poco de miedo. Mi estado cuando Ethan me trajo aquí debía de ser horrible si necesitaba suero intravenoso.

Me acomodé bajo las mantas y me di el gusto de mirarle dormir en el sillón. No podía ser muy cómodo para él. Pobrecito. Debía de estar exhausto por todo lo que había pasado y todo lo que habíamos hecho en el último día y medio.

Aún no estaba preparada para enfrentarme a todo, pero me sentía mucho mejor de lo que lo había estado en horas y… a salvo. Muy a salvo con los cuidados de Ethan, de la forma en que me había hecho sentir desde la noche que le conocí y me llevó a casa en su coche. Me dejé llevar por el sueño otra vez, contenta de saber que, al menos por ahora, no estaba sola.

La siguiente vez que me desperté, el sillón de Ethan estaba vacío. El reloj de la mesilla marcaba poco más de la una y cuarto de la madrugada, así que supuse que debía de haberse ido a la cama. Otra cama. En algún otro lugar. Respiré hondo y traté de aguantar el tipo. Ponerme a llorar como una magdalena no iba a ayudarme. Pero qué bien sentaba a veces derrumbarse, sobre todo si tenías a alguien que te recogiera. *Como Ethan...*

Me di cuenta de que necesitaba ir al baño, así que aparté las mantas y me bajé con cuidado de la cama. Me temblaban un poco los pies y tenía los músculos muy doloridos, sobre todo los de las piernas y los abdominales, pero tuve que sonreír por los calcetines que llevaba. Ethan debía de habérmelos puesto. *Realmente tiene que quererme.* La verdad es que creía que me quería, pero supongo que me asustaba que un embarazo acabara con nuestro amor, tan nuevo y frágil. Estábamos avanzando demasiado deprisa para que esto pudiese funcionar. *¿Verdad?*

Tuve que llevarme el aparato del suero conmigo, o me arriesgaba a arrancarme la aguja que llevaba en la muñeca. Me estremecí al mirar esa cosa tan fea y me alegré de no recordar el momento en que me la clavaron. El aparato era un poco incómodo, pero me las arreglé para entrar y ocuparme de mis asuntos.

Lo primero que hice después fue lavarme los dientes. Incluso gemí al sentir el divino sabor de la pasta de dientes y la sensación de una boca fresca y mentolada después de tantos asquerosos ataques de vómitos. *Son las pequeñas cosas...*

Lo siguiente fue ocuparme de mi pelo, tengo que decir que lo tenía espantoso. No quería ni pensar en lo que podía tener ahí dentro. La verdad es que quería una ducha, pero sabía que no había manera de poder dármela yo sola mientras siguiera enganchada a un gotero. Cepillarme el pelo y hacerme una larga trenza a un lado en cierto modo mejoró las cosas, pero aún estaba horrorosa. Miré de arriba abajo la bañera.

—¿Qué haces fuera de la cama? —vociferó Ethan desde la puerta, con el ceño fruncido en su preciosa cara.

—Tenía que ir al baño.

—¿Y has terminado?

Asentí con la cabeza y miré con anhelo la magnífica bañera de mármol.

Sus ojos siguieron a los míos hasta la bañera.

—Ni lo pienses. Te vas a la cama —señaló, aún con la mirada asesina.

Levanté las cejas.

—¿Me estás diciendo adónde tengo que ir?

—Sí. Y es en esa dirección. —Movió el pulgar para darle énfasis, vino hacia mí y me levantó los pies del suelo sin ningún problema—. Agárrate al aparato, cariño, que también se viene con nosotros.

Di un grito y agarré el suero. Su ropa estaba fría cuando me estrechó contra él.

Ethan no perdió el tiempo: me volvió a meter en la cama y me colocó bien el gotero.

—De todas formas, ¿por qué necesito esto? —pregunté.

Él se inclinó hacia mí y puso sus labios muy cerca de los míos.

—Porque según Fred estabas tan deshidratada cuando te encontré que era para ingresarte en el hospital. —Sus ojos eran serios y su voz suave cuando me dijo la cruel verdad.

—Oh… —No sabía qué más decir y estaba empezando a sentir emociones que amenazaban con superar mi precario control de la situación. Llevé la mano que tenía libre a su mejilla y la acaricié, y pude sentir su barba de varios días, suave y áspera al mismo tiempo, algo que a estas alturas ya me resultaba muy familiar. Ethan cerró los ojos como si estuviera saboreando mis caricias y eso me entristeció. Él también necesitaba consuelo.

—Estabas fuera fumando, ¿a que sí?

Asintió con la cabeza y vi sus ojos vacilar mostrando arrepentimiento o puede que incluso vergüenza. Me sentí aún peor. Definitivamente ahora mismo no necesitaba mis críticas. Al pobre le había hecho sudar la gota gorda en el último día y la última noche, y aún estaba aquí a mi lado. Había venido a por mí, me había dicho que me quería y me había cuidado cuando estaba enferma. Había hecho todo eso y ¿qué había hecho yo? Había salido corriendo sumida en la autocompasión y me había puesto tan enferma que ahora mismo estaría en un hospital si Freddy no fuese médico.

—Lo siento mucho… —susurré—. Te he vuelto a hacer daño…, siento mucho, muchísimo haberlo hecho.

—Shhh. —Puso sus labios en los míos y me besó con dulzura, con olor a menta y clavo, y me hizo saber que aún estaba allí conmigo. Mi pilar, mi apoyo.

—Me alegro de que estés aquí. Me he despertado antes y te he visto durmiendo en el sillón…, y la siguiente vez te habías ido…

—¿En qué otro sitio querría estar, cariño? —Me pasó el pulgar por los labios.

—¿Lejos de mí?

Negó con la cabeza despacio.

—Nunca.

—Pero aún no sé lo que dice el test, porque no lo he mirado. —Empecé a desmoronarme.

—Yo tampoco —respondió él mientras me acariciaba el pelo.

—¿Cómo puedes no saberlo?

—No lo sé —contestó bajito—. Cuando te quité los vaqueros se cayó al suelo.

—¿Y no lo miraste? —pregunté incrédula.

Negó con la cabeza y sonrió.

—No. Quería esperarte y hacerlo juntos.

Lancé los brazos alrededor de su cuello y me derrumbé. Intenté al menos no hacer mucho ruido. Ethan me abrazó y me acarició la espalda. Era demasiado bueno conmigo y sinceramente me preguntaba qué había hecho yo para merecer a alguien como él.

—Métete en la cama conmigo —dije pegada a su hombro.

—¿Estás segura de que eso es lo que quieres?

—¡Sí, estoy segura de que eso es lo que quiero! —contesté, balbuceando entre más lágrimas sensibleras.

A Ethan debió de gustarle mi respuesta porque no perdió un segundo en prepararse para acompañarme.

Yo me dediqué a secarme los ojos mientras Ethan se quitaba los vaqueros. Pero se dejó los calzoncillos puestos. No es que nunca hubiesen tenido un efecto disuasorio cuando queríamos estar desnudos, pero no creo que ninguno de nosotros fuese capaz de mucho más que dormir ahora mismo. Los dos estábamos adentrándonos en un terreno por el que parecía que teníamos que andar con pies de plomo.

Ethan se metió bajo las mantas y puso el brazo debajo de mí como hacía a menudo. Yo me acomodé y me acerqué a su cuerpo para poder apoyarme en su pecho. Mi mano izquierda tenía la vía, lo que me obligaba a mantenerla encima, pero aun así tracé círculos sobre su pecho por encima de su camiseta. Me acurruqué contra él y respiré su delicioso aroma.

—Hueles tan bien… Yo debo de oler a cerdo podrido.

—En realidad no te lo sabría decir, preciosa, porque nunca he estado lo bastante cerca de un cerdo podrido para saber cómo huelen. —Notaba que estaba sonriendo con suficiencia—. ¿Cuándo lo has estado tú?

Sonreí y murmuré:

—Digo cerdo podrido en plan metafórico, y para el caso es lo mismo. Bueno, o incluso mejor.

—Estoy de acuerdo contigo en eso. Me quedo con el cerdo podrido metafórico antes que con los de verdad sin pensarlo. —Me masajeó la nuca y bromeó—: Si es cierto que hueles a cerdo podrido, entonces huelen bastante bien, la verdad. De hecho, me atrevería a decir que me encanta el olor a cerdo podrido.

Funcionó. Hizo que al menos me riera un poco y eso me ayudó a encontrar el valor para decirle que estaba preparada para enfrentarme a lo que me deparara el destino.

—¿Ethan?

—¿Sí, nena?

—¿Cómo supiste que volvería allí, al ángel sirena?

—Puse un GPS en tu móvil no hace mucho. —Sus músculos se contrajeron y me apretaron un poco más—. A pesar de que no me gustó ver la palabra «Waterloo» en ese mensaje —dijo, e hizo una pausa para respirar—, me alegro de que hicieras lo que necesitabas hacer. —Me dio un beso en la frente—. Y de que llevaras el móvil encima y encendido. Voy a tener que insistir en que siempre lo lleves contigo cuando estemos separados. También tenemos que volver a hablar sobre tu seguridad.

—¿Por qué? ¿Qué ha pasado?

Desestimó mis preguntas con más besos y luego murmuró un muy firme «Luego» contra mis labios.

Noté por su tono de voz que tenía que ver con algo de trabajo y lo dejé ahí. De todas formas llevaba razón. Teníamos otras cosas de las que encargarnos antes.

—Quie... quiero mirar ahora la prueba de embarazo.

—Antes de que lo hagas, necesito decir algo. —Ahora Ethan era el que sonaba preocupado. Podía sentir cómo tensaba el cuerpo y no me gustó nada ese cambio. Me daba miedo lo que pudiera decir. Y si decía lo que me temía, entonces sería el final para nosotros. Había una cosa que simplemente no podía hacer. Sabía que no sería capaz. Ya había pasado por eso antes y no podría volver a hacerlo y sobrevivir.

—Está bien. Habla. —Se me encogió el estómago a causa de los nervios, pero estaba decidida a escucharlo. Tenía que saberlo. Cerré los ojos.

—Mírame. —Me pasó el dedo por la mejilla y acabó en los labios—. Necesito que me mires a los ojos cuando te diga esto.

Los abrí y me encontré con toda su atención centrada en mí. La intensidad con la que me expresaba sus necesidades era casi cegadora.

—Brynne, quiero que sepas… No, quiero que *estés segura* de que sea lo que sea lo que diga el test, no cambiará mis sentimientos. Puede que ese no sea el plan que tenía en mente contigo, pero si está en el camino…, entonces no me voy a ir a ningún lado. Sé adónde quiero llegar y a quién quiero conmigo. —Me puso la mano en el vientre y la mantuvo ahí—. A ti. Y cualquier otra persona que hayamos concebido tú y yo se viene *conmigo*. —Su expresión denotaba determinación, pero podía ver también algo de vulnerabilidad en sus ojos, casi miedo.

Sus palabras fueron seguras, incluso un poco duras. Pensé que había entendido lo que me estaba diciendo, pero quise asegurarme. Un rayo de esperanza empezó a surgir en mi corazón y excavé hondo, más hondo de lo que lo había hecho nunca, para encontrar el valor de preguntarle lo siguiente:

—Entonces…, entonces no me pedirías que abor…

—¡Joder, no! —Me cortó—. No puedo permitir que abortes, Brynne. Eso estaría mal…, y de verdad espero que tú sientas lo mismo.

Me estremecí y exhalé un profundo suspiro.

—¡Oh, gracias a Dios! —Sentí las lágrimas brotar en mis ojos—. Porque sé que yo no podría someterme a un aborto, aunque tú me lo pidieras. Mi madre ya lo intentó conmigo y simplemente…, simplemente me volvió loca. Sé que no sería capaz de…

Él silenció con besos el resto de mi respuesta y luego apoyó su frente en la mía.

—Gracias —susurró, mientras sus suaves labios me acariciaban la cara.

Yo solo respiré un momento y le dejé abrazarme fuerte contra su cuerpo. Necesitaba asimilarlo todo y entender sus sentimientos; y estaba tan aliviada…

—Así que ¿te… alegrarías?

Él no lo dudó.

—No sé si «alegre» sería la palabra que utilizaría para describir cómo me hace sentir la posibilidad de convertirnos en padres, pero sé lo que me dicta mi conciencia, y si estamos embarazados…, entonces supongo que es cosa del destino, y es lo que tenemos que hacer.

Los ojos de Ethan estaban tan azules en ese momento que estaba segura de que podría ahogarme en ellos.

—¿Crees en el destino?

Él solo asintió con la cabeza. Sin palabras; en su lugar hizo un gesto que fue mucho más íntimo que si lo hubiera pronunciado.

—Vale, ¿dónde está?

—Dónde está ¿qué?

—Mi prueba de embarazo. Estaba en el bolsillo delantero de mis vaqueros.

Se quedó bloqueado durante un instante y luego se echó a reír. Era bastante atípico incluso para Ethan, teniendo en cuenta las circunstancias.

—¿Dónde está la gracia? —exigí.

—Es que acabo de darme cuenta de que no la tengo. Es Freddy el que sabe el resultado. Él es el único que sabe la verdad.

—¿Cómo es que él lo sabe y tú no?

—Bueno, Fred tenía que ir a su clínica a por los suministros que necesitaba para tu gotero y mientras estaba fuera, descubrí que se había caído. —Me besó en la sien—. Yo estaba mirando el test en el suelo cuando llegó. Me preguntó si lo iba a comprobar. Le dije que lo hiciera él, pero que no me lo dijera. Y eso es lo que hizo. Lo miró y luego se lo metió en el bolsillo de la camisa, creo. Estaba muy concentrado en proporcionarte los fluidos, y francamente yo también. Estabas completamente ida. No te despertaste ni cuando te desvestí. Estaba muerto de miedo. —Me estrujó un poquito—. No vuelvas a hacer eso nunca, por favor.

—Créeme, no quiero volver a ponerme así de enferma, muchas gracias. Es horrible… —fui bajando la voz y me di cuenta de que aún no teníamos respuesta a la pregunta y realmente la necesitaba—. Espera, la segunda prueba de embarazo… —le recordé.

—Sí, eso mismo estaba pensando yo. Me pregunto si aún está en el baño del piso de abajo. —Ethan se sentó en la cama y alcanzó sus vaqueros—. De verdad espero que sí, por el bien de Fred, porque dudo que aprecie que le despertemos a las dos de la mañana para que nos dé el resultado.

—¿Vas a bajar a buscarlo?

—Sí —contestó él—. Llevo horas esperando a saber la verdad y no quiero esperar más. —Me dirigió otra intensa mirada mientras se ponía los pantalones—. ¿Te parece bien?

Asentí con la cabeza y respiré hondo otra vez.

—Yo también quiero saberlo.

Se puso de pie y revisó mi bolsa de suero antes de agacharse para darme un beso rápido en los labios.

—No te muevas de aquí, cariño.

—Oh, no lo haré —respondí con sarcasmo—. Quiero quitarme esto. —Señalé mi muñeca.

—Por la mañana —dijo él—. Te lo quitarán entonces. —Me arregló el pelo de esa forma suya tan dulce y relajante—. El gotero ahora va muy lento. —Me dedicó una bonita sonrisa, que me encantó ver. Me encantaba cuando Ethan sonreía, punto. Porque le cambiaba toda la cara y parecía realmente... feliz.

—Entonces estaré aquí mismo esperándote. —Asentí con la cabeza.

Perdió la sonrisa, se puso serio otra vez y se giró hacia la puerta en vaqueros y con los pies descalzos, el pelo alborotado y la barba con aspecto desaliñado.

Me dejó sin aliento.

Mientras bajaba las elegantes escaleras respiré tranquilo por primera vez en horas. Bueno, tal vez tranquilo no era la palabra más indicada, pero el terror que me había estado presionando como un yunque en el pecho se había aliviado lo suficiente como para permitirme respirar sin dolor físico.

Por un lado, ella había vuelto al mundo de los vivos. Por otro, éramos de la misma opinión en cuanto a embarazos no planeados. Del resto tendríamos que encargarnos paso a paso.

El primer paso era encontrar el otro test de embarazo.

No estaba en el baño donde lo había visto por última vez y eso tenía sentido, ya que esta casa funcionaba como un hotel la mayor parte del tiempo. Hannah no dejaría algo así en una habitación donde los huéspedes pudieran encontrarlo. No esperaba que estuviese allí de ninguna forma.

Lo siguiente fue la cocina. Tenía una idea de dónde podía haberlo puesto, así que encendí las luces. La despensa era enorme, con una pared entera dedicada a artículos no comestibles y suministros para el negocio. Examiné cada estante y entonces, bingo, ahí estaba. La caja que había comprado en la farmacia de Kilve ese día se encontraba en la repisa con los jabones. Leí el paquete otra vez. «Fiabilidad superior al 99 por ciento» y «Tan preciso como una prueba médica» tenían que significar algo, ¿no?

Cuando me volví para salir de la cocina pasé por la estantería donde estaba la fotografía de mi madre con Hannah y conmigo. Me detuve y la cogí. Mientras estudiaba la imagen, me di cuenta de que esta era la forma en que siempre la imaginaba. Su belleza había sido capturada en esa foto por última vez antes de que se marchase y se convirtiese en otra cosa. Miré la imagen de mí mismo con cuatro años, cómo me apoyaba en ella y cómo ella me tocaba, mi mano en su pierna, y me pregunté si alguna vez le dije que la quería. Lo había hecho en mis sueños y en mis rezos, por supuesto, pero me preguntaba si en alguna ocasión le había dicho a ella esas palabras para que las escuchara de mi boca. Pero no había nadie a quien se lo pudiera consultar. Y aunque lo hubiera, no creo que pudiera hacerle esa pregunta. Sería cruel obligar a mi padre o a Hannah a recordar algo así.

Pensé hacia dónde me dirigía y lo que Brynne y yo estaríamos haciendo dentro de unos minutos y deseé con todas mis fuerzas que mi madre hubiera podido vernos juntos. Que pudiera llamarla y decirle: «Tengo noticias, mamá, y espero que te alegres al escucharlas».

Acaricié con el dedo la imagen de su preciosa cara y la volví a dejar en la estantería. De alguna forma sentía que la conexión estaba ahí y que era posible que ella supiera todo sobre mí. Guardé esa esperanza cerca de mi corazón mientras apagaba la luz y regresaba al piso de arriba con mi chica.

Brynne estaba sentada en la cama, preciosa y nerviosa, y el impulso protector que manaba de mí era tan intenso que me obligó a hacer una pausa. Y me di cuenta de algo importante. Supe en ese momento que cualquiera que se atreviera a intentar hacerle daño a ella o a nuestro posible hijo tendría que matarme a mí primero para llegar a ellos. Guau. No le di importancia porque de todas formas me daba igual. Si alguna vez le pasaba algo yo estaría acabado. Esa era mi verdad.

—¿Lo has encontrado? —preguntó ella con su dulce voz.

Agité la caja con la mano delante de mí mientras me acercaba.

—El test desaparecido.

—Vale, estoy preparada —dijo en voz baja, y alargó la mano.

Puse la caja en su regazo y le cogí la mano derecha. En vez de besarle el dorso, le di la vuelta y presioné mis labios en su muñeca. Podía sentir latir su pulso. Sus ojos se llenaron de lágrimas, así que sonreí y le dije la verdad:

—Todo saldrá de la forma en que tenga que ser, cariño. No tengo ninguna duda.

—¿Cómo puedes no tener dudas?

Me encogí de hombros.

—Solo sé que vamos a estar juntos, y si esto es parte de nuestro futuro, entonces mejor será que sigamos adelante con ello. —Aparté las mantas y la ayudé a salir de la cama.

—Puedo andar —me dijo—. Y te prometo que esta vez saldré por la misma puerta por la que entre. —Miró al suelo, avergonzada.

En ese momento podía permitirme ponerme chulo, así que aproveché la oportunidad aunque me convirtiese en un cretino.

—Sí, estoy bastante seguro de eso, preciosa.
Me temo que te costaría mucho bajar las escaleras
con ese aparato sin que yo me diera cuenta.

Perdió la vergüenza de inmediato y me miró
con sus preciosos ojos enfurecidos.

—Se me está ocurriendo un buen uso para
ese aparato.

—Esa es mi chica. —La llevé hasta el baño,
ayudándola con el aparato del suero, incapaz de
cerrar la bocaza—. En realidad es un aparato muy
fino, ¿sabes? Probablemente tiene bastantes usos
prácticos…

Ella me cerró la puerta del baño en la cara
y me dejó de pie al otro lado por segunda vez,
a la espera de una información que ahora deseaba
que fuese positiva. Es raro, pero desde el principio
acepté la idea, casi desde que la insinuaron. La idea
de un bebé era una perspectiva abrumadora, claro,
pero éramos personas inteligentes y teníamos más
a nuestro favor que la mayoría de la gente cuando
empieza una familia. Nuestro hijo nos afianzaría
de una forma más sólida, y eso era algo precioso

a mis ojos. Sabía lo que me decía, aunque no pudiese admitírselo a una sola persona en este mundo. *Si he dejado embarazada a mi chica y hemos hecho un bebé juntos y está creciendo dentro de ella ahora mismo, entonces nunca la perderé, nunca me dejará, nada podrá alejarla de mí.*

No concebía que nada ni nadie pudiese cuestionar mi lógica. Una vez más, tenía mucho sentido para mí.

Capítulo
10

Cuando abrí la puerta del baño para salir, con la prueba de embarazo en la mano, Ethan aún estaba donde le había dejado cuando la cerré en su sonriente cara. Dios, cómo le quería por intentar bromear y hacer que esta estresante situación fuera un poco más llevadera. Por lo que veía, diría que estaba llevando la posibilidad de ser padre *muy* bien.

De hecho, casi parecía desear que estuviese embarazada. Me preguntaba por qué, y definitivamente podía decir que en esto él y yo no teníamos la misma mentalidad en absoluto. Para nada. Ethan era mucho mayor. Ocho años mayor. Años que marcaban una gran diferencia cuando nos enfrentábamos a las inminentes posibilidades del matrimonio y una familia. La vida estaba pasando demasiado rápido y me aterrorizaba. Lo único que me impedía volverme loca era su actitud ante la situación de que podíamos hacer esto.

Aún no sabía realmente cómo era posible que me hubiese quedado embarazada. Tenía unas cuantas preguntas para mi médico, eso estaba claro. Como, por ejemplo, ¿cómo narices pueden fallar las píldoras anticonceptivas cuando nunca se me ha olvidado ninguna y llevaba años tomándomelas religiosamente?

Me rodeó con el brazo y me acompañó con el aparato del suero de vuelta a la cama.

—¿Has estado aquí esperando? —Le eché una mirada furtiva.

—Por supuesto que sí —dijo Ethan, y me cogió la barbilla y la mantuvo elevada para que mis labios se encontraran con los suyos en un beso lento, deliberado y muy apasionado. Lo necesitaba. Siempre parecía saber cuándo precisaba afecto y consuelo y era muy generoso repartiéndolo.

Le puse el test de embarazo en la mano y observé cómo se le abrían los ojos.

—Quiero que lo mires tú primero. Lo miras y luego me lo dices. Tarda unos minutos en dar el resultado. —Mi voz sonaba trémula, así era como me sentía.

Él me sonrió.

—Vale. Puedo hacerlo. Pero primero mi chica tiene que volver a la cama.

Me besó en la frente y luego dejó el test en la mesilla de noche y ahí se quedó. Me metió en la cama, se volvió a quitar los vaqueros y trepó junto a mí. Me acercó a él y nos acomodó igual que estábamos antes. Apoyé la cabeza en su pecho y puse una mano sobre sus duros músculos. Tenía mucho que decir, pero apenas sabía por dónde empezar. Mejor hacerlo por la parte más importante de mi discurso.

—¿Ethan?

—¿Sí?

—Te quiero mucho.

En el instante en que susurré esas palabras todo su cuerpo se relajó. Noté cómo su dureza se ablandaba y supe que había estado esperando que hiciera esa declaración, probablemente desde hacía bastante tiempo, a lo largo de las muchas horas de este día-barra-pesadilla. Sabía que no podía decir esas palabras tan a menudo y con la facilidad de Ethan y, aunque trataba de demostrárselo, me di cuenta de que se lo ocultaba un poco, y no estaba bien hacerle eso. Me esforzaría por él.

—Yo también te quie…

Lo hice callar con los dedos sobre sus labios y levanté la cabeza.

—Sé que me quieres. Me lo dices todo el tiempo. Se te da mejor que a mí expresar tus sentimientos y quiero que sepas que me doy cuenta. Lo veo en cómo me cuidas y en cómo me tocas y en cómo me lo demuestras estando *ahí* cuando te necesito. —Respiré hondo.

—Brynne…, es la única forma…

—Por favor, déjame terminar. —Volví a poner los dedos en sus labios—. Necesito decir esto antes de que miremos el test de embarazo y me derrumbe por completo, porque estoy segura de que lo haré sea cual sea el resultado.

Sus ojos azules decían infinidad de cosas, aunque su boca se mantuviera cerrada. Me besó los dedos, que aún cubrían sus labios, y esperó a que continuara.

Volví a respirar hondo.

—Es la última vez que salgo huyendo de ti. No volveré a hacerte daño con un «Waterloo». Ha sido horrible marcharme así y estoy muy avergonzada por haber sido tan débil y egoísta. He actuado como una niñata y ni siquiera puedo imaginar lo que tu familia piensa de mí ahora mismo. Deben de estar rezando para que no esté embarazada, y solo se trata de una gripe horrible, porque estoy segura de que me ven como una loca americana que está intentando echarte el anzuelo…

—No. No, no, no, no, no piensan eso —interrumpió él mientras sus labios encontraban los míos y silenciaban mi discurso para siempre. Me hizo rodar debajo de él, con mucho cuidado con mi muñeca izquierda, y me estiró el brazo hacia arriba para que no me lo golpeara. Muy propio de Ethan. Hacerse cargo de mí de la única forma que sabía… y de la forma en que lo necesitaba. *¿Cómo lo sabía siempre?*

Me besó concienzudamente, me inmovilizó debajo de él y se adentró hondo con la lengua, haciendo un movimiento circular una y otra vez alrededor de la mía. Se apoderó de mí la misma maravillosa sensación de ser invadida que tenía cada vez que estábamos juntos. Su necesidad de estar dentro de mí sumada a mi necesidad de tenerlo allí.

Levantó la cabeza y me mantuvo debajo de él, apoyando su cuerpo con una mano y sosteniéndome la barbilla con la otra. Ahora tenía la cara seria.

—Sé la verdad, Brynne. He estado contigo desde el primer día, ¿recuerdas? Sé lo mucho que tuve que esforzarme para conseguirte. —Agachó la cabeza y arrastró su barba incipiente por mi cuello para lamerme debajo de la oreja—. Te deseaba entonces, te deseo ahora y te desearé siempre —susurró entre mordisquitos por el cuello y la garganta, mientras volvía a mi boca para devorarme otra vez.

Florecí bajo sus íntimas caricias y encontré la forma de llegar a donde necesitaba estar.

Él retrocedió y sus hermosas y duras facciones reflejaron las sombras de la única lámpara de la habitación. Y allí mismo, a altas horas de la noche, sumidos en una situación que tenía el poder de cambiar nuestras vidas para siempre, mi Ethan pronunció las palabras más perfectas que existen.

—Ojalá pudiera hacerte el amor ahora mismo. Ahora. Antes de que sepamos lo que dice…, porque no cambiará nada de lo que siento aquí… por ti. —Me cogió la mano derecha y se la puso en el corazón.

—Sí, por favor —alcancé a decir antes de caer en un lugar tan profundo de mi amor por él que me dejaba expuesta. Lo que teníamos él y yo era verdaderamente irreversible.

Se levantó y se sentó sobre sus rodillas. Sus penetrantes ojos azules me pedían permiso, porque así es como él era siempre conmigo. Ethan sabía lo que quería y lo tomaría de mí, pero necesitaba saber si yo estaba dispuesta.

Lo estaba. No hubo intercambio de palabras porque no eran necesarias. Realmente no.

Levanté el otro brazo despacio para igualarlo con el izquierdo y arqueé la espalda para ofrecerme a él como sé que le encanta. Me entregué a su cuidado y sabía que nos llevaría a un lugar donde podríamos estar así juntos de la forma que entendíamos tan bien.

Se quitó la camiseta y la tiró. Mis ojos se empaparon de sus esculturales abdominales y las sólidas curvas de sus deltoides y bíceps. Podría mirarle durante horas y nunca me cansaría.

Tiró de mi camiseta hacia arriba, me la pasó por encima de la cabeza y la dejó apelotonada alrededor de mi brazo izquierdo. Tendría que quedarse ahí, porque yo seguía conectada a la vía. Bajó las manos, planeando sobre mi piel, sin tocarla mientras me miraba de arriba abajo. Me recordaba a un pianista justo antes de empezar a tocar una pieza. Era precioso de ver.

Se inclinó sobre mí, empezando por el hueco de la garganta y siguiendo a continuación hacia abajo tan lejos como pudo. Arrastró su lengua despacio sobre mi esternón, por mi estómago y hasta mi ombligo, donde prestó especial atención a la hendidura. No se acercó a mis pechos y esa obvia evasión me hizo vibrar por él, mi cuerpo totalmente encendido anhelando sus caricias.

Levantó la vista de mi ombligo justo antes de alcanzar la cinturilla de mis mallas. Descendió con la lengua mientras sus manos me bajaban las mallas, trazando una línea recta, para lamerme el sexo. Su lengua empujó entre los pliegues y encontró mi clítoris excitado y deseoso de él. Me doblegué fuera de la cama y gemí mientras me devoraba con sus labios y su lengua hasta el borde del orgasmo.

—Todavía no, preciosa —dijo con voz ronca contra mi sexo, aminorando los golpes de su lengua para mantenerme al borde del clímax sin llegar a alcanzarlo. Apoyó la palma de la mano sobre mi

estómago y con la otra se las arregló para quitarme del todo las mallas con un poco de ayuda
de mis caderas elevadas.

Me separó una pierna, la levantó con una
mano a la vez que emitía un sonido de puro deseo
carnal y miró cómo me abría para él, con la otra
mano aún colocada sobre mi vientre. Ethan me
tenía totalmente expuesta y desnuda, inmovilizada bajo sus manos, cuando descendió otra vez y
hundió la lengua dentro de mí y me penetró tan
hondo como pudo. Hizo magia con esa lengua
suya y me sentí caer al vacío a medida que mi
cuerpo rozaba el orgasmo. Podría haber muerto
si no me lo hubiese dado.

—Dímelo ahora —ordenó con una brusca
respiración junto a mi sexo.

De nuevo lo entendí. Sabía exactamente lo
que quería escuchar.

—¡Te quiero, Ethan! Te quiero. Te quiero
mucho… —declaré entre sollozos, apenas capaz
de formar palabras perceptibles.

Pero me escuchó.

Ethan envolvió su perfecta lengua alrededor
de mi perla y lamió fuerte. Exploté como una bomba nuclear, despacio al principio y luego una pau-

sa de ebullición antes del estallido incendiario que me hizo pedazos. Pedazos de mí que solo un hombre podía recoger y ensamblar de nuevo. Solo Ethan podía hacerlo. Esta verdad la entendía incondicionalmente. El único que tenía el poder de desarmarme era el mismo que poseía el poder de volver a recomponerme.

Los ojos azules de Ethan planeaban sobre mí cuando abrí los míos. Había vuelto a ascender por mi cuerpo, su mano donde acababa de estar su boca: sus largos dedos se deslizaban lentamente dentro de mí mientras el pulgar presionaba el núcleo de emociones y desencadenaba una ardiente sensación de placer.

Seguí flotando, aún respirando con dificultad, mirando y aceptando su beso y sus íntimas caricias. El sabor a mí en sus labios siempre me hacía sentir querida. Como si quisiera compartir su experiencia conmigo. Sacó los dedos de donde habían estado clavados, los sumergió, curvados, en mi boca y los deslizó por la lengua. Era intimidad añadida a más intimidad. Ethan me susurró cosas eróticas sobre el aspecto que tenía, sobre mi olor, mi sabor y sobre lo que me iba a hacer a continuación.

Pero yo estaba impaciente por recibir más, especialmente porque sentía su sexo duro y enorme contra mi pierna y me había dado cuenta de que se había quitado los calzoncillos en algún momento. Intenté acercarme girando las caderas contra su rígido miembro. Él se rio entre dientes y susurró algo sobre que se tomaría su tiempo para dármelo.

Volví a pensar que para entonces podría estar muerta.

—Mi Ethan… —Intenté tocarlo con la mano, pero él me arrastró el brazo de vuelta por encima de mi cabeza y me echó una mirada que no necesitó traducción. Giré la cabeza de un lado a otro, necesitaba más y estaba desesperada.

—Dime lo que quieres —canturreó contra mi cuello.

Me arqueé otra vez, tratando de unirnos, pero Ethan controlaba la velocidad.

—Quiero…, quiero sentirte dentro de mí —le supliqué.

—Mmmm…, lo tendrás, nena —cantó con voz ronca—. Ahora lo tendrás. Voy a darte mi polla muy…, muy… despacio. Tan despacio y profundamente que sentirás cada molécula mía… dentro de ti.

Me *moriría*.

Noté que cambiaba de posición entre mis piernas y me abría más, su dura envergadura ya balanceándose lentamente contra mi piel empapada, pero aún sin penetrarme. Sabía lo que estaba haciendo. Estaba saboreando, prolongando la expectación, regalándome cada pequeña sensación de tacto y placer, tan despacio, como si tuviéramos todo el tiempo del mundo. Tenía a un dulce y muy paciente Ethan amándome esta noche.

Se apoyó con las manos y fue contoneando las caderas poco a poco con un movimiento lento y controlado mientras la punta de su pene me embestía con golpes minúsculos y besaba mi acalorado sexo una y otra y otra vez. Su cuerpo palpitaba sobre mí y nos miramos a los ojos enardecidos cuando agachó la cabeza para juntar su frente con la mía. Solo una vez que establecimos esa conexión empujó con fuerza dentro de mí hasta el final y sucumbió a la consumación del acto, enterrándose todo lo que pudo mientras el jadeo más erótico salía de su garganta.

Grité por la gloria del momento.

Ethan encontró de nuevo mis labios y hundió la lengua al ritmo de las elegantes embestidas de su sexo, tomándose su tiempo para llevarme con él. Sabía que aguantaría hasta que me volviera a correr o estuviese a punto.

Su ritmo se incrementó de forma constante y contraje los músculos internos todo lo que pude a su alrededor, intentando abarcar cada pedazo de él. Supe que estaba funcionando cuando se tensó aún más y empezó a respirar con brusquedad con cada empujón. Los sonidos que emitía me parecían preciosos y se me metían en la cabeza junto con los apasionantes latidos de mi sexo propulsándome hacia otro clímax.

Cuando me cubrió un pezón con la boca y tiró del otro con un suave pellizco de repente sentí que me estrellaba incontrolablemente como hace un maremoto, llevándoselo todo a su paso. Ethan me miró fijamente mientras estallaba con un rugido estremecedor y me llenaba de calientes ráfagas con unas últimas acometidas furiosas y rápidas antes de aminorar la velocidad a suaves rotaciones que sonsacaron las últimas gotas de placer entre nosotros hasta caer en una calma total.

Ahora estaba llena de él y no quería que esa sensación desapareciera. Deseaba quedarme así para siempre. En ese momento me parecía que para siempre era una maravillosa posibilidad.

Pero él rodó hasta quedarse boca arriba y me llevó con él hasta que estuve encima, mi muñeca izquierda completamente intacta después de todo lo que habíamos conseguido. Ahora me permitió usar las manos para tocarlo. Se las puse en el pecho y las extendí, sintiendo los fuertes latidos de su corazón contra mis palmas.

Él me cogió la cara y me besó durante un rato, mientras me susurraba que era suya, lo mucho que me quería independientemente de lo que sucediera en nuestras vidas y que nunca dejaría de quererme. Me pasó la mano por la espalda, siguiendo la columna vertebral arriba y abajo.

Después conmigo aún en sus brazos, murmuró con un suave roce de sus labios con los míos:

—No te duermas todavía.

—No lo haré.

—¿Estás preparada?

Asentí con la cabeza y susurré:

—Sí.

—Y nada nos va a cambiar.

—*Nada* cambiará que nos queremos —aclaré.

—Desde la primera vez que te escuché hablar supe que además de belleza tenías cerebro —dijo guiñándome el ojo.

Alcanzó la prueba de embarazo, que descansaba en la mesita, y la puso a la luz.

Se me aceleró el corazón, y no era por los preciosos orgasmos.

—Sale un signo menos para negativo y un signo más para positivo —solté.

Ethan me miró levantando una ceja.

—Gracias por la aclaración. Creo que esa parte me la podría haber imaginado, nena.

Dirigió la vista hacia el test de embarazo con los ojos entornados.

Apoyé la mejilla en su pecho y traté de respirar.

Miró el test y luego sus manos empezaron a moverse lentamente arriba y abajo por la curva de mi columna como antes.

Me pareció que habían pasado siglos, pero él se mantuvo en silencio mientras me acariciaba la espalda distraídamente con la mano, aún conectados, su sexo todavía enterrado dentro de mi cuerpo incluso en su estado medio duro, hasta que no pude soportar otro segundo de espera.

—¿Qué dice? —susurré.

—Tienes que mirarme.

La falta de confianza en mí misma que había conocido durante años, con la que tenía una relación estrecha y personal, volvió sigilosamente para sembrar el caos en todas las buenas sensaciones que acabábamos de disfrutar juntos. Ese miedo casi me paralizó, pero Ethan no lo permitiría. Continuó acariciándome, e incluso me dio algún empujoncito para liberarme del miedo que me inmovilizaba.

—Olvídate de todo lo demás y mírame, Brynne.

Tomé un trago de valentía y levanté la vista.

Desde el primer momento que conocí a Ethan, sus sentimientos siempre fueron evidentes, desde las expresiones de su cara al tono de su voz y su lenguaje corporal. Resultaba fácil saber si estaba satisfecho, molesto, relajado, excitado o incluso contento. La expresión de Ethan contento no era muy frecuente, pero la había visto lo suficiente como para reconocerla.

Cuando miré a la cara que me estaba mostrando ahora, estuve segura de una cosa.

Mi Ethan estaba contento, realmente contento por el hecho de que iba a ser padre.

Capítulo
11

Por los informes que ha mandado el doctor Greymont, estoy de acuerdo con sus conclusiones de que está de unas siete semanas, señorita Bennett. —El médico ya tenía una edad y a mí me habían enseñado a respetar a mis mayores, pero no me gustaba nada dónde tenía las manos ahora mismo. El doctor Thaddeus Burnsley le había metido una sonda de ecografía envuelta en un preservativo por la vagina y buscaba con determinación el latido del corazón de nuestro bebé.

Menos mal que estaba concentrado en el monitor y no en su sexo. Resultaba bastante incómodo, pero, joder, era parte del proceso, así que más me valía acostumbrarme. Aunque no tengo ni idea de cómo alguien podía hacer ese trabajo. ¿Todo el día mujeres embarazadas con sus partes íntimas expuestas? Dios santo, el hombre debía de tener mucho aguante. Fred nos lo había recomendado, así que ahí estábamos, en nuestra primera consulta. Ethan Blackstone y Brynne Bennett, futuros padres del bebé Blackstone, que nacerá a principios del año que viene.

—Entonces ¿debió de ser sobre mediados de mayo? —Brynne levantó la mirada hacia mí. Le guiñé el ojo y le tiré un beso. Sabía lo que estaba pensando. Estaba calculando que la había dejado embarazada casi de inmediato. Además tendría razón. El cavernícola que llevaba dentro estaba bastante orgulloso de sí mismo e hice el metafórico gesto de Tarzán golpeándome el pecho. Menos mal que fui lo bastante inteligente como para mantener la boca cerrada.

—Eso parece, querida. Ah, ahí está. Escondido, como les gusta hacer cuando son tan pequeños. Justo ahí. —El doctor Burnsley dirigió la atención hacia una pequeña mancha blanca en mitad de una mancha negra más grande en la pantalla que latía a toda prisa, mientras flotaba en su mundo acuoso y daba a conocer su existencia.

Brynne soltó un pequeño jadeo y yo le apreté la mano. Los dos nos quedamos paralizados por lo que significaba lo que estábamos viendo. Lo que te dice un test de embarazo se convierte en algo muy diferente cuando puedes verlo con tus propios ojos e incluso oírlo con tus propios oídos. *Estoy mirando a otra persona. Que hemos hecho juntos. Voy a ser padre. Brynne será madre.*

—Tan pequeñito —dijo ella en voz baja.

No podía imaginarme cómo estaba asimilando Brynne todo esto, porque yo me sentía más que abrumado. No sé por qué, pero de repente me di cuenta de que esto era real y de que íbamos a ser padres nos gustara o no. *Las palabras exactas de Hannah.*

—Aproximadamente del tamaño de un guisante y todo indica que muy fuerte. Tiene un latido robusto y los niveles están correctos. —Pulsó un botón, imprimió una hoja con imágenes y sacó la sonda—. Por lo que parece, sale de cuentas a principios de febrero. Puede vestirse y luego les espero en mi despacho. Tenemos que hablar un poco más.

El doctor le dio las imágenes a Brynne y se marchó.

—¿Cómo estás, cariño?

—Intentando asimilarlo todo —dijo ella—. Es diferente verlo de verdad… o verla … —Se sentó en la camilla y miró las imágenes, estudiándolas—. Aún no puedo creerlo. Ethan, ¿por qué estás tan tranquilo?

—En realidad no lo estoy —respondí con sinceridad—. Joder, me tiemblan las piernas. Quiero un cigarro y un trago y estoy seguro de que serás brillante en todo y yo seré un idiota y un completo inútil.

—Guau. Eso es muy diferente a lo que decías el fin de semana. —Me sonrió. Ya habíamos pasado por esto con Fred. Sabía que no estaba enfadada. Lo habíamos hablado y los dos habíamos perdido los papeles en distintos momentos y lo habíamos superado. Esta era solo la primera visita oficial al médico y habría muchas más. Los dos habíamos aceptado que el sol seguía saliendo y la tierra seguía girando, así que lo mejor sería seguir adelante.

Me acerqué y eché un vistazo a las imágenes.

—Así que del tamaño de un guisante, ¿eh? Es asombroso que ese mocoso pueda ponerte tan enferma.

Me dio un golpecito en el brazo.

—¿Acabas de llamar *mocoso* a nuestro bebé? ¡Por favor, dime que no te he oído decir eso! —se burló.

—¿Ves? Ya lo estoy haciendo. Un idiota y un completo inútil que insulta a nuestro bebé tamaño guisante. —Me clavé el pulgar en el pecho.

Ella se rio y se inclinó hacia mí. La rodeé con los brazos y le levanté la barbilla, muy contento de ver un brillo en sus ojos. Si podía hacerla reír, sabía que lo estaba llevando bien. Brynne no sería capaz de fingir sus sentimientos conmigo. Si estuviera triste o pasándolo realmente mal con esto, yo lo sabría seguro. Joder, los dos estábamos aterrorizados, pero sabía sin ninguna duda que a ella se le daría muy, muy bien la maternidad. No había ni un asomo de inseguridad en mi mente de que no fuera a ser así. Sería una madre perfecta.

—Te quiero, madre de nuestro bebé tamaño guisante. —La besé y le acaricié la mejilla con el pulgar, mientras pensaba que estaba radiante.

—Gracias por ser como eres conmigo. Si fueras diferente…, no creo que pudiera quererte como te quiero, ¿sabes? —susurró lo último.

Yo también susurré y asentí con la cabeza.

—Sí que lo sé.

Ella bajó de un salto y se puso la ropa interior de encaje y luego los pantalones marrón claro y los zapatos.

—Veré lo que puedo hacer para que te lleves mejor con el guisante. —Hizo un gesto señalándose el vientre—. Tengo contactos.

Ahora me hizo reír ella a mí.

—Está bien, desvergonzada, vamos a hablar con el doctor Sonda-Plátano para ver si podemos irnos de aquí.

—Qué gracioso. ¿Te he dicho alguna vez lo sexi que sonáis los británicos cuando decís «plátano?».

—Lo acabas de hacer. —Le agarré el trasero y la volví a besar—. Te daré mi plátano si quieres.

Abrió la boca sorprendida y me dejó sin habla. Mi chica alargó la mano y la llevó a mi paquete. Me dio un buen tirón y apretó sus bonitas tetas contra mi pecho.

—Tu *plátano* necesita espabilarse un poco si quieres hacer algo bueno con él.

—Dios, mi hermana tenía razón. Las hormonas hacen que las mujeres embarazadas os muráis por un pene. Tanto sexo podría matarme.

Ella se encogió de hombros y se dio la vuelta para salir de la sala de reconocimiento.

—Sí, pero sería una forma divertida de morir, ¿no?

La agarré de la mano y la seguí, dándole gracias a los dioses por las hormonas del embarazo y sonriendo, no me cabe duda, como un bobo.

—Todo parece estar muy bien. Quiero que empiece a tomar vitaminas prenatales y apruebo los antieméticos que le recetó el doctor Greymont, así que continúe tomándolos mientras los necesite. ¿Ha dejado de tomar la otra medicación? —preguntó el doctor Burnsley de esa forma suya tan eficiente.

—Sí —contestó Brynne—. El doctor Greymont dijo que lo más probable haya sido que mis antidepresivos reaccionaran con mis píldoras anticonceptivas y así es como…

—Pueden ser reactivas, sí. Por eso las instrucciones recomiendan doble precaución. Me sorprende que el farmacéutico no le recomendara otra medicación.

—No recuerdo si lo hizo, pero no es bueno tomarlas estando embarazada, ¿verdad?

—Correcto. Ni alcohol ni tabaco ni medicamentos aparte de las vitaminas y los antieméticos que la ayudarán a sobrellevar el próximo mes. Después verá que su apetito aumentará y tendrá menos problemas con las náuseas, así que no los necesitará. Pero de verdad quiero que consuma más calorías. Está muy delgada. Intente ganar algo de peso si puede.

—Está bien. ¿Y el ejercicio? Me gusta correr unos cuantos kilómetros por las mañanas.

Buena pregunta. Estaba impresionado por sus inteligentes y razonadas preguntas mientras continuaba repasándolo todo con el médico y simplemente me quedé allí sentado escuchando e intentando no parecer demasiado estúpido. Tampoco se me escapó la parte del tabaco. Escuché ese mensaje alto y claro. Tenía que dejarlo. Era imperativo que dejara el maldito tabaco. No podía fumar cerca de Brynne o el bebé por el bien de su salud. *Si no lo hago, ¿en qué lugar me dejaría eso?* Sabía que era algo que tenía que pasar, pero no sabía cómo me las arreglaría.

—Ahora mismo puede continuar con todas sus actividades normales, incluidas las relaciones sexuales.

La larga pausa del médico en este punto me hizo pensar en mi hormonal novia y en todas las formas en que podía ayudarla. Ella, por otra parte, estaba preciosa ruborizándose y me excitó; garantizando que el resto de mi jornada laboral en la oficina pasaría demasiado lento mientras me torturaba con montones de pensamientos eróticos sobre lo que me esperaría al llegar a casa. *Soy un cretino con suerte.*

—Y el ejercicio con moderación siempre es saludable.

Oh, le daré mucho ejercicio, doctor.

El doctor Burnsley echó otra ojeada a su gráfica.

—Pero aquí veo que trabaja en una galería restaurando cuadros. ¿Está expuesta a disolventes y sustancias químicas de esa naturaleza?

—Sí. —Brynne asintió con la cabeza y luego me miró—. Constantemente.

—Ah, bien, eso es un problema. Es dañino para el desarrollo del feto que inhale vapores que contengan plomo, y como trabaja con piezas muy antiguas, eso es justo con lo que estará en contacto. Las pinturas domésticas modernas no son un problema, son los compuestos químicos más antiguos los que son preocupantes. Tendrá que dejarlo de inmediato. ¿Puede solicitar que le asignen otro tipo de trabajo durante su embarazo?

—No lo sé. —Ahora parecía preocupada—. Es mi trabajo. ¿Cómo les digo que no puedo tocar disolventes durante los próximos ocho meses?

El doctor Burnsley levantó la barbilla y ofreció una agradable expresión que no nos engañó ni por un momento.

—¿Quiere un bebé sano, señorita Bennett?

—Por supuesto que sí. Es que no me esperaba... —Se agarró a los brazos de la silla y respiró hondo—. Encontraré la forma de solucionarlo. Es decir, seguro que no soy la primera restauradora que se queda embarazada. —Hizo un gesto con la mano y luego se la pasó por el pelo—. Hablaré con mi tutor de la universidad a ver qué pueden hacer.

Brynne le dedicó una falsa sonrisa que me informó de que no estaba contenta con ese pequeño contratiempo, pero no iba a discutirle sus consejos médicos. Mi chica era sensata con las cosas que importaban.

Sabía lo importante que era su trabajo para ella. Le encantaba. Era brillante en lo que hacía. Pero si había peligro con los químicos, entonces el trabajo tendría que esperar por el momento. El dinero nunca había sido un problema entre nosotros. En realidad nunca habíamos hablado de ello. A todos los efectos ya se había mudado a mi piso y no había duda de hacia dónde nos dirigíamos en el futuro. Sería mi esposa, y lo que era mío sería suyo. Íbamos a tener un hijo. Nuestro camino estaba claro, pero los aspectos prácticos aún no los habíamos resuelto. Yo sabía lo que quería, pero ahora mismo era un momento tan infernal que literalmente no tenía ni un minuto para profundizar en la logística. No hasta que pasaran las Olimpiadas, por lo menos.

Después de que la bomba del fin de semana del embarazo nos cayera encima, volvimos corriendo a Londres y de vuelta al trabajo. Ni siquiera se lo habíamos dicho aún a nuestros padres, y le había pedido a mi hermana y Fred que nos guardaran el secreto, bajo pena de muerte si divulgaban la noticia antes que nosotros.

Estábamos intentando asimilarlo todo y a mí además se me acumulaban las obligaciones de mi empresa, ya que estábamos a tan solo veintiún días para los Juegos. Ahora mismo no teníamos tiempo para organizar nada. Deseaba un cigarro. O tres.

Una vez que salimos de la consulta del médico la rodeé con el brazo y le besé la coronilla.

—Ha sido divertido, nena. El doctor Burnsley es un tío encantador, ¿no crees?

—Sí, es genial —dijo de forma sarcástica con los brazos cruzados debajo del pecho.

—Oh, venga, no ha estado tan mal —exclamé con zalamería—. Utilizó la sonda-plátano contigo.

—¡Oh, Dios mío, eres un idiota! —Me dio un empujón en el hombro y se rio en silencio—. ¡Solo tú podrías hacer un chiste sobre una situación tan delicada y que sea gracioso!

—Pero ha funcionado, y de eso se trataba —le dije mientras caminábamos.

—Estoy un poco preocupada por mi trabajo. Nunca pensé en la posibilidad de tener que dejarlo. —Parecía triste.

—Pero tal vez una excedencia sería algo bueno. Te daría tiempo para planificar lo que está en camino. —Bajé la vista hasta su tripa pero intenté ser optimista y no darle demasiada importancia. Mejor no ahondar mucho ni recordarle que iba a tener que renunciar a algo que le encantaba durante los próximos meses—. Sé que a mí me encantará tenerte más en casa y seguro que necesitarás mucho descanso. A lo mejor de esta forma puedes empezar un proyecto o algo en lo que hayas querido trabajar pero no hayas tenido tiempo antes.

—Sí —contestó evasiva. Me pareció ver los engranajes de su bonita cabeza dándole vueltas a las ideas. Era difícil saber cuáles eran, porque si Brynne no estaba de humor para compartirlas conmigo, entonces era evidente que yo no lo sabría—. Ya se me ocurrirá algo.

—Por supuesto que sí. —La estrujé y la acerqué un poco más a mí. Odiaba tener que dejarla y volver a la oficina. Quería pasar horas en la cama enredados el uno en el otro. En realidad eso era lo único que quería.

Me detuve en la acera y la giré hacia mí.

—Pero, por favor, no te preocupes demasiado por eso. Yo os voy a cuidar a los dos. —Puse las manos en su vientre—. Tú y el moco… so…, eh, o sea…, guisante, ahora sois mi principal prioridad.

Ella sonrió y a continuación le empezó a temblar el labio inferior y sus preciosos ojos, que se veían muy marrones verdoso bajo el cielo de verano, se humedecieron. Brynne puso una mano sobre las mías. Observé cómo le caía por la hermosa mejilla una lágrima solitaria.

Esbocé una sonrisa. Me encantaba tenerla de esa manera. Que necesitara que cuidara de ella y saber que me dejaría hacerlo. En realidad no exigía mucho. Solo su amor y que aceptara el mío y mis cuidados.

Ella puso los ojos en blanco avergonzada.

—Mírame. ¡Ahora mismo soy una trastornada emocional!

—Te *estoy* mirando y se te ha olvidado algo, nena: eres una *preciosa* trastornada emocional. —Le sequé la lágrima con el pulgar y lo lamí—. Quiero decir, si vas a darlo todo y a ser una trastornada, también podrías estar preciosa mientras lo haces. —La hice reír un poco—. Ahora, ¿te apetece un sándwich para almorzar? —Miré el reloj—. Ojalá tuviese más tiempo para algo un poco mejor que comida para llevar.

—No, está bien. Yo también tengo que irme. —Suspiró y luego me sonrió—. Tengo que explicarlo todo en el trabajo, por lo que parece. —Me cogió la mano y la entrelazó con la suya mientras caminábamos.

Resultó que estábamos justo enfrente de la tienda de peces de agua salada cuando salimos del *delicatessen* con nuestros sándwiches y nos sentamos en un banco a comer. Se lo señalé a ella y le pregunté si le importaba parar un segundo en cuanto terminásemos de comer porque quería encargar la revisión de los seis meses de mi pecera.

Brynne volvió a mirar la tienda y sonrió.

—Fountaine's Aquarium. —Su sonrisa se hizo más amplia mientras daba otro bocado a su sándwich de pavo.

—¿Qué? ¿Qué es lo que te hace sonreír como el Gato de Cheshire?

No respondió a mi pregunta, sino que me hizo una ella a mí.

—Ethan, ¿cuándo compraste a *Simba*?

—Hace seis meses, te lo acabo de decir.

—No, ¿qué día te lo llevaste?

Lo pensé un momento.

—Bueno, ahora que lo preguntas, creo que de hecho era Nochebuena. —La miré y ladeé la cabeza de manera inquisitiva.

—¡Eras tú! ¡Eras tú! —Se le iluminó la cara—. Yo estaba buscando un regalo para mi tía Marie y hacía un frío helador. Todavía tenía que andar bastante, así que me metí ahí para refugiarme del frío unos minutos y dentro se estaba muy bien. Oscuro y calentito. Miré todos los peces. Vi a *Simba*. —Se rio para sí misma y negó con la cabeza con incredulidad—. Incluso le hablé. El dependiente me dijo que estaba vendido y que el dueño iba a venir a recogerlo.

RAINE MILLER

De repente caí en la cuenta.

—Estaba nevando —dije asombrado.

Ella asintió con la cabeza lentamente.

—Yo fui a la puerta para salir y enfrentarme al frío otra vez y tú entraste. Olías muy bien, pero no te miré porque no podía apartar la vista de la nieve. Había empezado a nevar mientras yo estaba dentro de la tienda entrando en calor…

—Y tú estabas estupefacta cuando miraste por la puerta y viste la nieve. Me acuerdo… —interrumpí su historia—. Ibas de morado. Llevabas un sombrero morado.

Ella solo asintió con la cabeza, preciosa, y tal vez un poco petulante.

Juro que Brynne podría haberme tirado contra los adoquines con el meñique si hubiera querido, así me quedé de pasmado con lo que me dijo. Vaya con los designios del destino.

—Te vi salir a la nieve y mirarte en el reflejo de la ventanilla de mi Range Rover antes de marcharte.

—Lo hice. —Se puso la mano en la boca—. No puedo creer que fueras tú… y *Simba*, y que incluso hablásemos, dos extraños el día de Nochebuena.

229

—Apenas puedo creer que estemos teniendo esta conversación —repetí; el asombro todavía era evidente en mi voz.

—Y estaba tan, tan bonito cuando salí… —Me miró radiante mientras lo recordaba—. Nunca olvidaré esa imagen.

—Así que olía bien, ¿eh?

—Muy bien. —Agitó ligeramente la cabeza—. Recuerdo que pensé que la chica que pudiera olerte todo el tiempo tendría mucha suerte.

—Dios, me perdí que me olieras durante meses. No sé si me alegro de saber esto o no —bromeé, pero en realidad lo decía bastante en serio. Habría estado bien conocernos antes de todo este lío. A lo mejor ya estaríamos casados…

—Oh, cariño, eso es muy bonito —me dijo mientras negaba con la cabeza como si estuviera loco pero me quisiera de todas formas.

—Me encanta cuando me llamas «cariño».

—Lo sé, y por eso lo digo —susurró bajito de esa forma suya tan dulce. La que hacía que me volviese loco por poseerla y tenerla tendida y desnuda debajo de mí para poder tomarme mi tiempo y abrirme paso dentro de ella, haciéndola correrse y correrse un poco más, gritando mi nombre…

—¿En qué estás pensando, *cariño?* —preguntó, e interrumpió mis desvaríos eróticos, justo como debería haber hecho.

Le dije la pura verdad, en un susurro, por supuesto, para que nadie más pudiera oírme.

—Estoy pensando en cuántas veces puedo hacer que te corras cuando llegue a casa esta noche del trabajo, te tenga desnuda y esté encima de ti.

Brynne no respondió con palabras a mi pequeño discurso. En vez de eso, su respiración se entrecortó y tragó fuerte, haciendo que el hueco de su garganta se moviera lentamente mientras el rubor empezaba a invadirle la cara. Se me hizo la boca agua…

La suave brisa hacía que los mechones de su bonito pelo castaño bailasen por su cara de vez en cuando, por lo que tenía que apartarlos cada cierto tiempo. Brynne tenía algo especial, una *alegría de vivir* muy característica. Cuando la tenía a mi alcance de esta forma, era difícil mirar hacia otro lado. Sabía que también era difícil para otros. No me gustaba que la gente se fijara en ella y la mirara. Eso me daba miedo, y sabía por qué. El hecho de despertar interés la hacía vulnerable y la convertía en objetivo fácil, y eso era algo totalmente inaceptable para mí.

Mis ojos rastrearon el patio por costumbre y analicé a los clientes del *delicatessen* mientras entraban y salían. Hacía un buen día de julio y estaba abarrotado. Las Olimpiadas iban a convertir este lugar en una aglomeración de enormes proporciones. Eso también me preocupaba. Miles de personas iban a venir a Londres de vacaciones. Cada día llegaban más atletas y equipos. Gracias a los dioses, no tenía que encargarme de ellos. Mis clientes VIP ya supondrían bastante trabajo y dolor de cabeza.

Aún era cauteloso todo el tiempo con Brynne, y tenía una muy buena razón para serlo: hasta que no supiera quién había mandado el mensaje a su teléfono, no iba a correr ningún riesgo. Sobre todo con Neil en Estados Unidos. Volvía el sábado con lo que esperaba fuesen algunas pistas sobre quién era ese hijo de puta. Si me llevaban de vuelta al equipo del senador Oakley, entonces iba a hundir a ese pedazo de cabrón. Conocía a unos cuantos en el Gobierno y pediría favores si fuera necesario. Ponerme a prueba amenazando a Brynne era como golpear a una serpiente de cascabel. Estaba preparado para hacer cualquier cosa con tal de protegerla.

—¿Has terminado? —pregunté cuando me di cuenta de que había dejado de darle mordiscos a su sándwich.

—Sí. Ahora tengo que ir pasito a pasito. —Se puso la mano en el estómago—. Literalmente.

—Lo sé, pero tienes que comer. Te lo ha dicho el doctor Sonda-Plátano. Lo he escuchado claramente y él es una autoridad absoluta en estos temas. —La miré arqueando las cejas.

—Bueno, estoy bastante segura de que el médico también evitaría la comida si pasara tanto tiempo como yo inclinado sobre un inodoro vomitándolo todo después de comer algo.

—Pobrecita, y tienes mucha razón, preciosa. —Me incliné para besarla en los labios—. ¿Qué te he hecho?

Ella se burló y me devolvió el beso.

—Creo que es bastante obvio, teniendo en cuenta dónde acabamos de pasar la última hora.

—Pero los medicamentos ayudan, ¿verdad? —Le acaricié la mejilla y mantuve cerca nuestras caras. Joder, cómo odiaba ver sufrir a mi chica.

Ella asintió con la cabeza.

—Sí. Hace milagros. —Se puso de pie para ir a tirar el envoltorio de su sándwich a la papelera. Incluso ese pequeño gesto llamó la atención de los que estaban cerca. Localicé al menos a tres hombres y a una mujer que la observaron. No me extraña que los fotógrafos quisieran que posara para ellos. *Malditos cretinos.*

Brynne era completamente ajena a todo eso, lo que la convertía en un ser aún más excepcional.

Entramos en Fountaine's Aquarium y sonreímos cuando cruzamos el umbral, al recordar el día que hablamos como dos extraños y el destino tuvo algunas cosas que decir. La tienda estaba concurrida y tuvimos que hacer cola hasta que otro dependiente vino al mostrador a ayudar.

Junto a nosotros había una mujer que llevaba a su hijo en una mochila como en una especie de cabestrillo. Recordé que Hannah utilizaba un artilugio similar con Zara cuando era un bebé. Excepto que a este niño no le gustaba. Ni siquiera un poquito. Estaba bastante seguro de que si el chavalín pudiese hablar, el aire de la tienda se habría llenado de «Que te den y vete a tomar por culo». Gritaba y daba patadas, intentando escabullirse. La madre lo ignoraba sin más como si no hubiese nada de malo en llevar a un minihumano a la espalda llorando, retorciéndose y chillando tan alto que podría hacer añicos el cristal del escaparate.

Busqué la complicidad de Brynne y me puso los ojos como platos. ¿Estaba pensando lo mismo que yo? ¿Hará eso nuestro bebé? *Oh, por favor, Dios, no.*

Avanzamos en la cola y solo teníamos a una persona delante de nosotros cuando el niño de cara roja y grandes pulmones se puso a berrear con todas sus fuerzas. Creí que me iba a explotar la cabeza. La mujer retrocedió y me puso al pequeño demonio en la cara. La tienda era tan estrecha que me arrinconó contra el mostrador sin poder moverme. Eché la cabeza hacia atrás todo lo que pude y pensé que quizá hubiera sido mejor llamar a la tienda y concertar el servicio por teléfono.

Brynne estaba haciendo un gran esfuerzo para no reírse de mí cuando la situación degeneró aún más, lo que nunca pensé que fuera posible. Oh, era muy posible. La criatura se tiró un pedo a menos de treinta centímetros de mí. No solo poseía el poder de arrancar la pintura de las paredes, sino que sonó muy suelto, lo que confirmó que no podía haber sido una simple ventosidad. Ese chiquillo estaba retorciéndose en su caca y yo estaba demasiado cerca ahora mismo. La madre se dio la vuelta y me echó una mirada furiosa como si hubiese sido yo. *¡Dios, sácame de aquí!*

Brynne estaba temblando a mi lado con la mano sobre la boca cuando el dependiente me preguntó en qué podía ayudarme. Intenté no saltar sobre el mostrador y suplicarle una máscara de oxígeno. No sé cómo pude gestionar mi pedido con los gritos y el repugnante olor, y luego Brynne se apresuró hacia la puerta diciendo que me esperaba fuera. *Sí, sal, nena, antes de que te asfixies. ¡Corre, corre y no mires atrás!* Es una chica lista, eso no es ningún secreto.

Cuando conseguí escapar de la tienda, Brynne estaba en la acera mirando el tránsito peatonal. Me vio y se echó a reír. Me pasé la mano por el pelo y tomé una enorme bocanada de aire. Puro, fresco. Aire londinense. Bueno, puede que puro no, pero al menos ya no me lloraban los ojos. O puede que sí, veía borroso y me moría por un cigarro.

—¿Estás bien? —le pregunté, pensando si esa ofensiva en la tienda la había hecho vomitar.

—¿Y tú? —siguió riéndose de mí.

—La madre que lo parió. ¡Por todos los santos, eso ha sido aterrador! ¡Dime que era una encarnación de Satán! —Asentí con la cabeza—. ¿No es así?

Aún riendo, se agarró de mi brazo y me llevó caminando hacia el coche.

—Pobre Ethan, que ha tenido que aguantar a un bebé maloliente —se rio.

—Vale, ¡eso no era un bebé maloliente! —*Era más bien una forma realmente efectiva de disminuir la tasa de natalidad*—. Dios santo, no creo que existan las palabras adecuadas para describir lo que era eso.

—Oh, estás asustado. —Puso cara de falsa preocupación.

—Joder que si estoy asustado. ¿Por qué no lo estás tú? —Brynne se rio aún más fuerte—. Por favor, dime que nuestro pequeño guisante nunca se comportará así.

Temblando de la risa, se puso de puntillas para besarme y me volvió a decir lo mucho que me quería.

—Creo que necesito una foto de este momento, cariño. Sonríe para mí.

Sorprendida

Sacó el móvil e hizo una foto, mientras seguía riendo de esa forma suya tan hermosa que me recordaba el regalo que me había hecho la vida cuando decidió que ella también me quisiera.

Capítulo
12

La preciosa pluma color turquesa de la doctora Roswell emitía el sonido más maravilloso del mundo sobre su cuaderno a medida que tomaba notas.

—La universidad no puede cambiar el programa por mí. Tendré que hacer las prácticas de restauración en algún momento. Pero aceptaron darme permiso para faltar a Rothvale y han aprobado mi sustitución en algunos trabajos de investigación.

—¿Y cómo te sientes con respecto a eso? —Sabía que iba a preguntármelo.

—Humm… Estoy decepcionada, por supuesto, pero no tenía elección. —Me encogí de hombros—. Es raro, pero aunque esté muerta de miedo por tener este bebé, me da más miedo hacer algo que pueda dañar a mi hijo.

La doctora Roswell me sonrió.

—Vas a ser una madre maravillosa, Brynne.

Bueno, eso aún está por ver.

—No tengo ni idea de cómo ser madre ni de cómo he llegado a esta situación. —Alcé las manos—. Ni siquiera reconozco mi vida comparada con cómo era hace dos meses. No sé si seré capaz de conseguir el trabajo para el que me he preparado todos estos años. Hay muchas cosas que no sé.

—Eso es muy cierto. Pero te aseguro que es así para todo el mundo, en cualquier parte.

Reflexioné acerca de esa afirmación tan sabia y elocuente. Esa mujer podía decir tanto con tan poco… ¿Cómo podríamos cualquiera de nosotros predecir el futuro o saber en qué vamos a acabar trabajando? Es imposible saberlo.

—Sí, supongo —dije al final.

—¿Y qué pasa con Ethan? No has hablado mucho acerca de lo que él quiere.

Pensé en él y en lo que podría estar haciendo en ese preciso instante. Trabajar duro para mantener a salvo a todas esas celebridades en las Olimpiadas, dando órdenes en las reuniones, más órdenes en las videoconferencias y estresándose. Me preocupaba por él pero nunca se lo diría. Simplemente se centraba en sus cosas sin quejarse. *Pero sus pesadillas siguen ahí, ¿sí o no?*

—Oh, Ethan es muy práctico con todo esto. Me ha mostrado su apoyo desde el primer momento. No parecía asustado ni atrapado ni… nada por el estilo. Sinceramente, esperaba que lo hiciese. No nos conocemos desde hace mucho, y la mayoría de los hombres saldrían huyendo en dirección contraria al tener que enfrentarse a un embarazo no planeado, pero él no. —Negué con la cabeza—. Él insistió en que no rompiésemos. Me dijo que no podría hacerlo. Que el bebé y yo somos su prioridad ahora.

Me sonrió de nuevo.

—Parece que está encantado y eso debe darte cierta seguridad.

—Desde luego. Quiere que nos casemos tan pronto como podamos organizarlo cuando terminen las Olimpiadas. Quiere que hagamos público el compromiso. —Me miré el regazo—. Yo he estado posponiendo esa parte y eso no le hace mucha gracia.

Anotó algo e hizo la siguiente pregunta sin levantar la mirada:

—¿Por qué crees que eres reticente a anunciarlo públicamente?

—Oh, Dios…, no lo sé… La única manera que se me ocurre para describirlo es como una sensación de impotencia, una falta de control en mi vida. Es como si me llevase la corriente. No estoy luchando por mantenerme a flote o en peligro de ahogarme, pero no puedo salir de ella. La corriente me arrastra y me lleva a lugares a los que nunca creí que llegaría. —Comencé a emocionarme un poco y deseé no haberle dicho nada, pero era demasiado tarde. Las verdades empezaron a brotar de mi interior—. No hay marcha atrás. Tan solo puedo seguir adelante, me guste o no.

—¿Quieres abandonar? —La doctora Roswell me ofrecía opciones, tal y como supe que haría—. Porque no tienes por qué tener el bebé, o prometerte, o casarte, o cualquiera de esas cosas. Lo sabes, Brynne.

Sacudí la cabeza y miré hacia mi barriga. Pensé en lo que habíamos creado y me sentí culpable por haber confesado en voz alta mis preocupaciones.

—No quiero abandonar. Amo a Ethan. Él me dice que me quiere todo el tiempo. Y le necesito… ahora.

—Brynne, ¿te das cuenta de lo que acabas de decir?

Me encontré con su mirada sonriente y supe que iba a soltar el resto.

—Necesito a Ethan. Le necesito para *todo*. Le necesito para poder ser feliz y para que sea el padre de este bebé que hemos concebido, y para quererme y cuidarme…

Mi voz se fue apagando hasta convertirse en un sollozo que sonó tan patético que me odié en ese instante. La doctora Roswell habló con suavidad.

—Da mucho miedo, ¿verdad?

Las lágrimas empezaron a caer y cogí un pañuelo.

—Sí. —Sollocé. Tuve que tomarme un segundo para seguir hablando—. Le necesito tanto…, y eso me hace totalmente vulnerable… ¿Y qué haré si algún día decide que ya no me desea?

—A eso se le llama confianza, Brynne, y es de lejos lo más difícil de conseguir.

Tenía razón.

Cenar sola era un asco. Pero no me quejaría a Ethan. Entendía lo ocupado que estaba en el trabajo y había tenido un montón de eventos nocturnos últimamente. Limpié los restos de la cena, que consistió en una sopa de verduras y pan francés, que por ahora permanecían en mi estómago. Gracias a los antieméticos, porque estoy segura de que si no ya estaría muerta. Parecía que con comida muy ligera y tomando las medicinas con regularidad era capaz de dejar atrás los vómitos la mayor parte del tiempo.

Tanto Freddy como el doctor Burnsley dijeron que padecía algo llamado hiperémesis gravídica, o, en cristiano, náuseas severas matutinas. En mi caso comenzaron como náuseas nocturnas y deshidratación seria, y con el tiempo podría causar malnutrición si no me lo trataba. Maravilloso. Así que no hace falta que diga que estaba haciendo todo lo posible por comer.

Había recibido un mensaje de texto de Ethan hacía una hora en el que me decía que llegaría tarde a casa y cenaría en la oficina. Lo entendí, pero eso no significaba que tuviese que gustarme. Las Olimpiadas eran un evento enorme y resultaba apasionante ver cómo iban tomando consistencia los preparativos para la ceremonia de inauguración. De verdad entendía las obligaciones a las que Ethan estaba sometido en el trabajo y me hacía sentir mejor saber que él lo odiaba tanto como yo, si no más. Me decía todo el tiempo lo mucho que desearía poder quedarse a una de mis cenas caseras y achucharnos frente a la televisión y hacer el amor como postre.

Sí, a mí también.

Era un manojo de emociones y lo sabía. Estaba sola y con las hormonas a flor de piel, y muy necesitada en estos momentos. Odiaba sentirme necesitada. Miré con anhelo la cafetera Miele, que debía de costar más que mi colección de botas, y me enfurruñé mientras pasaba el trapo a la encimera de granito. No poder tomar apenas café en los próximos seis meses iba a ser tan horrible como la solitaria cena de hoy. No me iba el descafeinado e imaginarme la tortura de aguantar con una sola taza diaria no merecía la pena.

En su lugar estaba buscando mi zen interior y acrecentando mi relación personal con los tés de hierbas. Los de frambuesa y mandarina habían resultado una grata sorpresa, he de admitirlo. Preparé una taza del de frambuesa y llamé a Benny.

—Hola, reina.

—Te echo de menos. ¿Qué haces esta noche? —pregunté, esperando no sonar muy patética.

—Ricardo ha venido y acabamos de hacer la cena.

—Ah, entonces ¿por qué has cogido el teléfono? Debes de estar ocupadísimo con otras cosas. Perdona por interrumpir, tan solo quería darte un poco de cariño.

—No, no, no, gordi. No tan rápido. ¿Qué te ocurre? —Ben era sin lugar a dudas el hombre más intuitivo del planeta. Podía percatarse de la más mínima insinuación y desarrollar los posibles escenarios. Le he visto en acción las veces suficientes como para saberlo.

—No me ocurre nada —mentí—. Estás ocupado y tienes compañía. Llámame mañana, ¿vale?

—No. Ricardo está solucionando un par de asuntos de negocios por teléfono. Empieza a hablar. —Suspiré. ¿Por qué había llamado a Ben?—. Estoy esperando, querida. ¿Qué te ocurre?

—Ben, estoy bien. Todo va bien. Acabo de mudarme con Ethan y él está saturado de trabajo con la preparación de los Juegos. Yo estoy con mis cosas.

—Así que estás sola esta noche. —Ben iba a pedirme detalles, uno tras otro. A veces soy estúpida.

—Sí. Él está muy liado ahora con las reuniones de la organización.

—¿Y por qué narices no me llamaste? Te habría llevado a dar una vuelta.

—No, tú tienes planes con el maravilloso y guapo Ricardo, ¿recuerdas? De todos modos, no me apetece mucho salir estos días.

—¿No te encuentras bien?

Joder.

—No, Ben, de verdad que estoy bien. Lo único es que estaba sola en casa y echaba de menos a mi amigo y quería oír su voz, eso es todo. No hemos hablado desde la sesión de fotos que me hiciste con las botas.

—Oh, Dios, son preciosas. Te enviaré algunas de las pruebas a tu e-mail.

—Me muero de ganas de verlas. —Y me moría de verdad, pero seguro que Ethan no. Aún mostraba su desaprobación a mis posados, pero no iba a ceder en eso. Especialmente ahora. Si no podía trabajar en el Rothvale con los cuadros, entonces podía estar segura de que iba a tener mucho tiempo para mi otro trabajo como modelo. Al menos ahora, antes de que mi cuerpo se volviera enorme. Esperaba incluso hacer un par de sesiones embarazada. Era algo que se me pasaba por la mente, aunque no pudiera compartir mis novedades con nadie. Ben no sabía nada todavía, tampoco Gaby. Ambos me iban a matar por no contárselo.

—Así que te has mudado con Blackstone, ¿no es así?

—Sí, Ben, lo he hecho. Ethan me lo pidió. Después de lo que ocurrió en la Galería Nacional la noche de la gala Mallerton, tomamos la decisión. Mantengo el alquiler de mi piso para ayudar a Gaby hasta final de año, pero sí, ahora vivimos juntos.

—¿Cuándo es la boda? —preguntó Ben en tono soñador.

Me eché a reír.

—¡Para!

—Hablo en serio, chica. Vas directa a ello, y si sé algo seguro es que ese Blackstone te quiere bien y mucho, querida.

—¿De verdad se lo notas?

Ben se echó a reír al otro lado del teléfono.

—Tienes que estar ciego para no verlo. Me alegro por ti. Te lo mereces, y mucho más.

Oh, aquí viene.

—Me echaré a llorar si pronuncias una sola palabra más, Ben, lo digo en serio. —No mentía esta vez. Parecía haber captado mi estado y alegró el tono.

—Tienes que dejarme ayudarte a elegir tu vestido. Prométemelo —me rogó—. *Vintage*, a medida, con el encaje hecho a mano. —El tono soñador había vuelto—. Parecerás una diosa, lo sabes, si te pones en mis manos.

Sonreí y pensé en lo mucho que se sorprendería Ben si supiese que él y Ethan estaban de acuerdo en ese tema.

—No diré una palabra, malvado. Tengo que dejarte, pero me ha encantado escuchar tu voz. He estado sin ella mucho tiempo.

—Yo también, preciosa. Mándame un mensaje de texto con tus días libres y déjame que te lleve a almorzar la semana que viene.

—Lo haré, Ben. Te quiero.

Vaya, eso ha estado cerca, pensé al pulsar el botón de colgar. Mejor no llamar a Gaby. Y eso era extensible a papá, mamá y la tía Marie. Con tan solo mirarme, Gaby sería capaz de planearme todo el embarazo y tener el hospital listo. Sabía que no podría ocultarlo mucho más tiempo.

Ethan me estaba presionando con lo del anuncio de nuestro compromiso y si algo sabía sobre Ethan era que generalmente conseguía lo que quería.

No tenía suficiente todavía y lo siguiente que hice fue entrar en mi Facebook.

En el buzón había un mensaje de Jessica, mi compañera de instituto. Habíamos estado en contacto a través de Facebook desde que me mudé a Londres. No tenía muchos amigos en mi página y lo mantenía muy privado. Ethan lo había comprobado en profundidad y había dado su aprobación. Me dijo que la amenaza estaba en gente que ya me conocía, que sabía dónde vivía y trabajaba, así que tener una cuenta de Facebook no importaba mucho de todos modos:

Jessica Vettner: Hola, guapa, ¿cómo estás? Yo sigo con el mismo trabajo y la misma vida, y no adivinarías con quién me topé hoy. Karl Westman, de Bayside. ¿Te acuerdas de él? ¡Aún está megabueno! Jajaja. Me pidió mi número de teléfono :D

Karl ha estado trabajando en Seattle y acaban de trasladarle de vuelta aquí, a Marin. Me encontré con él en el gimnasio. Todavía voy a First Fitness cerca de Hemlock. Veo a tu padre allí a veces. ¡Y tenemos el mismo entrenador personal! Tu padre es un amor y está muy orgulloso de ti. ☺ Habla de ti todo el tiempo y dijo que seguías con lo de modelo y que te encantaba. Me alegro por ti, Bry. ¡Me encantaría volver a verte! ¿¿Cuándo vas a volver a SF a visitarnos?? ♥ Jess

Vaya, eso sí que fue una bofetada del pasado. No Jessica, sino Karl. No creo que ella lo recuerde, pero desde luego yo sí. Karl fue el chico con el que salí durante un tiempo una vez que Lance se marchó a la universidad. Karl, el que hizo que Lance se pusiera terriblemente celoso cuando descubrió que yo no me había quedado esperando a que volviese de la universidad para echar un polvo, o eso fue lo que me contaron. La razón por la que Lance y sus colegas abusaron de mí en la mesa de billar y pensaron que sería divertido grabarlo en vídeo.

Nunca volví a ver o a hablar con Lance, ni siquiera con Karl. Sé que este intentó ponerse en contacto conmigo un par de veces antes de que me enviasen a Nuevo México, pero yo no quería verle, ni a él ni a ninguno de mis viejos amigos, a excepción de Jessica. No podía regresar a ese lugar; esa era la misma razón por la que no había vuelto a mi ciudad natal en cuatro años. No tenía intención de regresar nunca.

Era raro pensar en todo eso de nuevo. No sentía rencor hacia Karl, sencillamente no sentía nada. En realidad Karl me había tratado bastante bien, considerando mi reputación en el instituto, pero me encerré en mí misma tras el incidente y no era capaz de mirar a los ojos a nadie que hubiese visto esas imágenes de mí en ese vídeo. Me pregunto qué pensó Karl cuando lo vio. ¿Intentaba consolarme porque sentía lástima por lo que había ocurrido o estaba buscando un poco de acción conmigo? Quién sabe. Estoy segura de que no lo sabía entonces, ni me importaba. Estaba demasiado ocupada buscando salir de esa vida.

Escribí un mensaje muy pero que muy feliz y agradable a Jess deseándole buena suerte con él y salí de Facebook. Ahora tenía una nueva vida. En Londres…, con Ethan… y el bebé que iba a tener.

Neil se sentó frente a mí y parecía más afectado de lo que le había visto en toda mi vida.

No le culpaba, en realidad. Decirle que ya no necesitábamos preocuparnos de si habían envenenado la comida o la bebida de Brynne en la gala había sido tan solo el principio de su conmoción.

—¡No me jodas!

—He esperado una semana para decírtelo. Aún no se lo hemos contado a nuestras familias y ella lo está pasando muy mal con las náuseas.

Giró la cabeza con un gesto de preocupación.

—¿Eres tú, E? Deberías oírte hablar.

—¿Qué?

No podía esperar a que Neil estuviese en mi situación. Dios, él se iba a casar en un par de meses y apostaría lo que fuera a que no pasaría mucho tiempo antes de que entrase en mi despacho como si le hubieran dado un golpe fuerte en la cabeza.

—Actúas como si no fuese nada. Vas a ser padre, colega.

—Bueno, ¿qué quieres que diga? No es que planeásemos que su píldora fallara, y en realidad no cambia nada entre nosotros —contesté sonriendo—. Gracias por la aclaración. Estoy al tanto.

A Neil se le dibujó una sonrisa.

—Estás encantado —dijo riendo y sacudiendo la cabeza—. Estás encantado con esto, ¿verdad?

Lo estaba y no había razón para mentirle.

—Sí, lo estoy. Además me voy a casar con ella. Y ocurrirá antes de que tú y Elaina lo hagáis —le desafié, y él levantó las cejas—. Cuanto antes hagamos el anuncio, mejor. Dejemos que el senador y los idiotas que le rodean lo lean en la prensa rosa. BLACKSTONE SE CASA CON UNA MODELO AMERICANA, EL PRIMER NIÑO ESTÁ EN CAMINO. Cuanta más publicidad, mejor. ¿Qué tal: MODELO AMERICANA EMBARAZADA SE CASA CON UN ANTIGUO CAPITÁN DE LAS FUERZAS ESPECIALES ENCARGADO DE LA SEGURIDAD DE LA FAMILIA REAL? Eso suena algo mejor, creo. La lista de invitados será impresionante, puedo prometértelo. Todo famoso que conozca recibirá una invitación. Cuanto más alto sea su estatus, más les costará acercarse a ella. ¿Puedes imaginar que a un oficial norteamericano se le pillara poniéndole la mano encima? Probablemente se declararía una guerra. Si quieren ver hasta dónde puedo llegar estoy absolutamente preparado para joderles de lo lindo. —Fingí una sonrisa.

Neil asintió.

—Me alegro por ti, E. Brynne es tu cura. Cualquier persona con ojos en la cara se daría cuenta. —Hizo una pausa antes de preguntar—: ¿Cómo se ha tomado ella lo de ser madre?

No pude evitar el arrebato de orgullo que creció en mí cuando Neil preguntó eso último.

—Ya sabes cómo es Brynne. Es muy prudente con las cosas importantes y esta es una de ellas, pero sé que está tan asustada como cualquiera en su lugar. ¡Joder, es aterrador!

Alcancé un Djarum Black y lo encendí.

—Sí, pero vosotros dos os las arreglaréis para salir adelante, estoy seguro —dijo Neil antes de cambiar de tema—. ¿Qué tal lo hizo Len mientras estuve fuera?

—Bien. Firme, fiable. De hecho, se encuentra en el apartamento ahora mismo e imagino que según se acerque a la ceremonia de inauguración, estará con ella la mayor parte del tiempo. Voy a necesitarte para que te encargues de todo esto cuando me ausente.

Len era el sustituto de Neil para vigilar a Brynne. La llevaba en coche donde necesitara ir y básicamente estaba al tanto de la entrada del apartamento en el momento en que yo no estuviese allí con ella. No podía ni quería arriesgarme a que se expusiera a nada. Cuanto más indagábamos en la campaña del senador Oakley, más pistas apuntaban a la posible implicación del senador en lo que ahora creo que fueron los asesinatos astutamente encubiertos de Montrose y Fielding. Había pistas que señalaban a que Fielding estaba muerto, pero no decían nada del cadáver, si es que lo había. Neil había identificado a los del Servicio Secreto rondando por el apartamento abandonado de Fielding en Los Ángeles. Ese cabrón había sido asesinado, apostaría mi Cruz de la Victoria.

—Hora de largarse, jefe. Es demasiado tarde para que estés por aquí y tu chica está sola en casa —dijo Neil.

—Estoy de acuerdo. —Suspiré ante la idea de las largas noches que me esperaban las próximas semanas, di una larga calada al cigarrillo y lo apagué. Realmente estaba progresando en eso de reducir el consumo. A veces tan solo los dejaba consumirse sin llegar a fumármelos.

Neil me dio unas palmaditas en la espalda al salir.

—Así que papá… En cuanto tengamos una oportunidad necesitamos emborracharte para celebrarlo. Has dejado embarazada a tu chica y te vas a poner los grilletes. —Sacudió de nuevo la cabeza como si siguiese sin creérselo—. Tú no haces nada a la ligera, ¿verdad?

—Me temo que no —gruñí.

El apartamento estaba a oscuras y en silencio cuando entré. Lo único que quería era ponerle las manos encima. Siempre sufría un momento de pánico si entraba y sentía el lugar vacío, pero era una estupidez porque llegaba tardísimo a casa del trabajo y acababa de liberar a Len de sus quehaceres en la puerta. ¡Por supuesto que estaba en casa! Estaría dormida y la casa a oscuras.

Me deshice de la chaqueta y empecé a desanudarme la corbata según me dirigía al dormitorio. Me alegré de no llegar a entrar, porque habría sufrido un ataque al corazón al encontrar la cama vacía.

Me quedé de piedra cuando la vi estirada en el sofá, con su e-reader descansando sobre su vientre y el iPod conectado con música, y simplemente la contemplé. Miré sus largas piernas enredadas en una manta, su brazo estirado sobre la cabeza, su cabello suelto bajo el cuerpo.

Lo único que iluminaba la habitación eran las luces de la ciudad que entraban por los ventanales, pero era suficiente para verla. Llevaba puesto uno de mis calzoncillos negros de seda y un pequeño top verde que mostraba lo suficiente de sus suaves curvas como para excitarme. De todos modos, no se necesitaba mucho para devolverme a la vida. Cuanto más tiempo estábamos obligados a pasar separados, peor llevaba mis necesidades irracionales. La deseaba. Todo el tiempo. Querer. Necesitar. Desear. Estaba perdiendo la cabeza y estaba bastante seguro de que Brynne lo sabía. Se preocupaba por mí y eso me hacía quererla mucho más. Por fin tenía a alguien que se interesaba por mí, no por mi aspecto o por cuánto dinero tenía.

Sus ojos se abrieron y me encontraron.

Me quedé inmóvil a dos metros de ella y me quité los zapatos. Ella se recostó en el sofá y se estiró, arqueando la espalda y el pecho hacia mí a modo de invitación.

No nos habíamos intercambiado una palabra todavía pero ya nos habíamos dicho un montón de cosas. Íbamos a hacerlo como bestias y sería increíble. Como siempre.

Entonces…, haremos un estriptis a la vez, ¿eh?

Me parece perfecto.

Yo primero. Yo tenía más ropa que quitarme que ella. Creo que no dejé de sonreír. Aunque no se notara por fuera, por dentro estaba sonriendo de oreja a oreja.

Me desabroché los botones de la camisa lentamente, mientras veía cómo me miraba a medida que sus ojos se iban encendiendo. Me quité la camisa y dejé que cayera al suelo. La aparté de una patada y le guiñé un ojo a Brynne.

Te toca, preciosidad.

Hizo un movimiento que me encantó, uno que hace tan bien que debería ser ilegal. Levantó los brazos y cruzó las manos detrás del cuello y las arrastró entre su pelo hacia arriba, estirando el cuello antes de volver a bajarlas hasta el borde de su camisetita verde. Me miró e hizo una pausa.

De mi garganta salió un leve gruñido. Puramente instintivo e imposible de contener. Necesitaba devorarla en ese mismo momento.

Con lentitud se subió ese trozo de tela verde, revelando la sedosa piel de su estómago, y la camiseta hizo una ligera parada sobre los montículos de sus pechos, que a continuación tuvieron una pequeña caída cuando se liberaron a medida que la tela volaba ligeramente por el aire. Ella estiró los brazos y puso las manos en el sofá.

Me acerqué un paso mientras me quitaba el cinturón, que cayó al suelo con un golpe seco. Me relamí los labios al tiempo que pensaba en el maravilloso sabor de sus tetas cuando las tuviera en mi poder. Dulce.

Me desabroché el botón, me bajé la cremallera y dejé que los pantalones se deslizaran por mis caderas. Recibieron la misma patada en el suelo que la camisa.

Brynne se metió dos dedos en la boca y los sacó lentamente, trazando círculos alrededor de uno de sus pezones, ahora erizado y de color rosa oscuro.

Dios, esta noche muero, seguro.

La sujeté fuerte, deseando que me entendiera.

Necesito esa boquita tuya en mí, nena.

Me miró con ojos cansados e interceptando el mensaje. Coló las manos bajo la cinturilla de los calzoncillos que tanto le gustaba ponerse y elevó las caderas para bajarlos por sus largas piernas. Dejó caer la tela de seda negra por la punta de sus dedos y se acostó como una diosa en un pedestal con las piernas ligeramente flexionadas, un brazo estirado, el otro doblado. Era una pose. Como las que hacía cuando la retrataban. Pero esta pose era solo para mí.

Estaba tan hermosa que casi no quise moverme. Necesitaba beberla primero. Necesitaba emborracharme de ella. Nunca podría cansarme de mirar a Brynne.

Di un paso y me deshice de uno de mis calcetines. Un paso más y perdí el otro. Ya solo quedábamos mis calzoncillos y yo.

Brynne se mojó los labios cuando me acerqué al borde del sofá y esperé a que me tocara.

Mi cuerpo estaba todo lo tenso que podía estar, me dolían los testículos e hice todo lo que pude por no lanzarme encima de ella y enterrarme en su interior.

Se echó hacia delante y me tocó el pene por encima de la seda. Empujé hacia arriba y se lo llevé a su mano a la vez que echaba la cabeza hacia atrás. Noté los calzoncillos rodar por los muslos y salí de ellos rápido. Mi pene estaba atrapado en una mano, mis testículos en otra. Y entonces sentí su suave lengua en mi piel.

—Jooooder, nena... —jadeé cuando ella me agarró la polla y se la empezó a meter y sacar en su boca en profundas embestidas. Levantó sus preciosos ojos y se encontró con los míos mientras me llevaba hasta lo más profundo de su garganta una y otra vez. Excitante. Profundo. De manera experta. Quería controlar mi orgasmo, pero supe que no sería capaz si seguía haciéndome eso. Era increíble y lo necesitaba demasiado. Estaba perdido en ella y la sensación era tan maravillosa que no quería que me encontraran. Quería perderme para siempre en ese momento con ella. Podría morir felizmente en ese instante y seguro que con una sonrisa en la cara.

—Ahhh, jodeeer, ¡me corro!

Se sacó la polla de la boca y me lamió y me apretó los testículos. Envolví el puño alrededor de mi sexo y me masturbé con fuerza. Una. Dos. Tres veces, y empecé a eyacular justo en su boca. La experiencia más erótica del mundo, joder. Mi chica recibiéndome así, su boca abierta con la lengua fuera, esperando recibir mi semen.

Santo Dios, volveré a hacer esto.

Un estremecedor rugido salió de mí cuando me corrí y perdí la noción del tiempo.

Cuando recuperé el sentido, estaba de rodillas con Brynne acariciándome el pelo y mi mejilla descansando sobre su regazo. Aún iba a necesitar un minuto o dos para regresar a la Tierra.

—Sabes cómo darle la bienvenida a tu chico tras un día de mierda —murmuré mientras le acariciaba su pierna.

—Te he echado de menos esta noche —dijo con dulzura mientras me seguía acariciando la cabeza. Su tacto siempre se sentía maravilloso.

—Yo más —refunfuñé—. Odio estar lejos de ti por las noches.

Se relajó un poco. Lo noté cuando se acomodó debajo de mí. Respiré hondo, inhalando su perfume. El aroma floral mezclado con el de su piel me enviaba a una confusión sexual tan primitiva y profunda que creo que enterré parte de mi naturaleza humana. Mi bestia apareció con la fragancia de su excitación. Hacía que me entraran ganas de hacerle cosas muy sucias.

Levanté la cabeza y mis manos fueron hasta sus rodillas. Le abrí las piernas ante mí y miré su sexo depilado. Estaba preciosa cuando la tenía expuesta para mí. *¿Solo para mí?* Dejé a un lado ese pensamiento doloroso y me centré en mi tesoro en ese momento.

—Dios, estás empapada, mi amor. Necesitas un poco de atención, ¿verdad?

—Sí… —susurró con la boca abierta mientras empezaba a respirar con dificultad.

—He sido muy descuidado. —Tiré de sus caderas hasta el borde del sofá y la mantuve abierta—. Debes disculparme.

Lamí su hendidura y adoré la respuesta que recibí: caderas ondulantes y un suave y sexi gemido. Los sonidos que ella era capaz de hacer…

Mi polla estaba lista para más acción solo con oír ese ronroneo gutural. Me sumergí y le lamí el sexo, separándole los labios para llegar hasta el punto mágico y tan placentero. Arqueó las caderas de nuevo y emitió más sonidos sexis para mí.

Me di un festín. No hay otro modo de describirlo. Chupé y lamí y mordisqueé, y podría haber permanecido ahí durante mucho, mucho tiempo. Su sabor siempre me hacía enloquecer.

Cuando la sentí contraerse alrededor de mi lengua y dos de mis dedos habían encontrado el camino hasta el interior de su maravilloso sexo, me preparé para lo que venía sin ninguna duda. Ella encima de mí.

—¿Estás lista, nena? —conseguí preguntar, con mis labios contra los suyos.

—Síííí…

Su grito salió con suavidad y se ahogó en una respiración vibrante. Tan hermosa para mí que casi odiaba hacerla llegar al clímax y perder ese sonido.

—Córrete para mí. —Me centré en su clítoris y lo pellizqué con los dientes—. ¡Ahora mismo!

Era una orden, y, como las otras veces, lo hizo a la perfección. Todo su cuerpo se arqueó, dejando escapar un grito ahogado y tembloroso desde lo más profundo de su garganta cuando apreté los dedos en su interior.

Observé con mis ojos, saboreé con mi lengua, oí con mis oídos y sentí con mis dedos cómo mi preciosa chica alcanzaba el clímax. El único sentido que no utilicé cuando se corrió fue el del habla. No había palabras para describirla ni nada que pudiera decir con cierta coherencia en ese momento; era una obra de arte, y yo me había quedado sin palabras.

Capítulo
13

Ethan me tomó en brazos. Levanté la mirada y sentí esa ola de emoción de nuevo cuando sus ojos azules se encontraron con los míos. Le amaba tanto que entendía lo que se decía del miedo. Había oído a otras personas hablar sobre ello. Lo había leído en libros. Ahora lo comprendía. El miedo que sientes cuando por fin entregas tu corazón a otra persona. Te hace muy vulnerable ante la pérdida. Si nunca amas a nadie, entonces no te herirán cuando no seas correspondido o cuando te abandonen.

Yo por fin tenía la experiencia práctica para comprenderlo.

Era un asco.

Ethan sintió lo que acababa de averiguar. Creo. Me estudió con sus intuitivos ojos, que se veían muy azules en ese momento, y agachó la cabeza para besarme. Me besó frente a la ventana mientras me tenía desnuda en sus brazos. Me derretí en él y sucumbí a mis malditas emociones.

Me llevó a través del vestíbulo hasta la habitación y se separó del beso para dejarme sobre la cama. Entonces me vio.

—Oh, nena…, no llores —susurró al tiempo que me acariciaba la cara y se acomodaba a mi lado.

No podía evitarlo. Había demasiado guardado en mi interior como para dejarlo ahí.

—Es solo que te quiero tanto, Ethan… —Sollocé, y entonces cerré los ojos en un intento de escapar un poco de mis emociones.

Él tomó las riendas de la situación, echándose sobre mí para que nuestros cuerpos se alinearan de la cabeza a los pies, y comenzó a besarme. Por todas partes.

—Yo te quiero más —me susurró mientras sus labios seguían el rastro de mis lágrimas y las borraba. Continuó hacia la mandíbula, el cuello y la garganta, y el cálido tacto de su lengua sobre mi piel me proporcionaba algo de fuerzas para controlar mis ansias de llorar—. Sé lo que necesitas y siempre estaré aquí para dártelo. —Su mano subió para sumergir los dedos en mi cabello mientras su boca me agarraba un pezón y me lo lamía. Y así, sin más, me llevó a otro mundo. Un lugar donde yo era valiosa y donde podía olvidarme de la época en la que no me atrevía a soñar con ser querida así.

Ethan jugueteaba con la lengua en mis pezones, pellizcándolos con los labios, tirando de ellos y endureciéndolos hasta dejarlos ligeramente doloridos a la vez que me agarraba el cabello con fuerza. Al tirarme del pelo se me arqueaba el pecho hasta que se encontraba con su boca. Necesitaba lo que me hacía, lo necesitaba tanto...

Cuando apartó la cabeza de mis pechos, protesté por la pérdida de su boca y el placer que me daba. Ethan quería mirar lo que me hacía con las manos. Le encantaba mirar nuestros cuerpos durante el sexo. No había ni una parte de mí que no hubiese visto bien o no hubiese tocado de una manera u otra. Me daba confianza cuando me miraba y sabía que le gustaba lo que estaba viendo.

—¿Te gusta cuando te lamo tus preciosas tetas y hago que se te endurezcan los pezones? —preguntó mientras me tiraba del pelo.

—¡Sí! Me encanta que me las lamas. —Empezaba a sentirme desesperada.

—¿Te gusta cuando las muerdo? —Clavó los dientes sobre una, no tan fuerte como para hacerme verdadero daño, pero lo suficiente para provocarme una sacudida de placer junto a una punzada de dolor que me hizo gemir—. Creo que tomaré eso como un sí —murmuró—. Eres tan sexi cuando haces esos ruidos, joder…

Me mordió el otro pezón, lo que me hizo jadear y tener ansias de más. Ethan me había mostrado, sin la más mínima duda, que yo era una persona sexual. Cuando me tenía en ese estado, hasta yo me incluía en la categoría de ninfómana.

Su mano me soltó el pelo cuando bajó para abrirme bien las piernas y poder mirar mi sexo.

—Pero esto es lo que quiero ahora —dijo con voz ronca mientras acariciaba mi hendidura y esparcía la humedad de mi anterior orgasmo hacia atrás para lubricar mi otra abertura. Habíamos estado trabajando en eso durante un tiempo y Ethan me estaba preparando poco a poco para llegar hasta ahí. Nunca había practicado sexo anal con nadie; él sería el primero. Era bonito ser virgen de ese modo y darle algo que no le había ofrecido a nadie más.

Hundió dos dedos dentro de mí y me miró al hacerlo.

—Quiero esto, nena. Quiero estar en cada parte de tu cuerpo porque eres mía y siempre lo serás.

El ardor de la presión al llenarme hizo que me doblara ante la invasión.

—Lo sé —jadeé contra sus labios, que acariciaban los míos. Sus palabras solo me ayudaban a sentir más lo que necesitaba saber de él, así que me centré en eso y me dejé llevar a un lugar seguro en mi cabeza. *Eres mía y siempre lo serás.*

—Relájate para mí. Déjame entrar, haré que te encante. —Empezó a acariciarme suavemente con los dedos, adentrándose un poco más con cada penetración—. Nena…, es tan jodidamente estrecho… Lo quiero esta noche.

—Hazlo —resollé, y eché la cabeza hacia un lado—. Quiero que… por fin lo hagas…

Ethan me agarró de la barbilla y me giró la cabeza para que le mirara a medida que hundía más los dedos en mi interior y tomaba posesión de mi boca con la suya, empujando hondo la lengua con fuertes espirales.

—Te quiero —dijo con brusquedad—, tanto que no sé qué hacer sin ti la mayor parte del tiempo, pero sé que quiero hacer esto. —Sacó sus dedos y luego volvió a deslizarlos en mi culo virgen. —Grité por la intensidad de la penetración, que me quemaba por todo el cuerpo—. Tengo que conocer cada parte de ti, Brynne. Soy avaricioso y he de tenerlo todo, nena. —Empezó a acariciar lentamente mi clítoris con el pulgar a la vez que me penetraba con los dedos—. Tengo que estar dentro de tu hermoso y perfecto culito porque eres tú y quiero saber qué se siente al estar ahí.

Me estremecí bajo su cuerpo y su tacto, incapaz de decir algo más que un simple sí. En cuanto di mi consentimiento, tiró de mí y me dio la vuelta. Se tomó su tiempo hasta colocarme como él quería. Tiró de mis caderas hacia atrás, así que me apoyé sobre las rodillas. Mis brazos estaban estirados e intentaban agarrarse al cabecero de la cama, y tenía las rodillas separadas, y después… nada. Podía escucharle respirar y sabía que me estaba estudiando de nuevo. Mi Ethan tenía un toque de *voyeur* que solo conseguía excitarme más al saber que estaba satisfaciendo sus fantasías.

Me quedé expectante cuando me envolvió, su pecho presionando sobre mi espalda, su boca en mi oído.

—¿Estás segura? —preguntó con el cálido roce de sus labios mientras me lamía el lóbulo de la oreja.

—Síííí. —Dejé escapar mi respuesta con un largo jadeo.

Sus labios se encontraron con mi nuca y me recorrió la columna en una deliciosa caricia. Cuanto más se acercaba a su destino, más se encendía mi cuerpo con sensaciones que me nacían bajo el vientre. Empecé a temblar.

—Tranquila, preciosa, te tengo. —Me presionó con la mano en los riñones y después me acarició una de las nalgas—. Eres bellísima de esta manera —murmuró, y rodeó el otro cachete para agarrarme la cadera—. Absolutamente bella y perfecta.

Noté que se movía detrás de mí y escuché abrirse el cajón de la mesilla de noche. Escurridizas gotas de lubricante cayeron sobre mi piel mientras él lo extendía.

—Respira por mí, ¿de acuerdo? Voy a tener mucho cuidado.

Asentí para hacerle saber que le oía, pero no podía hablar. Todo lo que pude hacer fue tomar aire e imaginarme cómo sería sentirle ahí.

La punta de su pene se adentró entre mis pliegues y se deslizó de manera placentera a lo largo del clítoris, encendiéndome de tal manera que me eché hacia atrás en busca de más contacto.

—Sí, nena. Lo vas a tener. —Empujó contra mí con su sexo. La presión era enorme y no pude evitar que se me contrajeran los músculos—. Relájate y respira. —Empujó de nuevo y la punta estaba dentro, de modo que mi hendidura se estiró para acomodarse a su tamaño—. Una vez más, nena. Ya casi está. Voy despacio pero firme, ¿de acuerdo? —Sus manos me sujetaban las nalgas mientras su pene se adentraba más, impulsado por el deseo de ambos de completar esta unión. Había algo de dolor, pero era una sensación muy erótica que liberó algo dentro de mí. Quería sentirlo. De verdad. Necesitaba entenderlo, así que necesitaba entregarme más a Ethan.

La inmensa presión aumentaba y producía una respuesta en mí que me llevaba hacia el orgasmo. Empujé hacia su sexo para hacerle saber que podía continuar.

—Ahhhh…, oh, Dios —dije temblando mientras él embestía de nuevo, sintiendo cómo la dilatación se transformaba en un dolor incalculable y mi cuerpo empezaba a arder. Entonces, de repente, me llenó por completo con una embestida aguda que le llevó muy dentro de mí. Cerré los ojos cuando gritó y la sensación me dejó helada.

—¡Joderrr, qué gusto! —Se quedó quieto y me acarició las nalgas—. Nena…, oh, fóllame…, ¿vale?

Ethan estaba teniendo problemas a la hora de hablar y yo lo entendía. Yo tenía problemas para mantenerme quieta y podía notar cómo regresaban los temblores. Las convulsiones no eran causadas por el dolor, sino reacciones involuntarias al increíble asalto a mi zona erógena. El dolor era mínimo porque Ethan me había preparado poco a poco para esto, tratándome con cuidado, como hacía con todo.

—Mira, estás temblando. —Me acarició las caderas con veneración—. Pararé si me lo pides. Nunca querría hacerte daño, nena —dijo claramente, pero yo podía oír la tensión en sus palabras—. Qué gusto. Es…, es…, ¡joder, es increíble! —Podía notar que sentía lo mismo que yo ahora que se había detenido, a la espera de mi reacción. Ethan y yo siempre habíamos conectado muy bien en lo que al sexo se refiere. No sé por qué todo era tan fácil, pero así era y siempre lo había sido.

—Es… estoy bien —tartamudeé—. Quiero que sigas.

—¡Joder, te quiero! —gruñó bruscamente.

Ethan se separó despacio, volví a sentir chispas en mi interior y después empujó hondo de nuevo. Cada penetración era lenta y controlada. Cada entrada un poco más profunda que la anterior. Me asombró cómo aumentaba el placer en mi interior a medida que él tomaba un ritmo constante. Sus manos me sujetaban y su sexo era mi dueño en todo momento, hasta el final.

Algo crecía en mi interior y se dirigía hacia algo explosivo, y podía ver que Ethan se encontraba en la misma situación apremiante. Empezó a decir frases sucias y respiraba de manera agitada mientras una de sus manos se deslizaba hacia mi clítoris para acariciarlo en círculos.

Su tacto en ese cúmulo de sensaciones me volvió loca.

—¡Voy a correrme! —sollocé. Cuando agaché la cabeza contra las sábanas para recibir esa avalancha de placer sentí una dureza inhumana crecer dentro de mí mientras sus embestidas continuaban con un ritmo incesante.

—¡Oh, jodeeerrr! ¡Yo también! —gritó entre las estocadas que nos unían una y otra vez.

Me sacudí debajo de su cuerpo y me corrí, sin poder moverme siquiera, capaz tan solo de dejarme llevar mientras él continuaba con su propósito. Un momento después noté cómo se separaba de mí y me daba la vuelta, mi cuerpo aún tembloroso tras la explosión de placer más increíble que había experimentado en mi vida.

—¡Mírame! —ordenó.

Abrí los ojos y los fijé en su mirada azul y feroz. Su aspecto era magnífico. Parecía un Dios pagano, resbaladizo por el sudor y con todos los músculos en tensión cuando se arrodilló entre mis piernas, se sujetó el pene y eyaculó sobre mis pechos y garganta. ¡Estaba tan guapo en ese momento!

Un segundo más tarde escuché correr el agua de la bañera y abrí los ojos. Sentía el cuerpo pesado, adormilado y satisfecho. Ethan estaba allí, observándome, con expresión seria e intensa mientras sus dedos jugaban con mi pelo.

—Aquí está mi chica. —El gesto severo se suavizó cuando se inclinó para acariciarme los labios con la nariz—. Te quedaste dormida después de hacer que te corrieras.

—Creo que necesitaba una pequeña siesta después de eso.

Frunció el ceño.

—¿Ha sido demasiado? Lo sien...

Le callé tapándole la boca.

—No —dije sacudiendo la cabeza—. Si hubiese sido demasiado lo habría dicho.

—¿Te gustó? —preguntó con suavidad mientras se atisbaba un gesto de preocupación en sus preciosas facciones.

—Oh..., sí.

—¿Te hice daño? —El tono de preocupación de su voz hacía que me derritiese más y más.

—Solo de manera agradable —contesté con sinceridad.

El ceño fruncido desapareció y lo sustituyó una mirada de alivió.

—¡Oh, joder, Dios, gracias! —exclamó mirando al cielo como si estuviese rezando, y luego volvió a mí, lo que resultaba absurdo: ¿agradecer al cielo por el sexo anal y soltar un taco al dar las gracias cuando yo había dado mi consentimiento?—. Porque de *verdad* quiero hacerlo de nuevo alguna vez. —Se le veía tan aliviado y es posible que hasta un poco engreído. Yo estaba contenta de haberle hecho feliz y satisfecha de demostrarle, de nuevo, que podía confiar en él con mi corazón y mi cuerpo. Se superaba a la hora de cuidarme. No me había dado cuenta de lo mucho que él quería hacerlo y de lo bueno que era. Tanto sexual como emocionalmente.

Ethan era muy honesto con ciertas cosas, a veces tanto que su franqueza me ruborizaba. Sin embargo, para mis adentros sabía que era una de las razones por las que funcionaba tan bien conmigo. Aunque también tenía que reírme un poco. Solo Ethan conseguía sonar dulce al hablar acerca de sus esperanzas de tener más sexo anal y sin que sonara grosero o brusco.

¿Cómo narices lo hacía?

Mi sucio, malhablado y romántico caballero inglés. La combinación perfecta, en mi opinión.

—Vale… —le dije, y me acerqué para besarle.

Me besó durante un rato de manera suave y delicada, como solía hacer. Me moría de ganas por la sesión de besos que seguía al sexo. Ethan siempre quería besarme después, y parecía que me estuviese haciendo el amor otra vez, solo con sus labios

y su boca. Me abrazó y me sujetó bajo su esculpido cuerpo, sus caderas entre las mías, sus labios por
todo mi cuerpo: mis labios, mi garganta, mis pechos… No paraba hasta que se sentía completamente satisfecho.

Ethan sabía cómo pedirme las cosas. Y estoy
bastante segura de que sus instintos son solo órdenes innatas y primarias que no puede evitar
complacer. Lo creo porque a mí me ocurre lo mismo. Quiero aceptar todo lo que me da, y entregarme durante el sexo es una manera de darle a
Ethan esas cosas que me pide con tanta franqueza. Además me excita mucho. Adoro las cosas que
dice y que me pide cuando estamos sumidos en el
acaloramiento del sexo.

Levantó los labios y me miró con ojos vi-
driosos.

—Te quiero tanto que a veces me asusta. No…,
me asusta casi todo el tiempo. —Sacudió la cabeza—. Odio dejarte sola aquí tanto tiempo. No está
bien. —Suspiró profundamente—. Lo odio con
todas mis fuerzas. Me he convertido en una especie de loco, y espero que todo esto no sea… demasiado. Que yo no sea demasiado. —Me tocó la
frente con la suya—. Cuando te veo tengo que es-

tar contigo así. —Me recorrió el pecho con la mano y la posó sobre los restos de su orgasmo, que parecían haber sido limpiados de mi piel en algún momento. Tal vez lo hizo mientras yo dormía. Me había quedado tan fuera de mí después del abrumador clímax que no tenía ni idea.

—Bueno, yo no me quejo. —Le agarré la cara—. Me gusta tu versión de loco, si así es como lo llamas, y, para que lo sepas, me sentía muy sola esta noche, te echaba de menos y me preocupaba todo, pero entonces llegaste a casa y parecía que ibas a morir si no me tenías y…, bueno, era lo que necesitaba para sentirme mejor. Cuando estoy sola con mis pensamientos tiendo a preocuparme por cosas que no debería. La duda aparece. Tú eres la primera persona que realmente me ha ayudado con mis dudas. Cuando me tocas y me demuestras cuánto me deseas haces que desaparezcan.

Se quedó mirándome, con los ojos muy abiertos.

—¿Eres real? —me preguntó al tiempo que me acariciaba la cara con los dedos con ternura—, porque siempre te desearé.

Ethan ya me había hecho esa pregunta con anterioridad y me encantaba.

—Cuando dices cosas como esas se me acelera el corazón.

Me posó la mano sobre el pecho.

—Puedo sentir tu corazón. También es mi corazón.

—Es tu corazón, y yo soy muy real, Ethan —asentí—. He querido todo lo que hemos hecho juntos y mi corazón ahora te pertenece. —Le acaricié la cara, a tan solo unos centímetros, mientras me ahogaba en sus ojos.

Ethan suspiró hondo, pero sonaba más a alivio que a preocupación.

—Vamos, preciosa, date un baño conmigo. Necesito lavarte y abrazarte un rato. —Me cogió y me llevó al baño de mármol travertino y me metió en la bañera. Tras colocarse detrás de mí, me estiré y me apoyé sobre su firme pecho. Sus brazos se movían para mojarme los pechos y hombros.

—Llamé a Benny esta noche —dije después de un rato.

Ethan puso jabón en una esponja y la deslizó por mi brazo.

—¿Cómo está Clarkson? ¿Quiere hacerte más fotos?

—No hemos hablado de eso.

—Pero lo hará. —La respuesta de Ethan no era nada nuevo. No le gustaba que posase y tampoco llegaba a entender lo mucho que yo lo necesitaba. No le solía sacar el tema porque no quería que se enfadase y se volviera de nuevo irracional. Cada vez que iba a una sesión de fotos se volvía loco, así que era mejor no recordárselo.

—Creo que Ben empieza a sospechar, y estoy segura de que Gaby también lo haría si me viese en persona, pero solo hemos hablado por teléfono.

Ethan me pasó la esponja por el cuello.

—Es hora de decírselo, nena. Quiero hacer el anuncio y ha de ser a lo grande. Eso lo tengo claro.

—¿Cómo que a lo grande?

—¿Prensa londinense? ¿Invitados famosos? ¿Un lugar pijo? —Me puse tensa en sus brazos. Me abrazó fuerte y susurró—. Ahora no te vaya a entrar el pánico, ¿de acuerdo? Nuestra boda ha de ser un… acontecimiento de interés para que se entere todo el mundo.

—¿Incluso el senador?

—Sí —dijo e hizo una pausa—. Creemos que Fielding también está muerto. Lleva desaparecido desde finales de mayo.

—¡Oh, Dios! Ethan, ¿por qué no me lo contaste? —Me eché hacia delante y me giré para mirarle de manera acusadora.

Me abrazó más fuerte y presionó los labios contra mi cuello. Estaba intentando tranquilizarme, supongo, y por suerte para él sus tácticas normalmente funcionaban. Ethan era capaz de calmarme solo con un ligero roce.

—Me lo acaban de confirmar. Lo sospeché cuando estábamos en Hallborough y tú estabas tan enferma… No te enfades. Tuve que contarle todo a Neil. Sabe que vamos a tener un hijo. Y antes de que te enfurezcas conmigo, has de saber que está muy contento por nosotros. Sabes todo lo que tienes que saber, Brynne. —Me besó en el hombro—. No más secretos.

Mi cerebro empezó a asimilarlo todo y la mera idea me puso la piel de gallina.

—¿Te preocupa que intenten ir a por mí y crees que si nuestra relación y nuestra boda se convierten en un acontecimiento famoso entonces no se atreverán? —Podía oír el miedo en mi voz y lo odiaba. No podía imaginar que el senador Oakley me quisiese muerta. ¿Qué había hecho yo mal excepto salir con su hijo? Era Lance Oakley quien había hecho todo el daño, ¡no yo! ¿Por qué tenía que vivir con miedo por algo que no hice? Yo era la víctima aquí y, por mucho que me repugnase la idea, era la verdad.

—No puedo arriesgarme contigo y no lo haré, nunca. —Ethan me besó en el cuello y me pasó la esponja por el vientre—. Siempre te digo que eres maravillosa porque lo eres. ¿Lo entiendes entonces?

—Sí, lo entiendo. Entiendo que un poderoso partido político puede que quiera matarme, pero eso no significa que me tenga que gustar la idea de que nuestra boda sea una tapadera. —Noté cómo Ethan se ponía tenso a mi espalda y me imaginé que no estaba contento con lo que estaba diciendo.

—Ya te lo he dicho, haré lo que haga falta para protegerte, Brynne. Te prometo que el lugar y la lista de invitados no cambian para nada lo que siento. No para mí. En absoluto —dijo bajando la voz—. Y quiero que el hecho de que vayamos a tener un bebé sea parte del anuncio. Eso te convierte en una joya aún más valiosa. —Me sacudió ligeramente—. Algo que ya eres.

Sí, mi chico no estaba feliz en absoluto. Sonaba algo herido, y me sentí culpable una vez más por ser una desagradecida. Supongo que era un punto a tratar con mi terapeuta. Aunque apreciaba mucho que Ethan se quisiera casar conmigo y se hiciera responsable de nuestro hijo, odiaba que las amenazas de a saber quién fueran el motor de su proposición.

—Lo siento. Sé que no te lo estoy poniendo fácil, Ethan. Ojalá pudiese pensar distinto sobre esto —*lo deseo con todas mis fuerzas*—, pero deberías saber que no es el sueño de toda chica celebrar una boda porque puede que alguien quiera matarla.

—Lo quiero hacer por muchas otras razones —gruñó—, y lo sabes. —Ethan tiró del tapón y salió de la bañera. Me ofreció la mano para ayudarme a salir y parecía un poco enfadado, un poco herido… y guapísimo así de desnudo y mojado.

Sí, un bebé por accidente también es otra de las razones.

Acepté su mano y dejé que me sacara de la bañera. Acercó una toalla y empezó a secarme de arriba abajo. Cuando llegó al vientre se arrodilló y me besó justo ahí, donde el bebé estaría creciendo.

Sollocé y sentí que las lágrimas brotaban otra vez, incapaz de controlar mis emociones y preguntándome cómo iba a sobrevivir a todo eso. ¿Por qué tenía que ser tan débil?

Levantó la mirada.

—Pero te amo, Brynne, y quiero estar contigo. ¿No es eso suficiente?

Perdí el control. Completa y totalmente, por una maldita millonésima vez. Lágrimas, sollozos, hipos, todo al completo. Ethan se había llevado todo el paquete emocional esta noche. Pobrecito.

Sin embargo, mi llanto no parecía inmutarle y me metió en la cama, se echó a mi lado y me acercó a él. Hundió los dedos en mi cabello y sencillamente me abrazó sin pedir más, sin preguntas ni indagaciones. Me dejó en paz, ofreciéndome generosamente su apoyo y fuerza sin pedirme nada a cambio.

Estaba pensando. Podía escuchar cómo giraba la maquinaria dentro de su cabeza reflexionando sobre mí. En realidad Ethan hacía eso mucho, pensar sin decir nada.

Yo también lo estaba haciendo. Recordaba algo que la doctora Roswell me había dicho una vez. Cuando le expresé mis miedos acerca del futuro contestó: «Lo superarás paso a paso y con el día a día, Brynne».

Era otro cliché, sí, pero uno que daba en el clavo, como Ethan decía a veces. Justo en el clavo.

Superaré esto paso a paso y Ethan estará ahí para ayudarme.

—Es suficiente, Ethan —le susurré. Sus dedos seguían en mi pelo—. Es suficiente para mí. Estar contigo es suficiente.

Me besó con suavidad y ternura, su lengua deslizándose poco a poco como si no hubiera nada en el mundo que pudiese preocuparnos en ese momento. Noté las palmas de sus manos sobre mi vientre y las mantuvo ahí, cálidas y protectoras.

—Vamos a estar bien, nena. Lo sé. Los tres.

Le acaricié el pecho con la nariz.

—Cuando lo dices, te creo.

—Lo estaremos. Lo sé. —Me levantó la cara y se dio unos golpecitos con el dedo en la cabeza—. Tengo premoniciones, igual que tú tienes esos superpoderes a la hora de razonar de los que me hablaste una vez. —Me guiñó el ojo.

—¿De verdad? —añadí con más sarcasmo, solo para que supiese que ya no estaba molesta por lo de la boda y que podía llegar a aceptarlo.

—Sí. Tú, yo y nuestro pequeño guisante seremos felices para siempre.

Negué con la cabeza.

—Ya no tenemos un guisante.

—¿Qué pasó con el guisante? No me digas que te lo has comido. —Fingió asombro.

—¡Idiota! —dije dándole en las costillas—. El guisante ahora es una frambuesa.

—¿De dónde has sacado esa información? —preguntó arqueando una ceja.

—De una página web llamada Embarazo puntocom. Deberías echarle un vistazo. Te dice todo lo que necesites saber sobre frutas y verduras.

—Me encanta cuando juegas conmigo —dijo después de reírse mientras me cogía de la barbilla—. Sobre todo cuando veo ese brillo en tus ojos y pareces feliz. Es todo lo que quiero: que seas feliz conmigo, con nosotros, con nuestra vida en común.

—Tú me haces feliz, Ethan. Siento cómo estoy últimamente. Soy un despojo de hormonas llorando por todo, deprimida, poniendo las cosas difíciles, arghh… Odio cómo sueno incluso disculpándome ahora mismo.

—No. No eres así para nada. No necesitas disculparte, nena. Todo lo que tienes que hacer es decir que sí al anuncio de nuestro compromiso. Lo he escrito hoy. Está preparado para ser enviado.

Parecía convencido de su petición y me di cuenta en ese momento de que el miedo que me daba el matrimonio, el bebé, el acosador, todo lo que me asustaba, había desaparecido por completo. Seguir adelante con nuestra vida era la única opción ahora.

—De acuerdo. Estoy lista.

—¿Lo estás? —Ethan estaba más que sorprendido—. Así, sin más, ¿ahora estás preparada?

—Sí, lo estoy. Sé que me quieres y que cuidarás de nosotros. Por fin le admití a la doctora Roswell que te necesito. Te quiero y te necesito. —Le acaricié la mejilla—. Hagámoslo.

Recibí una de esas espectaculares y raras sonrisas de Ethan que hacían que todo mereciese la pena. De verdad adoraba hacer a este hombre feliz. Me llenaba, me hacía sentir bien.

—Necesitamos decírselo a tus padres y familiares. ¿Cómo y cuándo quieres dar la noticia? —me preguntó con dulzura.

—Hmmm…, buena observación. —Miré el reloj de la mesilla, que señalaba la una de la mañana—. ¿Qué tal ahora? —dije.

—¿Ahora? —Se le vio inseguro durante un momento antes de caer en la cuenta—. Quieres decírselo primero a tu padre. —Podía notar cómo hacía cálculos mentales—. Son las cinco de la tarde de un viernes, ¿crees que podrás dar con él?

—Estoy bastante segura de que sí. Vístete.

—¿Eh?

Salí de la cama y empecé a ponerme unos pantalones de yoga y una camiseta.

—Quiero decírselo por Skype. —Sonreí con satisfacción, muy contenta con mi idea—. Dudo que le gustara oír que va a ser abuelo contigo desnudo a mi lado, viéndote como estás ahora —dije mientras le miraba su cuerpo desnudo y musculoso—. Así que vístete, por favor. No puedo garantizarte que no quiera hablar contigo en cuanto le diga lo que me has hecho.

—Princesa, estás tan guapa… Me encanta verte cara a cara por aquí. ¿A qué debo este honor, y qué narices haces despierta a la una de la mañana?

Sonreí a mi padre y sentí mariposas en el estómago ante la idea de contarle nuestras noticias. De algún modo sabía que se alegraría por mí. Nunca me había juzgado en el pasado y no lo haría ahora.

—Dios, te echo de menos. Daría lo que fuera por tenerte frente a mí para esto, papá. —Mi guapo padre llevaba una toalla de piscina alrededor del cuello y el pelo mojado.

—Acabo de hacer diez largos y me siento genial. Mi fin de semana ha empezado muy bien. El tiempo ha sido muy agradable y me he podido dar un baño en la piscina. Ojalá estuvieses aquí para disfrutarlo conmigo.

—A mí también me gustaría. ¿Te estás tomando las pastillas para la tensión como se supone que debes hacer?

—Por supuesto que sí. Tu viejo padre está en plena forma.

—Oh, por favor, estás lejos de ser un viejo, papá. Cuando imagino a un viejo, tú no eres la imagen que me viene a la cabeza. Incluso recibí un mensaje de Jess por Facebook en el que me decía que te ve en el gimnasio y que eres encantador. Seguro que tienes que quitarte a las mujeres de encima cuando entrenas.

Se echó a reír y evitó mi comentario. Siempre me preguntaba por esa parte de su vida. Nunca hablaba de citas ni mujeres, así que no sabía mucho. Debía de sentirse solo a veces. Los humanos no hemos sido hechos para estar solos. Deseaba que encontrase a alguien que le hiciera feliz.

—Jess es una chica muy dulce. Sobre todo hablamos de ti, Brynne. No me has contestado a mi pregunta. ¿Por qué estás levantada tan tarde?

—Bueno, Ethan y yo tenemos algo importante que contarte y no quiero que pase más tiempo antes de hablar contigo.

—Vale…, estás sonriendo, así que creo que deben ser buenas noticias. —Levantó la barbilla y miró de manera engreída.

Mi seguridad flaqueó un poco, hasta que sentí que Ethan se acercaba a mi espalda y se sentaba. Me puso las manos en los hombros y se echó hacia delante para que mi padre pudiese verle en la pantalla.

—Eh, Ethan, así que vas a pasar con mi hija por el altar, ¿eh? ¿Es lo que queríais anunciarme?

—Ehh…, bien, mmm…, queríamos decirte un par de cosas en realidad, Tom.

—Bien, me muero de ganas de oírlas —dijo mi padre, encantado de tener a Ethan sufriendo por Skype, con una enorme sonrisa en la cara. Dios, esperaba que se alegrara una vez lo supiera.

Me lancé a ello. Me estaba tirando en plancha al fondo de la metafórica piscina que era mi vida.

—Papá, vas a ser abuelo.

Noté que los dedos de Ethan se agarraban más fuerte a mis hombros y vimos cómo la enorme sonrisa de mi padre se transformaba en una cara de completo asombro.

Capítulo
14

Me detuve ante la casa de ladrillo rojo en Hampstead donde había crecido y aparqué en la calle.

—Esta es la casa de mi padre.

—Es preciosa, Ethan. Un elegante hogar inglés, justo como lo había imaginado. El jardín es muy bonito.

—A papá le gusta trabajar la tierra con las manos.

—Siempre he admirado a las personas con mano para las plantas. Me gustaría tener un jardín algún día, pero no sé demasiado sobre el tema. Tendría mucho que aprender —dijo ella desde el coche con cierta melancolía—. ¿Te sientes bien cuando vienes? ¿Lo consideras aún tu hogar? —Me pareció que hablaba con nostalgia.

—Bueno, sí. Es el único que tuve hasta que conseguí el mío. Y sé que mi padre estaría encantado de enseñarte lo que hiciera falta. El jardín de mi madre está en la parte de atrás de la casa. Eso sí que quiero que lo veas. —Recorrí con la mirada a Brynne; estaba preciosa, como siempre, con un vestido de flores y unas botas moradas. Dios, me encantaba que llevase botas. La ropa se podía ir, pero las botas podían quedarse… siempre—. ¿Estás nerviosa?

Asintió.

—Lo estoy… y mucho.

—No tienes por qué, nena. Todos te quieren y piensan que eres lo mejor que me ha pasado. —Le di un suave beso en los labios, saboreando su dulzura antes de que tuviésemos que estar en público y de que la constante necesidad de tener mis manos sobre ella hubiese de ser contenida durante las horas siguientes. *Es un asco ser yo en esos momentos*—. Y lo eres —añadí.

—Oh, vamos… Recuerdo cuando mi padre te interrogó… y cómo te falló la voz —dijo riéndose—. Su cara no tenía precio, ¿verdad?

—Supongo. En realidad no recuerdo su cara. En lo único que podía pensar era en lo agradecido que estaba por tener miles de kilómetros entre nosotros, ya sabes, para evitar que me cortara las pelotas.

—Pobrecito mío —me consoló mientras se reía con una mano sobre el estómago.

—¿Te encuentras bien? ¿Cómo se está portando nuestra frambuesa esta tarde?

Brynne me acarició la mejilla.

—La pequeña frambuesa está cooperando por ahora, pero nunca sé lo que vendrá en un rato. Por alguna razón la noche es mi enemiga. Tan solo tengo que tomármelo con calma.

—Estás preciosa esta noche. Mi padre va a estar entusiasmado. —Le cogí la mano, le di un beso en la palma y después la presioné contra su vientre.

—Vas a hacerme llorar si sigues por ese camino. —Me cubrió la mano con las suyas.

—No. Nada de lágrimas hoy. Es un momento feliz. Piensa en lo feliz que estaba tu padre anoche cuando se lo dijimos. Bueno, al menos lo estuvo después de percatarse de que se hallaba demasiado lejos como para castrarme. —Le guiñé rápidamente el ojo.

—Te quiero, Blackstone. Me haces reír, y eso es mucho. Terminemos con esto.

—Sí, jefa. —Salí, di la vuelta al coche, saqué a mi chica y la acompañé hasta la puerta. Llamé al timbre y esperé. Sentí un cálido roce en mi pierna. El gato había crecido desde la última vez que vine.

—*Soot*, tío. ¿Qué tal estás? —Le cogí en brazos y le presenté a Brynne—. Este es *Soot*, el autoproclamado dueño de mi padre. Podría decirse que él le ha adoptado.

—Ohh…, qué gatito tan lindo. Qué ojos más verdes. —Brynne se acercó a acariciarle cuando *Soot* agachó la cabeza hacia su mano—. Es muy amistoso, ¿eh?

—Sí que lo es.

La puerta se abrió y se interrumpió ese momento que estábamos viviendo. La tía de Brynne, Marie, estaba en el porche de mi padre con una sonrisa de bienvenida.

—Sorpresa —dijo Marie—. Me apuesto lo que sea a que no esperabais verme aquí, ¿verdad?

Yo reí incómodo, en realidad me había pillado algo desprevenido, pero me recuperé enseguida a pesar de mi asombro.

—Marie, si esta no es la sorpresa más agradable del mundo, no sé cuál podría ser. ¿Estás ayudando a mi padre con la cena?

—Exacto —respondió ella—. Por favor, entrad.

Nos saludó a los dos con besos y abrazos. Brynne y yo intercambiamos una rápida mirada. Apostaría todo mi dinero a que Brynne estaba tan sorprendida como yo de ver a Marie ahí.

En cuanto atisbé a mi padre, supe que ocurría algo. Se limpió las manos con un trapo de cocina y nos saludó. Un cálido abrazo y un beso en la mano para mi chica y un más bien frío gesto con la cabeza hacia mí. *Soot* saltó de mis brazos y se marchó a alguna parte.

—Marie y yo ya habíamos quedado para cenar aquí esta noche antes de que llamaseis para venir —explicó mi padre.

¿De verdad? Brynne y yo intercambiamos otra mirada y resultó obvio que estábamos tratando de disimular. ¿Así que papá y Marie estaban…? Bien. Seguía pensando que Marie era muy atractiva para ser una mujer madura. La idea de que mi padre tal vez estuviese molesto por haberle interrumpido su noche romántica cruzó por mi mente. Bueno, mierda.

—¿Por qué no lo dijiste entonces? —pregunté—. No teníamos por qué venir esta noche.

Mi padre sacudió la cabeza hacia mí y se quedó en silencio. Si no le conociese tanto, diría que me estaba ignorando. Pero solo a mí, no a Brynne. Le dirigió una cálida sonrisa y dijo:

—Creí que debíais venir esta noche, hijo.

¿Qué demonios? ¿Sabía ya algo? Iba a partir un par de cabezas si mi hermana o Fred se habían ido de la lengua. Le miré fijamente. Él se quedó impávido.

Marie rompió la tensión. Gracias, joder.

—Brynne, querida, ven a ayudarme con el postre. Bizcocho de frambuesa, y va a estar de muerte.

Me entraron ganas de sonreír cuando dijo «frambuesa» y mi mirada se encontró al instante con la de Brynne. Me guiñó un ojo y siguió a Marie a la cocina.

—¿Por qué estás así de seco, papá? ¿Hemos interrumpido tu noche o algo? Podías haberme dicho que hoy no te venía bien, lo sabes.

Mi padre apretó la mandíbula y levantó ambas cejas, haciéndome saber quién mandaba en esa pequeña discusión. Es increíble cómo un padre tiene ese poder. Era capaz de llevarme a mi adolescencia y recordarme cuando me sentaba y me echaba la bronca por meterme en algún lío.

—En realidad sí has interrumpido mi noche, pero eso no tiene nada que ver. Siempre me alegro de ver a mi hijo. No, lo que no me puedo creer es que tenga que esperar a que me llames, Ethan. —Me apuñaló con la mirada.

—¿Podemos dejar de hablar en código? Obviamente estás molesto por algo.

—Oh, sí, algo —respondió cortante.

—¿Qué quieres decir con eso? —solté un gallito. ¡Joder! Estaba metido en un lío. ¿Lo sabía mi padre? ¿Cómo?

—Creo que lo sabes, hijo. De hecho, sé que lo sabes.

—¡Lo sabes! —Sí, mi voz seguía cambiando de tono como un cantante de ópera en escena—. ¿Cómo es posible?

Suavizó un poco su expresión.

—Parece ser que un montón de cosas son posibles, hijo. Imagina mi sorpresa cuando llamé a Hannah y mi nieta me contó alegremente que el tío Ethan y la tía Brynne están embarazados.

¡Oh, Dios! Me froté la barba de inmediato.

—Así que el pequeño monstruo te lo contó, ¿verdad?

—Desde luego. —Mi padre aún mantenía una expresión severa—. Zara tiene bastante que decir al respecto.

Me agarré las manos en señal de rendición.

—¿Qué quieres que diga, papá? Ha sucedido sin más, ¿vale? No fue intencionado, ¡y te puedo asegurar que nos sorprendió tanto como al resto!

Se cruzó de brazos, sin parecer afectado por haberme pillado desprevenido.

—¿Cuándo es la boda?

Miré al suelo, de repente avergonzado. No tenía respuesta para él.

—Estoy en ello —murmuré.

—Por favor, dime que te casarás enseguida. —Levantó la voz—. ¡No puedes esperar a que nazca el bebé como hacen algunos famosos!

—¿Puedes bajar la voz? —le rogué—. Brynne está…, bueno, se siente recelosa con respecto al compromiso. Le da miedo… por su pasado.

Mi padre me lanzó una mirada que mostraba bastante bien lo que opinaba de mi explicación.

—Demasiado tarde para eso, hijo —resopló—. Ya estáis todo lo comprometidos que podéis estar. Tener a vuestro hijo sin los beneficios de un matrimonio legal será incluso más aterrador, te lo aseguro. Para ti y para Brynne. —Sacudió la cabeza—. Olvidad el pasado, tenéis que pensar en el futuro. —Me miró como un perro miraría un filete—. ¿Le has propuesto matrimonio siquiera? No veo ningún anillo en su dedo.

—Ya te he dicho que estoy en ello —le contesté. *Y, joder, de verdad que lo estoy, papá.*

—El tiempo no espera, Ethan.

—¿De verdad, papá? Gracias por el consejo. —Mi sarcasmo me habría supuesto un bozal en la boca durante mis años mozos. Ahora solo recibí una mirada severa y más frialdad. De repente se me ocurrió que tal vez ya había compartido nuestra noticia—. ¿También lo sabe Marie? —pregunté altivamente.

—No. —Mi padre me regaló otra mirada hostil unida a una hacia el cielo antes de dirigirse a la cocina con Brynne y Marie.

Observé cómo se marchaba enfadado y decidí que poner algo de distancia ahora sería lo mejor. Carecía de sentido tener una pelea familiar y enfadar *a todo el mundo.* Mejor lo sufría yo solo. Planté mi culo en el sofá y deseé un cigarro. O un paquete entero.

Es gracioso lo diferente que reaccionaron nuestros padres a nuestras noticias. Tom Bennett se alegró por nosotros, después del asombro inicial, creo. No nos exigió una fecha de boda, sino que simplemente quería ver que éramos felices y que yo quería a su hija y estaba dispuesto a cuidar de ella y de nuestro hijo. Incluso sugirió venir a hacernos una visita a finales de otoño, algo que entusiasmó a Brynne.

La madre de Brynne tampoco preguntó por la fecha de la boda. La señora Exley era otro cantar, de verdad, pero el caso es que yo no le gustaba, y estoy seguro de que no le agradaba tampoco el hecho de convertirse en abuela. Era su problema. Un silencio helador fue lo que recibimos del otro lado de la línea cuando llamamos para darle la noticia. Brynne no había querido decírselo a su madre por Skype como había hecho con su padre, y ahora entendía el porqué. Su madre nos habría dedicado un par de miradas malvadas al oír nuestras noticias y mi dulce chica no necesitaba verlas en absoluto. Ya había sido bastante malo consolarla después de colgar el teléfono. Sí, había marcado los límites y le había dado mi opinión. La madre de Brynne era una amargada criticona que claramente se preocupaba más de su posición social que de su hija. Por suerte, nuestros encuentros serían mínimos.

Así que sí, la instantánea hostilidad de mi padre ante la falta de fecha para la boda me había pillado por sorpresa. Sobre todo cuando un mínimo de paciencia habría puesto fin a sus preocupaciones.

Tras unos momentos *Soot* encontró mi regazo y se puso cómodo. Se quedó mirándome con sus ojos verdes mientras yo le acariciaba el brillante pelaje y me preguntaba cómo era posible que en una noche agradable hubiese acabado recibiendo la corona al rey de los idiotas en un cojín de terciopelo.

—Tengo un plan —le dije al gato—. Lo tengo, solo que aún no se lo he dicho a nadie.

Soot me guiñó uno de sus ojos verdes en señal de total entendimiento y ronroneó.

Ethan me retiró la silla de la mesa y me ayudó a levantarme.

—Quiero enseñarle a Brynne el jardín —anunció.

—Pero ¿no deberíamos ayudar a recoger la mesa? —pregunté.

—No, por favor, querida, deja que Ethan te enseñe el precioso jardín de su madre. Quiero que lo veas. —El tono de Jonathan era contundente. Ni siquiera me planteé discutirlo.

Miré a Ethan y le agarré la mano.

—Bueno, de acuerdo, si no os importa. El salmón y la bearnesa estaban deliciosos. Estoy asombrada con tus dotes para la cocina, Jonathan. —Le guiñé un ojo a Marie—. Sabía que mi tía era la reina de la cocina, pero tú me sorprendes.

Jonathan se encogió de hombros.

—Tuve que aprender. —Al instante me sentí mal por recordarle a todo el mundo la pérdida de la madre de Ethan. Él había perdido a su madre cuando era un niño, pero Jonathan había perdido a su mujer y a su alma gemela. Era algo muy triste, pero Jonathan había tenido muchos años de práctica lidiando con momentos incómodos como este y no le dio ninguna importancia—. Marie y yo hemos sido un gran dúo esta noche, creo. Yo hice el pescado y el arroz y ella la ensalada y el postre. —Jonathan le guiñó un ojo a mi sonriente tía. Me pregunté si estaban... saliendo; era una idea rara que estuviesen teniendo una relación de pareja, pero me haría feliz si fuese cierta. Tal vez fueran solo amigos, pero desde luego se les veía muy tiernos juntos. Me pregunté qué opinaría Ethan de ver a su padre con una mujer.

Ethan me colocó la mano en la espalda y me guio al exterior. *Soot* iba delante de nosotros antes de saltar a la base de ladrillo de una enorme jardinera que flanqueaba un apartado banco rodeado de consueldas de un morado intenso y lavanda azul claro.

—Esto es precioso, justo como un jardín inglés sacado de una postal. —Me encogí de hombros hacia Ethan, al que notaba muy tenso para una simple visita al jardín. Tenía la mandíbula apretada y la mirada fija—. ¿Te resulta duro ver a tu padre con Marie? —pregunté con tacto.

Negó con la cabeza.

—En absoluto. Marie es muy atractiva —dijo sonriendo—. A por ella, papá.

—Bueno, es un alivio. Estaba un poco preocupada. Parecías... tenso durante la cena.

Me llevó hacia el banco del jardín y me envolvió con sus brazos, enterrando su cabeza en mi cuello.

—¿Parezco tenso ahora? —murmuró entre mi pelo.

—No tanto —contesté mientras le acariciaba el cuello—, pero tus músculos están muy tensionados. ¿Cuándo se lo vamos a decir? Pensé que a estas alturas ya lo habríamos hecho.

—Lo haremos cuando regresemos dentro. Necesito un momento a solas contigo primero.

—Me tomaré ese momento a solas contigo. —Sonreí a su hermosa cara, que me miraba intensamente; la iluminación de las luces del jardín se reflejaba en sus ojos azules como diminutas chispas. Se acercó a mí y me besó y me devoró con su experta técnica. Noté un pequeño cosquilleo en el estómago y me sentí tan afectada como durante el momento en que nos miramos por primera vez a los ojos aquella noche en la Galería Andersen a principios de mayo.

Ethan me besó en el jardín de su padre durante mucho más que unos segundos, pero yo podría haber estado toda la noche. Sus labios y su lengua seguían siendo igual de mágicos que el primer día. Ethan me hacía sentir especial cuando me besaba. Ningún otro hombre me había hecho sentirme tan amada en mi vida.

Poco después se retiró y me sujetó la cara entre sus manos. Me acarició los labios con el pulgar y me deslizó el labio inferior lo bastante como para enviarme un mensaje. Un gesto que decía «eres mía» y que despertaba sensaciones extrañas en mi interior. De todos modos, el simple roce de Ethan lo conseguía y ya estaba familiarizada con esa sensación. Tan solo me hacía quererle más, si es que eso era posible.

—Te compré una cosa cuando estábamos en Hallborough. Lo encontré en una tienda de antigüedades cuando recorrí el pueblo y supe que era para ti. He esperado hasta el momento adecuado para dártelo. —Sacó un pequeño paquete rectangular del bolsillo de su chaqueta y lo depositó en mi regazo.

—Oh… ¿Tengo un regalo? —Cogí el paquete y le quité el bonito papel azul. Era un libro. Un libro muy viejo y muy especial. Mi corazón se aceleró al darme cuenta de lo que Ethan me había dado—. *Lamia, Isabella, la víspera de santa Inés y otros poemas* de John Keats… —Me impactó tanto que me atraganté.

—¿Te gusta? —La expresión de Ethan era vacilante y me di cuenta de que tal vez tenía dudas sobre el regalo, de si me gustaría o no. Una primera edición de Keats debía de costar una fortuna, y esta lo era. Tenía la cubierta de piel verde y todavía se veían las letras doradas en relieve en el lomo. Para mí era una obra de arte.

—¡Oh, Dios mío! Sí, puedes estar seguro, cariño. Es precioso, un regalo maravilloso. Lo querré siempre. —Lo abrí con cuidado y lo acerqué a una de las lámparas del jardín para poder verlo—. Hay una dedicatoria. «Para mi Marianne. Siempre tuyo, Darius. Junio de 1837». —Me llevé la mano al cuello y miré a Ethan—. Era el regalo de unos enamorados. Darius amaba a Marianne y le dio el libro.

—Como yo te quiero a ti —dijo él suavemente.

—Oh, Ethan. Me harás llorar otra vez si sigues haciendo estas cosas.

—Bueno, no me importa que llores, de verdad. Nunca me ha importado. Especialmente si no son lágrimas de tristeza. Puedes llorar de alegría siempre que quieras, nena. —Se inclinó y posó la frente en la mía—. Adoro el sabor de tus lágrimas —dijo antes de apartarse.

—Yo también te quiero —susurré al tiempo que le acariciaba la mejilla—. Y me haces regalos demasiado caros.

—Nunca, nena. Te daría el mundo si pudiese. Nunca me has pedido nada. Eres muy generosa y me haces mejor persona con tu espíritu. Me maravillas la mayor parte del tiempo. De verdad —asintió para enfatizar sus palabras—. No miento.

—Ahora me toca a mí preguntar si eres real.

Su mirada me recorrió asintiendo de nuevo.

—Creo que me volví real cuando te conocí.

Se me cayó el corazón a los pies en el momento en que Ethan se levantó del banco y se arrodilló frente a mí. Me cogió la mano.

—Sé que soy un poco bruto a veces y que he irrumpido en tu vida, pero te quiero con todo mi corazón. No lo dudes nunca. Eres mi chica y te quiero y te necesito conmigo para siempre. Habría querido un futuro contigo independientemente de las circunstancias. El bebé es tan solo una señal más de que es lo correcto. Estamos haciendo lo correcto, preciosa. Estamos bien juntos.

No podía hablar, pero coincidía con él. Estábamos bien juntos.

Todo lo que podía hacer era mirar sus preciosos ojos y enamorarme más de todo lo que representaba Ethan Blackstone. Mi increíble hombre.

Los caminos que tomamos en la vida nunca están claros y nadie puede predecir el futuro, pero la noche en que vi a Ethan supe que había algo especial en él. Cuando fui a su piso la primera vez para estar con él, lo supe. También supe que la decisión me cambiaría la vida. Para mí lo había hecho. Él era todo lo que podía soñar en un compañero, e incluso más de lo que nunca pude haber imaginado. El momento nunca es bueno. Uno tiene que lidiar con lo que viene cuando entra en tu vida.

Ethan era sencillamente… la persona adecuada para mí. Le apreté la mano. Era la única respuesta que podía darle teniendo en cuenta que mi corazón latía tan deprisa que estaba segura de que podría salir volando si él no me sujetase.

—Brynne Elizabeth Bennett, ¿me harías el hombre más feliz de la Tierra casándote conmigo? Sé mi mujer, la madre de nuestro hijo. —Inclinó la cabeza y susurró el resto—: Hazme real. Solo tú puedes hacerlo, nena. Solo tú…

—Sí —asentí con rapidez.

No sé cómo me las ingenié para decirle siquiera esa única palabra. Me oí hablar en alto, pero lo único que podía hacer era mirarle. Mirarle arrodillado ante mí y sentir el amor que me brindaba. Había muchas otras cosas que podía haber dicho, pero no lo hice. Quería disfrutar del momento para después recordar cómo me sentí cuando Ethan me pidió que le hiciese real.

Entendía lo que quería decir con eso. Lo entendía porque yo sentía lo mismo. Él me sacó de la oscuridad y me llevó a la luz. Ethan me había devuelto mi vida.

Algo frío y pesado se deslizó por mi dedo. Cuando bajé la mirada para ver lo que era me encontré con que tenía el anillo más bonito del mundo colocado en el cuarto dedo de mi mano izquierda. Una amatista enorme, antigua y hexagonal, de color morado oscuro e incrustada en platino con diamantes, brillaba hacia mí. Lo llevé hacia la luz del jardín para poder verlo bien. Era imponente, precioso y demasiado lujoso para mí, pero me encantaba porque lo había elegido Ethan. Me tembló la mano y las lágrimas comenzaron a brotar. Era incapaz de contenerlas. Estaba bien que me acabara de decir que no le importaban mis lágrimas porque caerían sobre él en cuestión de segundos.

Esas eran definitivamente lágrimas de felicidad.

—Quie… quiero ca… casarme contigo. Lo quie… quiero. Te quiero muchísimo, Ethan. —Mis palabras salieron entre sollozos. Estaba tan abrumada que no podía asimilarlo todo, y estoy segura de que mi estado hiperhormonal tampoco ayudaba.

Ethan me agarró la mano y la besó, y el familiar roce de su perilla unido a sus cálidos labios me consolaron de una manera que no podría describir con palabras. Simplemente me hizo sentir querida, tal y como siempre hacía. Ahora era suya, y recibí ese hecho con los brazos abiertos. Me había llevado un tiempo conseguirlo, pero había llegado hasta aquí. Había aceptado el amor de Ethan y le había ofrecido todo mi ser a cambio. Por fin.

Nunca creí que fuese posible ser tan feliz en la vida.

El pelo de su barba jugaba con mi piel. Una lengua cálida se movía alrededor de mi pezón convirtiéndolo en un duro y sensible bulto. Me arqueé hacia su boca y gemí de placer, lo que parecía excitarle más. Alguien estaba bien despierto y dispuesto a hacer que me corriese antes del desayuno. La mejor manera de empezar el día.

Abrí los ojos y le miré fijamente; mi despertar era como una señal de tráfico dando permiso para seguir adelante. Me encantaba despertarme con Ethan así: su peso apretándome, sus caderas colocadas entre mis piernas, sus manos clavando las mías a la cama. Sus ojos se encendieron cuando me llenó con una decidida estocada. Expresé mi placer y me arqueé para juntarme a él todo lo posible. Poseyó mi boca con su lengua y encontró otra parte de mi cuerpo que reclamar.

Me gustaba que Ethan me reclamara. Me encantaba.

Se movió despacio y constante, marcando el ritmo con las profundas embestidas que terminaban con un pequeño giro de cadera. Contraje los músculos internos, sabedora de que le ayudaría y me llevaría al clímax más rápido. Lo deseaba con todas mis fuerzas últimamente.

—Aún no, nena. Tienes que esperarte esta vez —me dijo gruñendo—, me correré contigo, y yo te diré cuándo.

Cambió nuestra posición rápidamente, colocándome a mí arriba, pero no estaba satisfecho con que yo le cabalgara. Ethan se incorporó, se sentó y me agarró fuerte de las caderas para poder maniobrar conmigo sobre su sexo, empujándome muy profundo con cada movimiento, nuestras caras a meros milímetros y nuestros cuerpos conectados. Él podía ver todo lo que decían mis ojos: cuánto le amaba, cuánto le necesitaba, cuanto le deseaba.

—Ooooh, Dios… —Me estremecí, intentando desesperadamente controlar el placer que estaba a punto de consumirme, consciente de que resultaba imposible porque Ethan era un maestro en el arte de dármelo. Era un maestro también dirigiendo el sexo. Su naturaleza dominante brotaba con toda su fuerza, controlando cuándo correrme. Me hacía esperar. Hoy era una de esas ocasiones. Sin embargo, no tenía dudas de adónde me llevaría. La espera solo hacía que lo que viniese al final fuese mucho mejor.

—Cuando estoy dentro de ti es como estar en el paraíso —dijo; acto seguido sus labios encontraron de nuevo los míos y sus palabras quedaron silenciados por el momento—. Estás tan húmeda para mí… y tu sexo tan contraído… Adoro tu coño, nena. —Esperaba esa parte del ritual en la que me decía cosas obscenas. Nada me excitaba más que lo que salía de su boca. Bueno, tal vez lo que de hecho hacía con ella. Y con su pene. Ethan podía soltar la palabra «coño» y conseguir que no sonase sucia. De todas formas, esa palabra no tenía el mismo significado entre los británicos. No era tan horrible como en Estados Unidos. Los comentarios eróticos de Ethan me volvían loca de deseo.

Le dejé entrar en mí y que me poseyese, y sentí cómo la fusión de nuestras lenguas cobraba intensidad a medida que adentraba su sexo en mí y controlaba mis movimientos, levantándome y dejándome caer una y otra vez contra su excitado pene. Noté cómo se endurecía y recé para que se ahogara dentro de mí.

—Por favooor… —rogué con un gemido que él acalló con su boca y su lengua.

—¿Mi preciosa quiere correrse?

—Sí, ¡me muero de ganas!

Sus manos abandonaron mis nalgas, desde las que me había ido dirigiendo, y subieron para pellizcarme los pezones.

—Di mi nombre cuando lo hagas. —Las agudas sensaciones me invadieron, dejando salir la enorme ola de placer que había estado conteniendo y permitiendo que me inundara.

—Ethan, Ethan, Ethan... —grité, y me derrumbé sobre él, sin ser capaz de controlar mi cuerpo. Perdí la conciencia tras eso, pero me di cuenta de cómo se corría. Oí sus duros gruñidos y sentí el calor de su eyaculación emanando en mi interior, lo que me hizo recordar que así fue cómo concebimos a nuestro bebé. Justo así. Nuestros cuerpos conectados en un frenesí maravilloso hasta que el nirvana ocurrió y nada más importó.

Me levantó y giró la cadera despacio para recibir los últimos momentos de placer de este encuentro. Ronroneé contra su pecho sin querer moverme de ahí. Nunca.

—Buenos días, señora Blackstone —dijo mientras sonreía con dulzura.

—Mmmmm..., lo han sido, ¿verdad que sí? —Me moví sobre sus caderas y me contraje aún excitada, alrededor de su sexo, dentro de mí—. Todavía no soy la señora Blackstone.

—Cuidado, preciosa —jadeó—. No te deshagas de mí antes de que pueda convertirte en una mujer honrada.

Me reí.

—Creo que yo corro más peligro que tú. Dios, me vuelves loca. —Le acaricié los labios y la nariz con la mía, disfrutando del tiempo que pasábamos juntos y de la idea de que Ethan era totalmente mío durante un ratito antes de que tuviese que irse a trabajar.

Se encontraba tan tenso con las Olimpiadas y trabajaba tanto que yo estaba decidida a ayudarle en lo que pudiese. Empezar el día con sexo maravilloso era una de las formas, y yo también disfrutaba de sus beneficios.

—Me encanta volverte loca. Te quiero. —Me besó suave y dulcemente—. Y serás la señora Blackstone dentro de nada, así que tal vez deberías acostumbrarte a que te lo llame.

—De acuerdo, creo que puedo hacer eso por ti. —Extendí la mano izquierda, miré el anillo otra vez y me fijé en que el morado oscuro de la piedra parecía casi negro con la luz gris de la mañana—. Y yo también te quiero. —Aún me asombraba un poco verlo ahí, en mi mano. Estaba comprometida con Ethan y de verdad íbamos a casarnos. Y de verdad iba a tener su bebé. ¿Cómo ha podido pasar todo esto? Seguía teniendo que recordarme que no se trataba de un sueño.

—¿De verdad te gusta el anillo? —me preguntó suavemente—. Sé que te gustan antiguos y este era tan poco usual que pensé que te gustaría más que uno moderno. —Tenía mi cara entre sus manos y me acariciaba las mejillas con el pulgar—. Pero si quieres uno distinto, tan solo dilo. Sé que no es un anillo de pedida convencional y quiero que estés feliz.

Me cubrí la mano izquierda con la derecha de forma protectora.

—Me encanta mi anillo y nunca lo vas a recuperar —bromeé—. ¿Sabes?, según la luz, a veces parece casi negro. Una piedra negra, igual que tu apellido Blackstone. —Le sonreí.

Me devolvió la sonrisa al comprenderlo.

—¿Bien?

—Muy bien, señor Blackstone. Tiene un gusto exquisito para los regalos, que son demasiado lujosos pero que me encantan igualmente. Me estás malcriando.

Movió las caderas bajo mi cuerpo, recordándome que aún estábamos unidos.

—Tengo derecho a hacerlo, y no he hecho más que empezar, nena. Espera un poco —contestó guiñándome un ojo.

—Yo no te he hecho ningún regalo —dije mientras tiraba de las sábanas amontonadas bajo mis rodillas.

—Mírame. —Su voz era seria y había dejado de bromear.

Alcé la mirada y me encontré con sus ojos de un azul centelleante.

—No digas eso. No es cierto. Tú me has dado esto. —Me cogió la mano y la posó sobre su corazón—. Y esto. —Colocó su mano sobre la mía—. Y esto. —Colocó nuestras manos sobre mi vientre y las dejó ahí—. No hay regalos mejores, Brynne.

Capítulo
15

La expedición de compras demostró mi teoría de que sería una auténtica locura.

—¿A qué te refieres con que no vas a llevarte estos zapatos? —Benny sujetaba lo que resultaban ser unos *stilettos* de Louboutin de quince centímetros con cristales incrustados—. Son fabulosos. No puedes no llevártelos, amor. Harán tus piernas kilométricas.

Puse los ojos en blanco y después le miré.

—Y el objetivo de eso es...

—¿Estar sexi?

Sacudí la cabeza hacia Ben.

—No, querido. El objetivo de ese día es casarse, no que parezca que trabajo para un servicio de prostitutas de lujo. —Me señalé vientre—. Embarazada, ¿recuerdas?

—Sí —dijo sarcásticamente Gaby a mi izquierda—. ¡Aún no me creo que me ocultaras el secreto durante casi dos semanas!

—Lo siento, no era mi intención ¿y he mencionado que todo esto fue un shock para mí? En todos los sentidos —le contesté con otra buena dosis de sarcasmo—. Estoy empezando a sentirme humana. —Fruncí el ceño—. Enfatizo el *empezando*.

Gaby sacudió la cabeza.

—Apuesto a que sí —dijo, y miró a lo largo de un perchero lleno de vestidos con la esperanza de encontrar algo que pudiese servir para pasar por una dama de honor—. Siete semanas, Bree. Tenemos siete semanas para organizar esta boda. Es de locos.

—Lo sé. Ojalá pudiésemos tener un poco más de tiempo para planearlo todo, pero Ethan quiere hacerlo lo antes posible. Tenemos un margen de dos semanas tras la clausura de las Olimpiadas. —Bajé la voz hasta reducirla a un susurro—: Cree que si nos casamos con una gran celebración pública y anunciamos que estamos embarazados, impedirá que quienquiera que me esté siguiendo haga algo. Solo espero que esté en lo cierto. —Se me revolvió un poco el estómago, pero me deshice de cualquier miedo. Lo cierto es que ya no tenía tiempo de preocuparme de quién podría ir tras de mí. Iba a tener un bebé y era otra persona a la que proteger. Me sorprendió lo fácil que era asumir ese papel. Me di cuenta de que la fuerza de la naturaleza era innata en nosotros. Proteger a mi bebé era tan solo un instinto natural que debía seguir. Respiré hondo y recordé que Ethan me tenía bien vigilada y que no estaba corriendo ningún riesgo. Nunca más. No, ese mensaje extraño en mi móvil antiguo me había aterrado muchísimo, además de la idea de que dos de mis agresores del vídeo estuviesen muertos con casi total seguridad. Miré hacia donde Len estaba haciendo guardia; la tienda de novias no le había frenado en absoluto. Esos días era mi sombra, al estar Ethan y Neil tan ocupados con las Olimpiadas. Le sonreí y vi cómo suavizaba el gesto durante un momento antes de regresar a sus obligaciones de guardaespaldas, analizando el lugar y manteniendo a los locos alejados. Gracias a Dios.

Gaby debió de notar mi preocupación, porque me rodeó con el brazo.

—Has sufrido mucho. ¿Cómo has hecho para no enloquecer, tía? —Apenas hizo una pausa para tomar aliento—. ¿Color? ¿Nos quieres en tonos morados o lavanda?

—Esa es una muy buena pregunta. Una pregunta para la que no tengo respuesta. —Me encogí de hombros—. Me refiero a lo de por qué no he enloquecido —le dije suspirando—. Y me encantaríais de morado si encuentras algo que te guste. Quiero que Elaina y tú os sintáis cómodas llevéis lo que llevéis, Gab. Y vuestros vestidos no tienen por qué ser iguales en absoluto, o incluso del mismo tono o tela. Quiero que llevéis lo que os guste. Estaréis preciosas con cualquier cosa.

—Bueno, ya basta de cháchara, señoritas. Tenemos que encontrar un vestido de novia y el tiempo vuela —anunció Ben de manera imperiosa mientras miraba su reloj de forma teatral—. ¿Puedes decirme qué es lo que buscas en el vestido, querida? Si sé lo que buscas será coser y cantar. —Chasqueó los dedos de ambas manos haciendo una floritura.

Gaby puso los ojos en blanco ante la afirmación de Ben.

—Eso es un poco osado, Ben. Eres un tío. ¿Qué te hace pensar que puedes dar con el vestido de Bree entre el millón de tiendas de Londres?

Ben miró a Gaby y le chistó.

—Soy gay. Con eso es suficiente, mujer. ¿Cuándo te he aconsejado mal? —Repasó a Gaby de arriba abajo. No era ningún secreto que él siempre le elegía la ropa y que ella siempre se tomaba sus sugerencias a rajatabla. Ben era muy bueno con la moda y el diseño. Dios, les quería tanto a los dos…

—Me gusta lo que sugeriste antes, Benny. Algo de inspiración *vintage,* un encaje sencillo es bonito, y quiero mangas. Pueden ser cortas, pero nada de un vestido sin mangas. —Hice un gesto con las manos sobre mi vientre—. Tal vez un talle alto sea lo mejor, por si acaso me empiezo a hinchar. ¿Un toque de morado tal vez?

Ben miró al cielo.

—Para nada pareces embarazada, querida. —Inclinó la cabeza y dijo, curioso—: ¿Tendrás barriga el 24 de agosto?

—No lo sé y no empieces, por favor. Todos los invitados saben que estoy embarazada, así que no es como si intentásemos ocultarlo. Créeme, ya he tenido que escuchar a mi madre. Como si fingir que no vamos a tener un bebé fuera a ser más respetable de algún modo. Odio los numeritos que monta. ¿Por qué no puede tan solo alegrarse por mí? Va a tener un nieto, ¡por el amor de Dios!

Gaby posó su mano en mi hombro.

—Con barriga o sin barriga, estarás preciosa, y tu madre tendrá que superarlo sin más. La sorprenderemos con una boda maravillosa y una novia tan radiante que no tendrá otra opción que encantarle todo.

Eran muy monos por decirme eso, pero no tenía muchas esperanzas de que mi madre cambiara de opinión. No quería oír hablar de Ethan ni de nuestra relación. De hecho tuvo el valor de decirme que estaba tirando mi vida a la basura con Ethan y el bebé. Me preguntó para qué habían servido los últimos cuatro años si todo lo que había hecho era quedarme embarazada de nuevo. Eso duele. Pensaba muy poco en mí. La primera vez no fue culpa mía y esta vez…, bueno, no pretendía quedarme embarazada. Sé que Ethan y yo fuimos irresponsables, pero no me arrepentía de las consecuencias. No podría arrepentirme. Me toqué el vientre y lo acaricié de un lado a otro. Este bebé había sido concebido con amor independientemente de lo que pensara mi madre o lo que yo opinara de mí misma. Al menos sabía que eso era cierto. Amaba a Ethan y él me amaba a mí. No tenía más opciones, lo entendiese mi madre o no; no había otra opción para mí en este mundo.

—Gracias, chicos. De verdad…, no sé cómo habría organizado esto en tan poco tiempo sin vosotros dos —dije suspirando—. Incluso Elaina y Hannah están hasta arriba de trabajo. Espero que podamos de verdad sacar esto adelante.

—Como si no pudiésemos —se burló Ben—. Tendrías que detenerme a punta de pistola para evitar que te ayude con esta boda pija, llena de famosos y organizada en una mansión *¡a la que Su Majestad ha sido invitada!*

—Sí, bueno, recemos para que no venga. Gracias a Dios que Elaina me puso en contacto con esa planificadora de bodas, Victoria algo. Me ha asegurado que se hará cargo de todo lo que tenga que ver con reinas y príncipes. No sé nada del protocolo a seguir cuando se tiene a la realeza en la boda de uno. —Miré a Ben y a Gaby, lancé los brazos al aire y tragué al pensar en todo—. Creo que me estoy poniendo mala.

—No. Nada de ponerse mala, pequeña —dijo Ben con determinación, colocando sus largos brazos sobre mis hombros—. Vamos a sentarnos para tomar un agradable almuerzo y coger fuerzas para volver a la búsqueda del vestido perfecto para tu pija y famosa boda campestre. Que tendrá lugar en siete semanitas. —Ben miró al cielo y se santiguó—. Podemos hacerlo.

No pude resistirme a mandarle un mensaje a Ethan a la hora del almuerzo. Parecía disfrutar de nuestras bromas y solía contestar si no se encontraba en una reunión, e incluso a veces aunque estuviera en una. Mensajes traviesos también. Sonreí según tecleaba. Es posible q tenga q ir desnuda xa casarme contigo. Aún no tengo vestido. Estás comiendo?♥».

No tuve que esperar mucho antes de que mi móvil vibrara.

«No, nena. No lo entendiste. Vale a lo de ir desnuda SOLO en la luna de miel. Vestido indispensable xa la boda. Xx».

Me reí en alto y llamé sin querer la atención de mis amigos. Intenté disimular revolviendo la ensalada.

Era imposible que funcionase.

—¿Mensajes guarros otra vez? —preguntó Ben con una sonrisa.

—Lo siento. Sale espontáneo. —Me encogí de hombros y ladeé la cabeza—. ¿Culpa de las hormonas? —Merecía la pena utilizar en mi defensa la excusa de las hormonas al menos una vez.

—Te pillé, querida —dijo Ben con una risita y el radar de cotilla encendido. Estoy seguro de que podría engatusar a una monja para que se quitara la ropa si quisiese. Daba miedo el modo en que conseguía las cosas.

—Solo tenían que mirarse el uno al otro para hacer que la sala entrara en combustión espontánea —añadió Gaby burlonamente mientras le daba un buen sorbo a su copa de vino.

Me dio rabia no poder unirme a ella con otra copa y decidí que no pasaba nada si sentía celos inhumanos por ella en ese momento.

—No seas mala, Gab, ya me estás dando bastante envidia con el vino. No puedo evitar que Ethan consiga que entre en combustión espontánea.

Gaby se echó a reír y volvió a llenar su copa de Chardonnay.

—No me sorprende que Ethan te dejara embarazada. Imagino que al principio apenas comíais o bebíais. Todo lo que hacíais era darle como conejos.

La miré con cara muy seria. Aguanté unos diez segundos antes de romper a reír.

—Es cierto, es totalmente cierto.

Estábamos bromeando, haciendo el bobo cuando me sonó el teléfono. ¿Mamá? ¿A estas horas? Nunca me llama por la mañana.

—¡Mierda! Me está llamando mi madre. ¿Creéis que ha notado que hablaba mal de ella? —Decidí dejar que saltara el buzón de voz.

—¿La melodía de *Psicosis* es el tono para tu madre? —preguntó Gaby, que se había quedado con la boca abierta.

Me encogí de hombros.

—Ethan fue quien lo puso. —Silencio incómodo—. Siempre está jugueteando con aplicaciones y esas cosas. —El silencio se hizo aún más evidente—. Quiero decir que quien se pica… —Intenté zanjarlo con algo ligero y gracioso.

Benny me salvó cuando empezó a reírse y me lo contagió. Dios, si tenía que aguantar el terrible resentimiento de mi madre, también podía intentar encontrarle la gracia a hacerlo. Ben la había conocido y había sobrevivido para contarlo. Mi madre le toleraba, pero ella adoraba a Gabrielle, así que estoy segura de que Gaby pensaba que estaba siendo muy dura. No lo era. Ben era testigo de ello.

Un minuto más tarde vi que tenía un mensaje de voz, lo que no era una sorpresa. Mi madre me dejaba mensajes de voz todo el tiempo. Sabía que no le cogía el teléfono y eso le molestaba aún más de lo que ya lo estaba conmigo. De pronto me sentí cansada. Era agotador mantener esta guerra entre nosotras. Deseé que hubiese paz. Me pegaría un tiro si tuviese una relación así de tortuosa con mi hija o hijo.

Mientras me bebía mi limonada me quedé pensativa un rato, contenta de oír a Gaby y Ben hablando sobre distintos estilos de velos y los pros y los contras del blanco y el crema para una novia embarazada. Hasta que me empezó a invadir la culpa.

¿Qué decía esto de cómo estaba manejando la situación? ¿Y si algún día mi hija no quisiera hablar conmigo? ¿O si no aguantara estar cerca de mí? ¿O si pensara que era una perra hipócrita?

Me quedé hecha polvo.

Cogí mi móvil y pulsé el buzón de voz.

—Brynne, necesito hablar contigo. Es…, es… una emergencia. Intentaré llamar a Ethan y ver si puedo dar con él.

Un miedo helador me atravesó al instante. Si mi madre se dignaba llamar a Ethan, entonces se trataba de algo realmente malo. *¡No! No dejes que se trate de papá. No dejes que se trate de él.* Ni podía pensar en eso. Me quedé congelada mirando el teléfono. Su voz no era normal. Sonaba como si estuviese llorando. Mi madre nunca lloraba.

Me tembló la mano al apretar las teclas de su número. Me di cuenta de que Ethan acababa de mandarme un mensaje de texto, pero lo ignoré. Y entonces el móvil de Ben se encendió como un árbol de Navidad.

—¿Qué ocurre, Bree? —Gaby se acercó y me tocó el brazo.

—No lo sé. Mi madre… dice que es una emergencia…, estaba llorando.

Las ideas se agolpaban en mi cabeza, mi corazón latía tan fuerte que podía sentir mi cuerpo temblar. Ben contestó a su llamada. Su mirada se cruzó con la mía y dijo:

—Está aquí mismo. Llamando a su madre.

Sabía que Ben estaba hablando con Ethan, y sabía que eran malas noticias. Mi mente estaba aturdida cuando escuché la voz de mi madre al otro lado de la línea. Todo se movía tan rápido que no podía hacer nada por pararlo. Quería parar el tiempo. *Párate. Por favor, para todo esto... No quiero saber lo que sea que tiene que decirme.*

—¿Brynne? Cariño, ¿estás con alguien? —Mi madre nunca me llamaba «cariño» y nunca sonaba como lo hacía ahora mismo.

—¡Mamá! ¿Qué ocurre? Estoy con Ben y Gaby. Estamos buscando mi vestido de novia... —Podía oír cómo mi voz se empezaba a quebrar—. ¿Por qué has llamado a Ethan?

El silencio de mi madre fue como la hoja de un cuchillo clavándose en mi corazón. Sabía que no estaba callada por mi comentario sobre el vestido de novia. Quería pensar que esa era la razón, pero sabía que no era así.

—Brynne..., es tu padre.

—¿Qué le ocurre a papá? ¿Está... bien? —Apenas podía preguntar. Miré a Benny y vi su gesto de sincero dolor. Entonces empezó a hablar bajito por su propio teléfono. No me miraba, mantenía la vista baja. Sabía lo que estaba haciendo.

Ben estaba hablando con Ethan y diciéndole en qué restaurante estábamos para que pudiese venir a por mí.

¡Noooooooooo! Eso significaba que algo muy malo había ocurrido.

—Brynne, cariño, tu padre se ha ahogado en la piscina. Le encontró el servicio de mantenimiento. —Mis oídos escuchaban las palabras, pero mi cerebro se rebelaba. No podía aceptarlo. No podía.

—¡No! —la interrumpí.

—Brynne…, es cierto. Ojalá no lo fuese…, pero lo es.

—Pero no puede ser, mamá. No puede estarlo… ¡No! ¡No, no me digas eso! Mamá… ¿Mamá?

—Cariño, estuvo en el agua mucho tiempo. Probablemente fue un ataque al corazón.

—N… no… —gimoteé—. No puede ser cierto. Papá va a venir a Londres a visitarme. Vendrá a mi boda…, me va a llevar al altar. Él me lo dijo. Me dijo que estaría aquí…

—Brynne…, se ha ido, cariño. Lo siento tanto. —Estaba llorando. Mi madre estaba sollozando por teléfono y yo estaba estupefacta porque nunca la había visto u oído llorar antes.

Se me cayó el teléfono y terminó en mi plato de sopa, que salpicó todo lo que tenía enfrente. Yo solo me quedé mirándolo y lo dejé en el fondo de la sopa de pollo. Ethan me conseguiría otro. Ese teléfono ya era parte del pasado. No volvería a tocarlo.

De algún modo me puse en pie, pero no tenía adónde ir. No había ningún sitio bueno al que ir, estaba atrapada. Así que empecé a flotar como hice aquella otra vez. Solo yo me di cuenta de lo que me estaba ocurriendo en ese momento. Agradecí la sensación. La ligereza resulta agradable cuando tu corazón es tan pesado que te quiere arrastrar hasta la boca del infierno. Sí, salir de tu cuerpo es mucho más agradable.

Floté más alto hasta que pude verme ahí abajo. Vi a Ben abrazarme y arroparme en su regazo. Se sentó en el suelo del restaurante sin soltarme. Gaby estaba a su lado hablando con alguien por teléfono. El camarero se apresuró para echar una mano.

Pero era todo tan absurdo…

¿Por qué estaban todos en el suelo de un restaurante pijo londinense cuando deberíamos estar comiendo? Teníamos que salir de ahí. Tenía que encontrar un vestido y organizar mi boda. Mi padre iba a llevarme al altar dentro de siete semanas. La reina de Inglaterra había recibido nuestra invitación. ¡Santo Dios! ¡No teníamos tiempo de hacer el idiota así!

Finalmente me di cuenta. La ligereza que sentía tan agradable desapareció y el peso del dolor y la pena volvieron a su lugar.

No quería regresar a la Tierra. Quería quedarme justo donde estaba.

Eso no era cierto. Quería seguir flotando hacia arriba hasta desintegrarme. Eso sonaba agradable. Desintegrarme…

Lo único que sentía era un odio absoluto hacia el techo. Ese maldito techo traidor estaba evitando que siguiera flotando.

¡Deja que me vaya! Deja que me vaya flotando…

Capítulo
16

Me senté y contemplé a Brynne. Dormía. En una confortable cama de invitados, en la moderna casa de su padre, en un bonito barrio de las afueras de San Francisco, mi chica dormía. Estaba destrozada, pero por ahora descansaba. En este momento se liberaba un poco de la pena.

No podía apartarla de mi vigilancia más de dos horas, así que dejar Londres e ir a Estados Unidos sin mí para asistir al funeral de su padre ni siquiera era una opción. ¿Qué ocurriría si intentaban retenerla en suelo americano? No, no podía arriesgarme. Este era un trabajo de día a día y de hora tras hora. Mantener a Brynne a salvo era mi gran prioridad ahora, a la mierda las Olimpiadas. Neil estaba de vuelta en Londres y me había relevado en el mando, y entre él y Frances tendrían todo bajo control. No estaba muy preocupado por mi trabajo. No, mis preocupaciones eran más grandes e infinitamente más aterradoras.

Esperaba esclarecer en este viaje lo que le había ocurrido a Tom, pero no albergaba muchas esperanzas. De todas formas, no pensaba quedarme sin pelear. Podían intentar llevársela, pero tendrían que pasar por encima de mi cadáver.

La señora Exley quiso que nos quedásemos con ella en la casa que compartía con su marido, el silencioso Frank, pero Brynne no quiso oír hablar de ello. Dijo que quería estar en casa de su padre, con las cosas de él, en el lugar en el que le había visto por última vez hablando por Skype con nosotros. Agradecía que la última ocasión en la que conversaron fuese un momento feliz. No dejaba de repetírmelo.

—Papá se alegraba mucho por nosotros, lo sabía todo y se sentía feliz.

—Sí que lo estaba, cariño. . . —susurré sobre su cuerpo acurrucado. Mi bella durmiente tenía el pelo enredado en la almohada y la sábana echada hasta la garganta como si buscara alivio en el peso de la tela sobre su cuerpo. Aún estaba conmocionada y apenas comía. Temía por su salud y la de nuestro bebé. Me daba miedo que esto nos cambiase. Que cambiase sus sentimientos hacia mí. Que se hundiera.

Era muy consciente de su pasado y ese conocimiento calaba hondo en mí. Mi chica sufrió una depresión. Incluso había intentado suicidarse en un momento muy trágico de su vida. Ya lo he dicho. Y tampoco me hacía nada bien saberlo. Sí, fue hace mucho tiempo y ahora estaba recuperada y era sensata…, pero nada garantizaba que no regresase a esos comportamientos autodestructivos otra vez o que me mandara a la mierda y me dejara para siempre cuando todo se hiciese demasiado grande como para enfrentarse a ello.

Respiré profundo y miré el espejo de las puertas del armario para observar mi reflejo. ¿A quién cojones estaba engañando? Brynne no estaba sola. La depresión era una dura compañera y tanto ella como yo ya estábamos familiarizados con ella desde hacía tiempo.

Resistí el ansia de tocarla. Ella necesitaba descansar y yo necesitaba un cigarro. Miré la hora en el reloj de la mesilla y me levanté con cuidado. Me puse unos pantalones de deporte y una cami-

Sorprendida

seta y me dirigí al exterior para sentarme junto a la piscina a darle a la nicotina. También quería llamar a Neil.

Miré el agua oscura mientras llamaba. La misma agua oscura donde Tom Bennett había pasado los últimos momentos de su vida.

Dejé la puerta entreabierta para poder oír a Brynne en caso de que me necesitase. Había empezado a tener pesadillas de nuevo y, como estaba embarazada, los medicamentos no eran una buena opción. Suponían demasiado riesgo para el desarrollo del bebé. Se habría negado a tomarlas de todos modos. Así que sufría. Y yo me preocupaba.

La luna veraniega se reflejaba en la superficie del agua y pensé en Tom muriendo ahí. No era inspector de homicidios, pero se me pasaban algunas ideas por la cabeza. Ni se me ocurría decirlas en voz alta. Si lo hacía, entonces condenaba a mi chica a un destino similar. No tomaría ese camino. Ni de coña.

—Eh, tío.

—¿Vigilando bien el fuerte? —contesté al brusco saludo de Neil.

—Las cosas están tan caóticas como siempre, así que no tienes nada de que preocuparte. Todo como siempre, E.

—Cierto. Y además confío en ti. Dile a esos gilipollas que te lo he dicho, por favor.

—Será un placer, jefe, pero deberías saber que todos los clientes han sido muy comprensivos. La mayoría de ellos son humanos.

Di una calada profunda, inhalé el aroma a especias y dejé que ardiese al máximo. Neil me esperó pacientemente. Nada parecía apremiarle nunca. Es el tipo más frío que he conocido.

—Cosas como estas reorganizan las prioridades de uno bastante rápido, ¿sabes?

—Sí, apuesto a que sí. ¿Cómo lo está llevando Brynne?

—Ella… está haciendo todo lo que puede por mantenerse fuerte, pero le está costando. No he podido mencionarle aún la posibilidad de que haya sido un asesinato, y no estoy seguro de que vayamos a tener alguna vez esa conversación. Parece que fue un ataque al corazón mientras nadaba, y desde luego podría haberlo sido, pero quiero ver el informe de la autopsia. —Suspiré—. Ya sabes lo que puede tardar. Los institutos forenses en Estados Unidos están tan jodidos como en Inglaterra.

—¿Alguna pista en la casa?

—Aún no. Al ser abogado especializado en testamentos, bienes, fideicomisos, etcétera, todo estaba en regla, como era de imaginar, pero está todo demasiado bien atado. Como si supiese que su muerte estaba cerca. Y bien podría haber sido un ataque al corazón. Brynne sabía que tomaba medicación para la tensión y le preocupaba. Nunca lo dirías. Era un tipo en forma.

—Mmmm. La única gente que se beneficiaría de su muerte serían los de la campaña del senador Oakley.

—Lo sé. Lo odio, pero lo sé. Todo va a ir a parar a Brynne; la casa, los coches, las inversiones. No hay sorpresas, pero me pregunto si Tom dejó algo que incriminara a Oakley.

—¿Como una declaración en una cinta de vídeo?

—Sí…, exacto. Tal vez lo sepamos mañana. Tenemos una reunión con su socio a primera hora para solucionar lo del fideicomiso, después el funeral y la misa. Va a ser un día muy largo.

—¿Cuándo regresas?

—Si podemos dejarlo todo arreglado, en el vuelo de mañana por la noche. Quiero a Brynne lejos de aquí. Me pone muy nervioso. Estoy fuera de mí.

—Ya. Transmítele nuestras condolencias, por favor. Llámame si me necesitas. Estoy aquí.

—Gracias…, te veo en veinticuatro horas.

Terminé la llamada, me encendí un segundo cigarro y contemplé cómo el humo se elevaba en mitad de la tranquila noche. Fumé y pensé, permitiendo que mi mente volviera a un lugar en el que no había estado desde hacía tiempo. Me aterraba, y por una razón lógica.

Ahogarse es una manera horrible de morir. Bueno, si estás consciente. Esto era algo que sabía por experiencia. La heladora y desesperada sensación cuando el agua te invade la nariz y la boca. Los intentos imposibles por mantener la calma y aguantar la respiración, cada vez menor. El dolor de los pulmones faltos de oxígeno.

Creo que los afganos experimentaron conmigo para ver de qué iba todo eso de la tortura del submarino. No era su método favorito, eso seguro. Colgarme de los brazos y despellejarme la espalda era el preferido. Eso y privarme del sueño durante lo que parecían semanas. La mente hace cosas raras si no la dejas descansar.

Miré a las estrellas y pensé en ella. Mi madre. Era un ángel y estaba ahí arriba, en algún lugar. Lo sabía. La espiritualidad es algo muy personal y no necesitaba confirmación de lo que yo creía porque sabía lo que era cierto en mi corazón. Ella estaba allí arriba observándome de algún modo y estaba conmigo cuando me despellejaban la…

No. No iré a ese jodido horror ahora. Más tarde…

Me levanté rápido y apagué mi segundo cigarrillo. Me guardé el resto del paquete nuevo y entré en la bonita y moderna casa americana de mi suegro. Nunca volvería a hablar con él, pero, irónicamente, una de las conversaciones más importantes que he tenido nunca, al compararla con todas las que he mantenido a lo largo de mi vida, fue con él. Un correo electrónico con una petición de ayuda… Y una fotografía.

Cuando regresé a meterme en la cama con Brynne, recé. Lo hice. Recé por que Tom Bennett estuviese inconsciente cuando dejó este mundo.

Brynne estaba preciosa con su traje de Chanel negro y el pelo recogido. Terriblemente triste, pero muy hermosa. Su madre le había traído la ropa que tenía que ponerse. Utilizaban la misma talla, por lo visto, y Brynne se sentía incapaz de ponerse a discutir llegados a este punto. Noté que estaba tratando de sobrellevarlo y que en realidad no se había permitido la libertad de sumirse en la pena.

Yo me mantenía al margen y fuera de las discusiones todo lo que me era posible. Brynne no estaba en forma para soportar una pelea familiar, así que me mordía la lengua para mantener la paz. La señora Exley y yo manteníamos una tregua; casi evitábamos el contacto directo. No la escuché en ningún momento preguntarle a Brynne cómo se sentía con el embarazo. Ni siquiera una sola vez. Era como si fingiese que no había ocurrido. ¿Qué clase de madre se despreocupa tanto de su hija embarazada como para no preguntarle por ello?

Deseé que todo acabara rápido para poder sacar a mi chica de ahí. La quería de nuevo en suelo británico. El vuelo a casa de esa noche parecía que no iba a llegar nunca lo suficientemente rápido.

El funeral había ido bien; si es que una muerte precipitada puede ir bien, quiero decir. Quería que fuese una desgracia, no un asesinato. Brynne no me había preguntado. No creo que la idea le pasara siquiera por la cabeza, y me alegraba de ello.

Le reconocí en el momento en que llegó a la reunión tras la misa junto a la sepultura. Había visto suficientes fotos de ese gilipollas baboso como para identificarle al verle. Debía de tener los huevos como pomelos para creerse con derecho a entrar como lo hizo. Fue directo a Brynne, la abrazó y le dio sus falsas condolencias por la terrible pérdida. Creo que ella estaba demasiado triste como para reaccionar ante su presencia. Su madre estaba a su lado y se puso a hablar con él con evidente cariño, algo que me cabreó. ¿Cómo podía hacerle eso a Brynne? El hijo de ese hombre había violado a su hija, lo había grabado en vídeo, ¿y le trataba como si fuera un amigo? Bla, bla, gilipolleces. Crucé la mirada con la de Oakley y me aseguré de que mi apretón de manos fuese muy fuerte.

Sí, eso es, senador, acabamos de conocernos. Va a ver los huevos que tengo dentro de nada. Vaya que sí.

Tuve que dar un paso atrás y contenerme. Besé a mi chica en la frente y le dije que volvería en breve. El senador y yo teníamos una cita.

Le seguí e identifiqué a su equipo de seguridad de inmediato. Quiero decir, es fácil reconocerse en la profesión. Lo único que iba a hacer era hablar con el senador. Inofensivo, ¿verdad?

Cuando Oakley fue al baño me aseguré de ralentizar el paso al seguirle. El momento perfecto. Los idiotas de sus guardaespaldas estaban ocupados llenando sus platos de comida. El lavabo de caballeros tenía pestillo, lo que suponía una ventaja añadida. Mi suerte no tenía límites hoy.

Estaba inclinado sobre el lavabo cuando él salió abrochándose el cinturón.

—Estamos solos y la puerta está cerrada, Oakley.

Se quedó de piedra y evaluó la situación. El senador parecía haber sido bendecido con un mínimo de inteligencia, eso he de reconocérselo. No se asustó.

—¿Me está amenazando, Blackstone? —dijo manteniendo su tono de voz.

—Recuerda mi nombre. Muy bien. Me temo que no se lo podría decir… todavía. —Me encogí de hombros—. ¿Por qué no me lo dice usted, *senador*?

—He venido a honrar a quien fue mi amigo durante muchos años, eso es todo. —Fue hasta el lavabo y abrió el grifo.

—Ah, eso es lo que usted dice. Yo diría que es más una visita para su campaña, ¿no cree?

—La muerte de Tom Bennett ha sido un duro golpe para mí y para todos. Brynne es una chica adorable. Siempre lo ha sido. La pérdida de su padre debe de ser una carga enorme que soportar. Sé lo mucho que Tom la quería. Ella era su vida.

Me quedé mirándole, bastante impresionado ante lo teatrero que sonaba. Debía de estar ensayando para los discursos que tendría en el futuro.

—Enhorabuena por tu futura boda y tu futuro hijo —dijo mientras se lavaba las manos.

—Así que ya ha leído nuestro anuncio. —Ladeé la cabeza y me planté frente a la puerta. Ese cabrón no se iría de ahí hasta que yo lo dijese—. Esto funciona así, senador. Usted escucha, yo hablo. —Tomó una toalla y empezó a secarse las manos de forma metódica—. Lo sé todo. Montrose está muerto. Fielding desapareció a finales de mayo. Apuesto a que también está muerto y seguirá desaparecido. Sé que mantiene retenido a su hijo en el ejército norteamericano. Puedo unir todos los cabos. Todo el mundo desaparece. Cuando el informe de la autopsia de Tom esté terminado, lo leeré. ¿Se pregunta qué dirá? —Me encogí de hombros.

—No tiene que ver conmigo, Blackstone. —Sus ojos marrones claro me aguantaron la mirada—. No soy yo.

Me acerqué a él.

—Es bueno saberlo, Oakley. Asegúrese de que es verdad. Tengo cintas, documentos, grabaciones…, de todo. Tom Bennett también las tenía. —No podía estar seguro de eso, pero sonaba bien—. Y si cree que puede deshacerse de mí para llegar hasta Brynne, desatará una tormenta política que hará que el Watergate parezca un caso de *De buena ley*. —Di otro paso al frente—. Mi gente sabe cómo proceder si yo desaparezco —le susurré—. Descubrirán el pastel y… *puf*. —Chasqueé los dedos para dar más énfasis.

Tragó casi imperceptiblemente, pero lo oí.

—¿Qué quieres de mí?

Negué con la cabeza.

—No es lo que yo quiero, Oakley. Es sobre lo que *usted* quiere. —Le di un momento para asimilarlo—. Usted quiere continuar su carrera hacia la vicepresidencia y dormir a gusto en su cama y no en la celda de una cárcel con un compañero que quiera llegar a *conocerle* mejor. —Sonreí ligeramente—. *Usted* quiere hacer todo lo que esté en su mano para asegurarse de que Brynne Bennett, pronto Blackstone, lleve una vida encantadora y muy tranquila con su marido y su hijo en Inglaterra, sin amenazas ni preocupaciones sobre nada que ocurriese en el pasado —endurecí el tono de mis palabras—. Un vergonzoso suceso del que fue víctima. Víctima-de-un-atroz-crimen. —Empezó a sudar. Podía ver el brillo aparecer en sus sienes—. *Usted* quiere asegurarse de eso, Oakley. ¿Me ha comprendido? —No movió la cabeza, pero sus ojos asintieron. Conozco esa mirada y me dijo *sí* con ella—. Bien. Me alegro de que lo entienda porque este será el único aviso que reciba. Si algo nos ocurre a cualquiera de los dos…, bueno…, todo estallará. Hablo del Parlamento británico, el *Washington Post,* el *London Times,* Scotland Yard, el M6, los servicios de investigación norteamericanos, toda la pesca, como diría usted. —Ladeé y sacudí la cabeza despacio—. Y con las Olimpiadas en Londres y los buenos propósitos entre Estados Unidos y Gran Bretaña. —Junté las manos—. No habrá hoyo lo bastante profundo como para que se oculte en él. —Dejé arrastrar una

mano para enfatizar—. Piense en... Sadam Hu-
sein... si quiere. —Abrí el pestillo de la puerta—.
Estoy seguro de que no necesito recordarle más
mierda. —Salí del cuarto de baño y me giré una
última vez—. Mucha suerte en las futuras elecciones. Le deseo una larga y exitosa carrera, *senador*.
Salud.

El gorila de seguridad de Oakley me empujó y entró en el baño, algo confundido tras oír mi
amistoso comentario de despedida.

Asentí hacia él y fui a buscar a Brynne. El
amor de mi vida, la madre de nuestro hijo, mi dulce chica había estado alejada de mi vista demasiado
tiempo y necesitaba regresar a su lado.

Capítulo
17

Me sentí aliviada cuando Ethan vino a mi lado de donde quisiera que hubiese estado. Lo necesitaba, y todo parecía más fácil de llevar cuando él estaba cerca. Eso me hacía sentir muy débil, álgo que yo aborrecía, pero no podía evitarlo y estaba demasiado exhausta como para importarme. Él era el único salvavidas que tenía aquí. Quería volver a casa. A Londres, a mi casa.

Cuando subió llevaba consigo dos platos de comida.

—Te he traído un poquito de todo —dijo.

—Oh, gracias…, pero ahora no tengo nada de hambre. No puedo comer eso —contesté mirando la fruta y el cruasán.

Frunció el ceño y apretó los dientes. Supe que estaba a punto de tener una discusión.

—Tienes que comer algo. ¿Qué has tomado hoy además de un poco de té? —musitó—. Piensa en el bebé…

—No puedes obligar a nadie a comer. Créeme, lo sé por experiencia —la altiva voz de mi madre interrumpió nuestra discusión.

Nada de opiniones tipo: «Ethan tiene razón, Brynne, tienes que comer porque tu bebé necesita comida aunque tú no tengas hambre», o comentarios como: «Ahora comes por dos, cariño». En fin…, ¿qué podía esperar?

Vi a Ethan girar la cabeza y clavarle la mirada a mi madre. Creo que le salía un poco de humo de las orejas, pero no perdió el control como pensaba que podría hacer. Simplemente se quedó helado y la ignoró.

—Ven, siéntate conmigo y toma algo —me dijo con una voz delicada acompañada de la firme intención de llegar hasta el final.

¿Cómo iba a decirle que no? No podría. Lo que hacía lo hacía porque se preocupaba por mí. Yo *necesitaba* comer, a pesar de que mi apetito fuera inexistente. Ethan tenía razón. Tenía alguien más en quien pensar además de en mí. Sobre todo ahora.

Miré a mi madre y mis ojos deambularon a lo largo de su aspecto en ese momento impecable, tanto el vestido como el peinado, para el funeral de su exmarido. ¿Por qué demonios habrá siquiera venido a la misa? Apenas había hablado con mi padre después de que me mudara a Londres. Puede que hasta ni sintiera pena por él. ¿Podría? No tenía ni la más remota idea. Me apenaba darme cuenta de que no podría jurarlo, porque no la conocía lo suficiente para hacerlo. Mi madre y yo no estábamos tan unidas como para eso. No compartíamos nuestros sentimientos o secretos. Nunca supe por qué se divorció de pronto de mi padre, o si incluso alguna vez le había querido. No sabía siquiera por qué se habían casado. ¿Cómo se habían conocido? ¿Dónde le había pedido él matrimonio? ¿Anécdotas de sus citas? No tenía nada.

Me giré y fui con Ethan hacia la mesa, con mi corazón cada vez más lejos de ella a cada paso que daba.

—Eres tan guapa —dijo Ethan en voz baja mientras yo trataba denodadamente de ingerir un poco de la comida que me había traído—, por dentro tanto como por fuera.

Intenté tragar el melón dulce, que por cómo sabía en mi lengua debía de ser seguro un trozo de serrín húmedo.

—Quiero irme a casa —le dije.

—Lo sé, nena. Yo quiero llevarte a casa. No hay muchas más cosas de las que preocuparse. Dado que tu padre lo tenía todo en fideicomiso, podemos volver en unos meses y ocuparnos de todo entonces. El señor Murdock dijo que en cualquier caso lo mejor sería esperar un poco…, no se deben tomar decisiones sobre algo tan personal así de primeras —explicó poniendo su mano sobre la mía.

Sí. Pete Murdock era el compañero de negocios de mi padre en la firma de abogados. O… lo había sido. Lo mejor es un fideicomiso testamentario, decía siempre mi padre. Ahora yo contaba con una casa en Sausalito, todo el dinero y las inversiones de mi padre; todas las posesiones materiales que había adquirido en sus cincuenta y un años ahora me pertenecían.

Yo no quería nada de eso. Solo quería que mi padre volviera.

Una voz amiga interrumpió mis pensamientos.

—Brynne…, oh, cariño, estás aquí.

Me volví y vi a Jessica con los brazos abiertos. Fui hacia ella y abracé a mi amiga con fuerza. Jess y yo íbamos juntas al colegio. Primer grado, en la clase de la señorita Flagler. Prácticamente inseparables curso tras curso hasta el último año de instituto. Hasta las vacaciones del Día de Acción de Gracias, para ser exactos.

Sí, Jessica había estado conmigo el día que me ocurrió *eso*. Había sido una verdadera amiga cuando la había necesitado, pero después de lo sucedido yo no había estado muy predispuesta a las amistades. Necesitaba marcharme. Algo necesario en mi proceso de recuperación. Habíamos seguido en contacto a lo largo de los años desde que estaba en Londres, pero no nos habíamos visto desde hacía más de cuatro años. Ella seguía estando bronceada y atlética, con su pelo rubio cortado como un hada como complemento perfecto a su complexión pequeñita. Me emocionó que apareciera aquí para darme el pésame.

—Lo siento muchísimo, Brynne. Tu padre… era simplemente el hombre más dulce del mundo… Me gustaban mucho nuestras conversaciones siempre que nos veíamos en el gimnasio. Le encantaba hablar de ti.

—Oh, Jess… —Sentí que se me humedecían los ojos y que mis emociones se amontonaban—. Gracias por venir, significa muchísimo para mí verte aquí. Él te tenía mucho cariño. Pensaba que eras muy dulce. —Nos abrazamos otra vez y la contemplé bien—. Es maravilloso verte de nuevo. —Me volví a Ethan—. Jess, este es Ethan Blackstone, mi prometido. —Alcé la mano y mostré mi anillo de compromiso—. Ethan, esta es Jessica Vettner, mi amiga desde primer grado.

—Es un placer, Jessica —dijo Ethan mientras se estrechaban la mano. Me pregunté si recordaría que Jess era con quien fui a la fiesta aquella terrible noche de mi vida. Si lo recordaba, no mostraba signo alguno de ello. Ethan disimulaba muy bien en estas situaciones.

Entonces Jessica se giró hacia su acompañante e hizo las presentaciones. Otra cara de mi pasado. Karl Westman estaba junto a Jess. Guau…, demasiadas emociones. Necesitaba un momento para asimilarlo, estaba demasiado abrumada. Ver antes al padre de Lance Oakley había sido de locos. Me había dejado tan desconcertada que apenas se me había quedado nada de lo que me había dicho. Mi madre había pasado más tiempo hablando con el senador que yo. ¿Y ahora Karl estaba también aquí?

—Brynne, siento muchísimo tu pérdida —dijo Karl mientras daba un paso para abrazarme.

—Hola, Karl. Ha pasado mucho tiempo.

Me sentía incómoda, pero sabía que debía de estar siendo igual de incómodo para él. Compartíamos una parte pequeña de nuestro pasado, pero no era eso lo que hacía que a mi corazón hecho pedazos lo estuvieran estrujando al máximo. Era por el hecho de que nosotros cuatro, que ahora estábamos aquí de pie, *lo* sabíamos. Y también habíamos visto el vídeo o teníamos conocimiento de su existencia.

Quería irme a casa ahora más que nunca.

—Gracias por venir hoy. Es muy amable por tu parte.

—Es un placer.

Karl concluyó el abrazo y yo escudriñé dentro de sus ojos oscuros. No vi nada dañino en ellos. Solo amabilidad y quizá algo de curiosidad. Eso debía de ser normal, ¿no? Nos habíamos conocido en una competición de atletismo cuando estábamos en mitad de secundaria y luego salimos juntos al comienzo de mi último año de instituto.

Habíamos tenido citas que terminaban como solían hacerlo todas mis citas en aquellos tiempos: sexo furtivo en lugares privados. Él me gustaba mucho. Karl era entonces un chico muy mono y ahora era un hombre atractivo. Ambos compartíamos una pasión por Hendrix y habíamos tenido muchos debates sobre su música. Jess tenía toda la razón cuando me puso en un mensaje en Facebook que Karl seguía siendo «sexi». Siempre me había tratado bien. *Nada que ver con cómo me había tratado Lance Oakley.*

Lance estaba en la universidad y yo era pequeña y estúpida. *Hacía toda una vida de eso. Hacía todo un mundo.* ¿Sabía Karl que él fue la causa de que Lance se enfadara tanto como para drogarme y después grabarme con sus colegas aprovechándose de mí sobre una mesa de billar? Si yo no hubiera salido con Karl, quizá Lance y sus amigos no habrían grabado ese vídeo la noche de la fiesta. Las posibilidades eran infinitas. Y si hubiera…, y si pudiera… Sí, no me hacía ningún bien seguir por ese camino.

—Me lo dijo Jess, desde luego —dijo y me rodeó con el brazo en un gesto cariñoso y familiar—, y quería darte el pésame en persona.

Jessica le miró y le hicieron chiribitas los ojos. No hacía falta ser un genio para ver que mi vieja amiga se había enamorado profundamente de Karl Westman. Y a él también parecía gustarle. Esperaba de corazón que les fuera bien. Hacían muy buena pareja.

Forcé una sonrisa y realicé la mejor actuación de mi vida.

—Me alegro un montón de veros. Ha pasado muchísimo tiempo.

Ethan me apretó contra su costado mientras charlábamos con ellos. Era un gesto posesivo por su parte, que a estas alturas ya me resultaba muy familiar. Me acariciaba el brazo arriba y abajo mientras ponía toda su atención en Jess y Karl. Sobre todo cuando Karl nos dijo que su empresa le iba a mandar a los Juegos Olímpicos para un viaje de negocios y que deberíamos quedar cuando estuviera en Londres. *Mmm..., me temo que eso no sucederá, Karl.*

Ethan se aseguró de mencionar nuestra inminente boda, y la fecha, mientras unía su mano a la mía y la alzaba hasta sus labios para besar la parte posterior. Tenía el mismo efecto que un perro haciendo pis en una farola, solo que hecho con mucha elegancia y siendo yo la metafórica farola. Ethan se las apañaba para salirse con la suya con semejante comportamiento y hacerlo parecer galante. Siempre lo hacía.

Y, otra vez, me preguntaba si habría sido capaz de sospechar mi «pasado» con Karl. Juraría que había podido imaginárselo. El sexto sentido de Ethan era superagudo cuando se trataba de otros hombres y yo. Al recordar su arrebato cuando me encontré con Paul Langley en la calle frente a la cafetería, reconocí que los vívidos celos de Ethan se disparaban respecto a mis relaciones pasadas con otros hombres. Yo por supuesto que tenía un pasado, eso estaba claro. Había habido algunos hombres en mi vida, y él debía aceptarlo. Aunque quisiera no podía cambiarlo. Pero Ethan también tenía un pasado, y aceptar que había cosas que no se podían cambiar era parte del aprendizaje para confiar en una relación. Ambos tendríamos que dejar a un lado algunas cosas. Yo no iba a dejar de hablar con gente como Paul y Karl solo porque Ethan se pusiera celoso con cualquier hombre que hubiera estado conmigo antes que él. Yo no estaba con ellos ahora, estaba con él.

Traté de quitarle importancia. Daba igual. El pasado era simplemente eso: pasado…, había terminado… de una vez por todas. E incluso aunque sufría por dentro y estaba totalmente destrozada por la pérdida de mi padre, aún entendía que había cosas muy importantes. Todo esto me había abierto mucho los ojos, y así se quedarían. La pérdida de un ser querido te hace cambiar al instante tus prioridades, eso había aprendido.

Mi padre se había ido, pero mi mente estaba bien.

Sabía qué importaba y qué no. Ahora mi mundo era la persona que me apretaba contra su cuerpo vigoroso para protegerme con sumo cuidado y la personita que estaba creciendo en mi interior.

Tener a Brynne durmiendo sobre mí en el vuelo de regreso a Londres me hizo sentirme mejor de lo que había estado en días. Ella estaba totalmente agotada, y tan exhausta que se había quedado dormida casi de inmediato después de sentarnos en nuestros asientos. Tampoco la culpaba. La despedida de su madre había sido… dolorosa, a falta de una descripción mejor. Yo mismo estaba exhausto por la experiencia. Dios, esa maldita mujer no me gustaba ni una pizca. Me esperaba un jodido infierno con esta suegra. Y no había nada en el mundo que pudiera hacer al respecto. Mi dulce chica tenía una bruja como madre. Era muy guapa en plan diseñador *chic*, pero una bruja abominable al fin y al cabo. Imaginé a Tom Bennett recibiendo ahora sus alas de santo por haberla soportado todo ese tiempo. Reprimí un escalofrío.

Su queridísima madre había intentado que Brynne prolongara su viaje y me dejara ir a casa solo. Me rechinaron los dientes al recordarlo. ¡Como si yo hubiera permitido tal cosa! Seguro que habría intentado influirla para que me dejara o para que regresara a Estados Unidos.

Al final Brynne no le hizo caso a su madre. Simplemente se dio la vuelta y dijo que volvería a casa a Londres para casarse conmigo y tener a nuestro bebé. No creo que jamás me haya sentido más orgulloso de nadie como de mi chica cuando pronunció esas palabras y me miró.

Brynne abrió los ojos y yo capté ese momento de inocencia, ese despertar feliz e inconsciente de todas las cosas malas que le habían ocurrido en su vida…, como perder a un ser querido. Solo duraba una décima de segundo, en cualquier caso. Lo sé por experiencia.

Sus ojos brillaron en un primer momento y entonces se nublaron, mostrando el dolor de su realidad durante unos segundos antes de cerrarlos para protegerse de pensamientos dolorosos y poder superar el resto de ese viaje en el que estábamos tan expuestos. Viajar en primera clase era mejor que en turista, pero aun así estábamos en una cabina, rodeados de extraños y sin ninguna privacidad. Brynne había mantenido la compostura hasta ese momento. Todavía no se había venido abajo, y debo decir que me preocupaba bastante, pero no había nada que pudiera hacer. No podía sufrir en su lugar. Tendría que hacerlo ella a su modo y a su tiempo.

La azafata vino para tomar nota de nuestras cenas. Salmón o pollo a la parmesana encabezaban esa noche el menú. Miré a Brynne y obtuve un minúsculo movimiento de cabeza y una cara triste. Lo ignoré y le dije a la azafata que los dos tomaríamos salmón, pues recordé cuánto le había gustado cuando cenamos con mi padre y Marie.

—Tienes que comer algo, cariño.

RAINE MILLER

Asintió con la cabeza y sus ojos se humedecieron.

—¿Qué…, qué voy a hacer ahora?

Le cogí la mano y la presioné contra mi corazón.

—Vas a volver a nuestra casa y pasarás un
tiempo descansando y haciendo lo que te haga sentir mejor. Irás a ver a la doctora Roswell y hablarás
con ella. Vas a trabajar en tu investigación para la
universidad cuando te sientas con fuerzas para ello.
Organizarás la boda con las chicas y con Ben. Iremos a ver al doctor Burnsley para concertar una
segunda cita y para averiguar qué tal va nuestra aceituna. Vas a dejar que te cuide y a seguir adelante
con tu vida. Con *nuestra* vida.

Ella escuchó cada palabra. Absorbió cada una
de ellas y yo estaba contento por haberle dado
algo que creo que necesitaba escuchar. En ocasiones, tener a otra persona que te diga que todo va
a salir bien es lo que realmente necesitas para superar los momentos más duros. Sé que Brynne
necesitaba escucharlo, tanto como yo decirlo.

—Y yo estaré junto a ti en cada paso del camino. —Me llevé su mano a los labios—. Te lo
prometo.

365

—¿Cómo sabes lo de la aceituna? —dijo sonriendo un poquito.

—Puse la página de Embarazo en mis favoritos y la visito religiosamente, como tú me recomendaste. Esta semana es del tamaño de una aceituna, y la semana que viene de una ciruela pasa. —Le guiñé el ojo.

—Te quiero —susurró en voz muy baja, y se pasó la mano por el pelo.

—Yo también te quiero, preciosa. Mucho, muchísimo.

La azafata llegó con toallitas húmedas y el servicio de bebidas. Yo pedí vino y Brynne zumo de arándanos con hielo. Esperé a que diera un sorbo. No quería tener que obligarla a comer, pero recurriría a tácticas persuasivas si tenía que hacerlo.

Para mi sorpresa y alivio, pareció gustarle el zumo de arándanos.

—Esto sabe muy pero que muy bien. —Dio otro sorbo—. Se me están pegando tus palabras.

—Puedo asegurarte que todavía suenas como mi chica americana, cariño.

—Lo sé, quiero decir que se me está pegando tu manera de hablar, como decir «esto sabe bien» en lugar de decir «esto está rebueno». Se me está pegando de estar tan cerca de ti —dijo.

—Bueno, dado que jamás te vas a librar de mí, entonces supongo que significa que en poco tiempo conseguiré que hables como una británica nativa.

—Bueno, puedes intentarlo, desde luego. —Bebió un poco más de zumo y pareció algo más animada.

—Para cuando nazca la aceituna, serás una yanqui irreconocible, estoy seguro.

Su cara se iluminó.

—Me acabo de dar cuenta de algo guay.

—¿De qué se trata? —pregunté intrigado pero feliz de verla más animada de lo que había estado en muchos días.

—Aceituna tendrá acento inglés —dijo arrugando ligeramente la nariz—. Me resulta un poco extraño…, pero supongo que me acostumbraré a ello… y me gusta.

No pude evitar reírme.

—Serás la mejor mamá aceituna del mundo.

Me sonrió un momento, pero entonces la sonrisa desapareció tan rápido como había aparecido.

—No como la mía, eso desde luego.

El dolor y la angustia sonaron alto y claro en sus palabras.

—Siento haberlo mencionado —dije moviendo la cabeza; no quería hablar mal de su madre, pero me resultaba *muy* difícil no hacerlo.

—Quieres decir *haberla* mencionado.

—Eso también —argumenté. En realidad no quería meterme en las complejidades de la relación de Brynne con su madre, pero si era eso de lo que quería hablar, entonces podría sin duda darle mi opinión. Solo esperaba no tener que hacerlo.

Me libró de ello haciéndome otra pregunta.

—¿Y qué hay de tu madre, Ethan?

—Bueno, apenas la recuerdo. Lo único que tengo son los recuerdos que despiertan las fotografías. Creo que puedo acordarme de cosas de ella, pero quizá solo lo imagino cuando veo las fotos y escucho las historias de ella que me cuentan mi padre y Hannah.

—Dijiste que te habías tatuado las alas en tu espalda por tu madre.

No, no quería hacer esto ahora mismo.

Casi suspiré, pero justo conseguí retenerlo. Sabía que era mejor dejarla al margen en ese momento. Brynne me había preguntado antes por el tatuaje y sabía que ahora ella quería que yo compartiera eso, pero simplemente no me sentía todavía preparado para ello. No aquí, en un vuelo público bajo circunstancias trágicas. No era para mí el momento ni el lugar adecuados para dejar salir esas emociones.

El salmón apareció justo entonces y me salvó.

Brynne siguió bebiendo zumo y evitando la comida, que no estaba para nada mal para ser comida de avión.

—Toma —dije ofreciéndole el tenedor con un trocito de pescado, tras decidir que si ella no iba a comer por su cuenta, entonces tendría que alimentarla yo mismo.

Escudriñó el trozo con cuidado antes de abrir la boca para recibirlo. Lo masticó lenta y pausadamente.

—El salmón está bueno, pero yo quiero saber por qué las alas te recuerdan a tu madre.

De modo que es así como quieres jugar, ¿eh? Chantaje emocional a cambio de comer… Le ofrecí otro trozo de pescado.

Mantuvo los labios cerrados.

—¿Por qué ese tatuaje, Ethan?

Respiré hondo.

—Son alas de ángel, y dado que me la imagino así, me pareció muy apropiado tener las alas a lo largo de la espalda.

—Es una idea bonita —sonrió.

Le tendí otro pedazo tierno de salmón, que esta vez aceptó sin rechistar.

—¿Cómo se llamaba tu madre?

—Laurel.

—Es bonito. Laurel. Laurel Blackstone... —repitió.

—Yo también lo creo —le dije.

—Si aceituna es una niña, creo que tenemos el nombre perfecto para ella, ¿no crees?

Sentí cómo se me movía la garganta para tragar saliva. Y no se debía a comer salmón. Su propuesta significaba algo para mí..., algo profundo y muy personal.

—¿Harías eso?

—De verdad que me encanta el nombre de Laurel, y si tú quieres, entonces... Sí, por supuesto —respondió, con sus ojos un poco más brillantes que antes.

Yo estaba conmocionado, completamente agradecido por su generosidad y buena voluntad al brindarme un regalo tan bonito, sobre todo en un momento de tristeza tan terrible para ella.

—Me encantaría llamar a nuestra niña Laurel por mi madre —afirmé con sinceridad antes de sostener en alto un pequeño pedazo de pan.

Ella cogió el trozo de pan y lo masticó lentamente, sin quitar en ningún momento los ojos de mí.

—Bueno, entonces ya está decidido —dijo con una voz triste y meditativa.

Imaginé lo que debía de estar pensando, así que fui a ello.

—¿Y si aceituna es un niño?

—Sí, sí, sí. —Comenzó a llorar—. Quiero… llamarle Thom… m… mas —consiguió decir antes de desmoronarse justo encima del océano Atlántico, en una cabina de primera clase, en el vuelo nocturno 284 de British Airways, de San Francisco a Londres-Heathrow.

La acerqué a mí y la besé en la frente. Después la abracé y dejé que hiciera lo que finalmente necesitaba. Lo hizo en silencio y nadie se fijó en nosotros, pero aun así me dolía tener que presenciar cómo atravesaba el siguiente paso del duelo.

La azafata, que llevaba una insignia con el nombre de «Dorothy» y tenía un leve acento irlandés, se percató y acudió rápidamente para ofrecernos ayuda. Le pedí que se llevara la cena y que nos trajera una manta más. Dorothy pareció entender que Brynne estaba afligida y se apresuró a retirar la comida, apagar las luces y traer una manta para taparnos. Cuidó mucho de nosotros durante el resto del vuelo y me aseguré de agradecerle sinceramente su amabilidad cuando desembarcamos varias horas después.

Durante el resto del vuelo abracé a mi chica contra mi pecho hasta que agotó sus lágrimas y se durmió. Yo también descansé, pero a ratos. Mi mente se movía hacia todas partes. Tenía abundantes preocupaciones y solo podía esperar y rezar para que el farol que me tiré cuando amenacé a Oakley en el funeral funcionara. Estaba preparado para hacer todo lo que había prometido si alguien daba un paso hacia Brynne, que sabía que estaría muy vigilada de aquí en adelante.

No sabía quién era el responsable de las muertes de Montrose y Fielding. No sabía si Tom Bennett se había implicado en ese lío y si había sido asesinado. No sabía quién había mandado ese mensaje al móvil antiguo de Brynne, ni quién había dado el aviso de bomba la noche de la gala Mallerton. No sabía muchas cosas de las que necesitaba algunas respuestas.

Sentía miedo dentro de mí.

Un miedo insano, como una locura, que me tenía aprisionado y me calaba hasta los huesos.

Capítulo
18

Dormí durante tres días seguidos una vez que regresamos a Londres. Lo necesitaba, y volver a mi ambiente me ayudó muchísimo —le dije a la doctora Roswell—. Estoy empezando el proyecto de investigación que me han aprobado en la universidad y tengo buenos amigos a mi alrededor ayudándome a organizar la boda.

—¿Cómo van los terrores nocturnos ahora que has dejado la medicación? —me preguntó.

—Son erráticos. Empecé a tenerlos otra vez cuando dejé las pastillas, pero con todo esto, ahora que mi padre ha muerto, han parado de nuevo. ¿Crees que se debe a que ahora mi cabeza está en otra cosa y eso ocupa el lugar de lo que soñaba antes?

La doctora Roswell me observó con atención.

—¿La muerte de tu padre es peor que lo que te ocurrió cuando tenías diecisiete años? —preguntó.

Guau. Esa era una pregunta importante. Y sobre la que nunca antes había reflexionado. Mi primer impulso fue responder que por supuesto, que la muerte de mi padre era peor, pero si era sincera conmigo misma, no creo que fuera así. Ahora era adulta y podía ver las cosas con más madurez que cuando era una adolescente; además había intentado suicidarme después del vídeo de la violación. Ahora ni siquiera tenía pensamientos de ese tipo. Quería vivir. Necesitaba vivir junto a Ethan y, sobre todo, cuidar de nuestro bebé. No había más alternativa. Allí, sentada en el consultorio de la doctora Roswell, en cierto modo todo se me iluminó en un momento. Vislumbrar por fin la luz me ayudó a darme cuenta de que estaría bien. Saldría de esta y la alegría volvería a mí, con el tiempo.

Negué con la cabeza y contesté a mi terapeuta con sinceridad.

—No. No es peor.

Anotó eso con su pluma estilográfica color turquesa tan bonita.

—Gracias por ayudarme a verlo todo claro, creo que por primera vez —le dije.

—¿Puedes explicarme lo que quieres decir con eso, Brynne?

—Creo que sí. —Cogí una bocanada de aire e hice mi mejor intento—. Sé que mi padre me quería y que él sabía lo mucho que yo le quería también. Tuvimos un tipo de relación en el que compartíamos nuestros sentimientos todo el tiempo, de modo que ahí no hay remordimientos. Me parte el corazón que nuestro tiempo se haya truncado de golpe, pero no hay nada que se pueda hacer al respecto. Así es la vida. Mira Ethan, él perdió a su madre cuando tenía cuatro años. Ellos básicamente no pasaron tiempo juntos, y apenas la recuerda. Yo tuve a mi maravilloso y cariñoso padre durante casi veinticinco años.

La doctora Roswell me dirigió una sonrisa radiante.

—Me hace muy feliz escucharte hablar así. Me temo que has descifrado el código secreto. Muy pronto no tendré excusa alguna para seguir mandándote una factura por mis servicios.

—Ah…, no, eso no pasará, doctora Roswell. No se separará de mí en unos años. Imagine todos los remordimientos que tendré en cuanto sea madre.

Ella rio con su dulzura habitual.

—Estoy deseando esas charlas —dijo mientras cerraba su cuaderno y ponía la tapa a su pluma estilográfica—. Bueno, cuéntame esos planes de boda. Quiero escuchar todos los detalles…

Había descubierto que Facebook era una herramienta más que buena para organizar una boda. Elaina me lo había recomendado porque ella estaba metida de lleno en la planificación de la suya y sabía de lo que hablaba. Me senté con un té Zinger de arándanos y abrí mi cuenta.

Creé un grupo privado para compartir fotos y enlaces comerciales que estaba compuesto por mí y por mi pequeño grupo de soldados de infantería: Gaby, Ben, Hannah, Elaina, Marie y Victoria, la organizadora oficial de la boda, que en realidad ahora estaba ganándose el sustento con lo que debía de ser un trabajo *muy* exigente, en mi opinión. Las cosas estaban yendo como la seda para contar con tan solo cinco semanas. Teniendo en cuenta que estaba embarazada y llena de hormonas, además de haber sufrido una devastadora pérdida personal, decidí que lo estaba haciendo muy pero que muy bien.

Ethan estaba tan ocupado en el trabajo que apenas nos veíamos y la mayoría de nuestras conversaciones eran a través de mensajes de texto. Sabía que él se preocupaba por mí y que intentaba prestarme toda la atención que podía, pero apenas había tiempo libre. Entendía la presión a la que estaba sometido, y yo generalmente necesitaba tiempo para aceptar todo lo que había pasado en las últimas semanas. Él llegaba a casa muy tarde y en cuanto lo hacía quería básicamente dos cosas: hacer el amor y tenerme cerca mientras dormía. La necesidad de contacto físico de Ethan seguía siendo tan fuerte como siempre. No me importaba. Yo lo necesitaba tanto como él, creo. Ambos nos preocupábamos por el otro.

Envié un mensaje rápido a Elaina sobre las fotos que había colgado de los arreglos florales y le dije en broma que hablábamos más por Facebook que en persona. En realidad era ridículo, sobre todo porque vivía en el mismo edificio que yo. Elaina y Neil estaban tan abrumados con sus trabajos en Seguridad Internacional Blackstone como lo estaba Ethan. Nadie tenía mucho tiempo libre.

Lo dejé ahí y miré mi perfil para ver algunos mensajes nuevos que me habían llegado. Había varias notificaciones de donativos procedentes del Meritus Collage Fund de San Francisco, que mi padre había apoyado durante años. Se trataba de una hermosa obra benéfica comprometida con ayudar a niños desfavorecidos pero motivados a obtener una educación universitaria. Sé que él lo habría querido así, de modo que anuncié que en lugar de flores podían mandar donativos directamente a Meritus. La fundación me enviaba amablemente una notificación cada vez que alguien dejaba un donativo en nombre de mi padre. Paul Langley había ofrecido un donativo, así como el personal de la Galería Rothvale y el padre de Gaby, Rob Hargreave. Su consideración me conmovió profundamente y así se lo dije a través de mensajes personales de agradecimiento.

Subí a mi perfil de Facebook una bonita foto de mi padre sosteniéndome cuando yo era un bebé. Me había entretenido escaneando fotos de los álbumes que había cogido de su casa y que me había traído conmigo. En esta en concreto, ambos estábamos vestidos con lo que parecían ser pijamas, por lo que debía de ser una foto hecha por la mañana. Mi padre me tenía sentada frente a él, en su mesa, mirando a cámara, y ambos lucíamos unas sonrisas enormes en nuestras caras. Me preguntaba quién la habría sacado. ¿Mi madre? Mi padre estaba tan joven en la foto… y parecía muy feliz. Al menos tenía recuerdos hermosos como este en el corazón.

Me puse triste cuando me di cuenta de que no tendría fotos de abuelo, con él y mi bebé. Ya no… Esa punzada se me clavó en el pecho y tuve que cerrar los ojos un momento y respirar.

El dolor que se siente al tener que recordarle a tu cerebro que nunca más los verás, los abrazarás, te reirás con ellos o hablarás con ellos de nuevo…

Es una mierda.

Aunque Jonathan sí tendrá fotos como abuelo. Sí, las tendría. Sé que el padre de Ethan será un abuelo muy comprometido. Me hace muy feliz pensar que Jonathan y Marie le cuidarán. Yo tenía a mi tía para ejercer de «abuela» de mi bebé en caso de que mi propia madre no mostrase interés. Uf. Cambio de tema, por favor.

Un mensaje nuevo apareció de pronto en una ventanilla con un pequeño sonido.

Karl Westman: Eh, hola. Acabo de meterme y he visto tu puntito verde. He logrado llegar a Londres para los Juegos y esperaba que pudiéramos reconectar mientras esté en la ciudad. En realidad llegué ayer por la mañana. Todavía ando recuperándome del jet lag :/ ¿Qué tal estás?

Karl… Me había encontrado por Facebook poco después del funeral y habíamos chateado un poco desde entonces. Recordaba que me había dicho que su empresa le iba a enviar a los Juegos Olímpicos, y Jess también me lo había recordado. En realidad ella estaba decepcionada por no haber podido venir con él, ya que le encanta el deporte. Los Juegos tienen mucho más que ver con ella que conmigo. Aun así, que los XXX Juegos Olímpicos tengan lugar en donde vives es algo emocionante, lo mires como lo mires.

Brynne Bennett: Las cosas van mejor… Gracias. ¿Dónde te alojas en Londres?

Karl Westman: ¡En Chelsea, por supuesto! No voy a perderme la historia de Jimi si estoy aquí.

Brynne Bennett: ¡Je! Lo recuerdo. Qué gracia, porque el padre de Ethan me va a llevar a comer hoy. Él era taxista en Londres y conoce todos los sitios y la historia de lugares como ese. Podrías unirte a nosotros si quieres y recibir una clase exprés de historia.

Karl Westman: Me encantaría. ¡Gracias! Envíame un mensaje con el restaurante cuando lleguéis y me reúno con vosotros.

Cerré Facebook y me dirigí a la ducha. Tenía una comida con mi futuro suegro y después una sesión de fotos. Hoy no había tiempo para el pecado de la desidia.

—Así que Ethan te ha encomendado hoy tareas de seguridad, ¿eh? —le pregunté a Jonathan mientras comía una ensalada de pollo rica *de verdad*. Tenía que acordarme de las pasas y el eneldo la próxima vez que la hiciera. Mi apetito estaba mejorando ligeramente, pero no sabía si se debía al embarazo o a que estaba aceptando la muerte de mi padre. En cualquier caso, ahora podía mirar la comida sin que me entraran ganas de girar la cabeza para no tener que vomitar.

—No sé nada de eso, querida. Quería llevar a mi futura nuera a comer, eso es todo —explicó encogiéndose de hombros, con un brillo en sus ojos marrones—, y Ethan me dijo que Len estaría fuera hoy.

—¡Ja! Eso pensé. —Me reí—. A estas alturas conozco sus tácticas, Jonathan. Ethan no afloja su protección fácilmente o sin muy buenas razones —añadí mientras le daba un sorbo al zumo—. Sé que es muy protector y que lo hace porque me quiere.

—Le conoces muy bien. De hecho, diría que tú has transformado a mi hijo en la persona en la que yo había esperado que se convirtiera algún día y a la que temía que jamás vería —dijo Jonathan sonriéndome con mucha dulzura y sin juzgarme en absoluto.

—¿Por la guerra? —pregunté—. Sé que algo malo le pasó en el ejército, pero no sé el qué. No es capaz de compartirlo conmigo… todavía.

Jonathan me dio golpecitos en la mano con delicadeza.

—Bueno, en eso ya somos dos. Yo tampoco sé qué le hicieron. Solo sé que volvió a casa con un brillo atormentado en su mirada y una dureza que antes no estaba presente. Pero lo que sí sé es que ahora que te ha encontrado se parece más al Ethan de cuando era más joven. Tú le has hecho volver a ser el que era, Brynne. Puedo ver cómo te mira y cómo os ayudáis mutuamente.—Le dio un sorbo a su cerveza—. En resumen, has hecho muy feliz a un anciano y le has quitado un gran peso de encima.

—Yo me siento con él de forma parecida en muchos sentidos. En realidad Ethan me ha salvado de mí misma.

Jonathan me escuchó con atención y señaló mi tripa.

—Ya comprobarás que nunca dejas de preocuparte por tus hijos, independientemente de lo mayores que se hagan.

—He oído decir eso mucho —dije suspirando profundamente—. Ya me preocupo ahora… por él o ella. —Me toqué la barriga—. Si algo me pasara…, bueno, entonces… ya me hago una idea de cómo funciona.

—No te va a pasar nada, querida. Ethan no lo permitirá y yo tampoco. En las próximas semanas estarás sumamente ocupada y tu agenda estará llena de planes y compromisos, pero pronto las cosas se tranquilizarán y los dos estaréis desentrañando la vida de casados y yo esperando la llegada de mi cuarto nieto.

Me sonrió y yo le devolví la sonrisa de todo corazón. En realidad el padre de Ethan estaba empezando a importarme. Sería un abuelo adorable para nuestro bebé, y me hacía sentir bien saber que apoyaba a nuestra pequeña familia. Para muchos resultaba algo insignificante, pero para mí era enorme. Jonathan me estaba dando algo que mi propia madre no podía o no quería darme: su simple bendición y sus mejores deseos para la nueva familia que empezaba.

Estábamos a punto de salir del restaurante cuando divisé a Karl entrando de golpe, con aspecto un tanto agobiado para ser aquel chico tranquilo que recordaba del instituto.

—¡Brynne! Jesús, siento mucho llegar tarde. Recibí tu mensaje, pero luego me entretuve una y otra vez —dijo sosteniendo en alto las manos—. Me entretuve con trabajo de la empresa —añadió mientras se acercaba para abrazarme y me besaba en la mejilla con cariño.

—Karl, este es mi… suegro, Jonathan Blackstone. Jonathan, Karl Westman, un viejo amigo de mi ciudad natal. Solíamos competir en atletismo en los viejos tiempos.

Estrecharon las manos y los tres hablamos un rato. Karl parecía frustrado por haberse perdido nuestra comida y no haber «reconectado», como él había dicho. Yo no estaba tan segura de si Ethan podría tolerar un contacto de cualquier tipo entre Karl y yo. Sinceramente, yo también podría vivir sin eso. No tenía nada en contra de una vieja amistad, pero en este caso existían bastantes emociones añadidas y eso lo hacía un pelín más incómodo para mí.

—Jess me matará por haber venido hasta Londres y no haber sacado tiempo para ponernos un poco al día —dijo antes de girarse hacia Jonathan—, y lamento haberme perdido la oportunidad de obtener sus valiosos consejos turísticos, señor Blackstone.

—Si estás interesado en la historia de Hendrix y sus rincones, puedo contarte lo que conozco. He llevado a cientos de turistas durante más de veinticinco años por esta ciudad. Creo que los he visto todos. —Jonathan le dio a Karl su tarjeta—. Mándame un correo electrónico y te enviaré lo que tengo. Imagino que querrás ir al hotel Samarkand, en el 21/22 de Lansdowne Crescent, Chelsea.

—Por supuesto, así es —dijo Karl y cogió la tarjeta de Jonathan y se la guardó en el bolsillo—. Gracias por todos los consejos que puedas darme. No tengo mucho tiempo y quiero aprovecharlo bien. —Se giró hacia mí—. Bueno…, ¿hay alguna posibilidad de que podamos quedar otra vez? Imagino que ahora tendrás cosas que hacer, ¿no?

—Sí, tengo una sesión de fotos en poco más de una hora y necesito tiempo para prepararme —dije pensando un momento—. Bueno, tú vas a asistir a los Juegos, ¿no? Ethan tiene entradas para todo lo que te puedas imaginar. ¿Por qué no nos organizamos para vernos en una de las pruebas de atletismo, como las carreras de obstáculos o los cien metros? La verdad es que me está apeteciendo mucho ver alguna competición.

—Perfecto —dijo—. Estaremos en contacto entonces.

Karl me abrazó de nuevo y nos separamos.

Jonathan estaba callado en el coche mientras me llevaba a la sesión de fotos. Parecía estar pensando, y yo me preguntaba: ¿qué pensará sobre lo de posar desnuda? ¿Qué le habrá contado Ethan al respecto? ¿Habrá visto alguna de mis fotos? Supongo que yo no lo sabría si no se lo preguntaba, pero eso era algo sobre lo que no me gustaba hablar con nadie. Mi faceta de modelo era personal y no estaba abierta a la negociación.

En lo que pareció un abrir y cerrar de ojos, Jonathan paró junto a la dirección en Notting Hill y esperó a que yo entrara en la elegante casa blanca en la que transcurriría mi sesión de fotos. Me despedí con la mano mientras entraba y acto seguido me fui a trabajar, centrando toda mi atención suavemente en aquello para lo que me habían contratado.

Las preguntas que hace la gente mientras habla son tan ridículas que a veces me cuestiono cómo no salto sobre la mesa y grito: «¿Cómo hacéis para ser tan estúpidos y apañároslas para seguir respirando?». Ay de mí... He aprendido a mantener la boca cerrada aunque me cueste muchísimo.

Estaba a punto de escabullirme para un necesitado chute de nicotina después de la absurda conferencia telefónica cuando Elaina llamó a mi despacho. No lo hacía muy a menudo, así que mi curiosidad se desencadenó de inmediato.

—Ethan, creo que deberías venir a recepción.

—¿Sí? ¿Qué sucede?

—Es Muriel…, del quiosco de prensa. Está aquí para entregarte un paquete en persona y no se lo dejará a nadie, pero…

Salí de mi despacho y corrí antes de que Elaina pudiera siquiera acabar la frase.

Mi corazón comenzó a latir con fuerza y una preocupación instantánea inundó mi cuerpo. Frené resbalando al atravesar las puertas de la recepción. Ahí estaba Muriel, esperándome con su bigote y sus horrorosos dientes en todo su esplendor. Sostenía un paquete entre sus manos manchadas de tinta y me dirigió una mirada con sus ojos verdes mientras me acercaba rápidamente a ella.

—Señor, tengo algo para usted —indicó agitando el sobre—. Usted dijo: algo o alguien sospechoso.

—Eso es. ¿Alguien ha dejado eso en tu quiosco justo ahora? —pregunté señalando lo que estaba sujetando.

Ella asintió y echó un vistazo a la sala, asimilando la decoración y probablemente calculando su valor.

—Sí, hace casi una hora. No podía dejar el puesto. Ponía «Blackstone» y recuerdo que me dijiste número cuarenta y cuatro.

Intenté que no me sorprendiera que supiera leer y asentí a su vez, con la adrenalina fluyendo dentro de mí. ¿De qué se trataba esta vez? ¿Más amenazas de muerte de Ivan?

—Tienes una memoria excelente, Muriel. Gracias por dejar tu puesto para venir hasta aquí a entregármelo en persona —dije mientras sacaba la cartera del bolsillo—. Aprecio tu atención.

Le extendí un billete de veinte e hicimos el intercambio. Ella asintió de manera fugaz y se giró para marcharse. Rompí la cuerda roja y abrí la solapa del sobre, totalmente consciente de que era idéntico al que había recibido el día de la gala Mallerton, el mismo sobre que contenía las fotos de Ivan además de un críptico mensaje que decía: «Nunca intentes asesinar a un hombre que se va a suicidar», y otras chorradas incoherentes para las que ahora no tenía tiempo. En cualquier caso, no podía arriesgar la vida de mi primo. Estaría en primera línea en los Juegos la semana siguiente, anunciando todas las competiciones de tiro con arco, sumido en el circo mediático, siendo entrevistado, a la vista de todo el mundo. Si alguien le tenía en su diana, necesitaba tomar precauciones in situ.

Metí la mano y saqué las fotos, de nuevo como la última vez: blanco y negro, con brillo, de ocho por diez. Sentí que me atravesaba un miedo terrible. No eran en absoluto fotos de mi primo. Se trataba de fotos de Brynne...

¡Joder! ¡No! ¡No!

Las fotos eran una secuencia de instantáneas hechas en la calle: Brynne y yo el día que fuimos a nuestra primera cita con el doctor Burnsley y más tarde cuando almorzamos al aire libre antes de parar en Fountaine's Aquarium. Los dos abrazándonos en la acera tras salir de la consulta del médico. Yo tocando su tripa y besándosela. Los dos comiendo nuestros sándwiches y hablando sobre nuestro encuentro en Nochebuena en la nieve. Había incluso una foto de Brynne sacándome una instantánea con su móvil, riéndose porque había sido justo después de salir de la tienda con el bebé que olía fatal. Tendría que haberme dado cuenta de que alguien sacaba fotos. Tendría que haberlos visto. ¿Cómo podía haber fallado? ¿¡Cómo cojones había fallado!?

Había estado distraído. La distracción es el enemigo número uno en el negocio de la seguridad y yo había fallado por completo. Estaba distraído por la visita al médico y después por la locura en el acuario, ¡demasiado concentrado en dónde estábamos y en la gente de nuestro alrededor como para ni siquiera percatarme de que alguien nos seguía!

Gruñí y las ojeé de nuevo. No pude encontrar ningún mensaje o nota ambigua en el reverso de ninguna de las fotos. Alcé la vista y me di cuenta de que Muriel se había marchado.

—¡Pon a Brynne al teléfono y dile que espere! —grité a Elaina—. Necesito hablar con ella ahora mismo. —Entonces corrí hacia el ascensor—. ¡Muriel, espera!

La encontré en el vestíbulo mientras salía del edificio. Estaba seguro de que la gente debía de pensar que estaba loco por el espectáculo que les estaba ofreciendo, pero no me importaba. Podían pensar lo que quisieran.

—¿Sí, señor?

—¿Quién? ¿Viste quién dejó el sobre?

Alzó los ojos y brillaron ligeramente. Ahí estaba: el momento de la verdad en el que ella o bien me ayudaba porque era una buena persona o bien se aprovechaba de mí porque no lo era.

—Sí, mientras se alejaba. Le vi la espalda.

—¿Qué recuerdas de él? Complexión, color del pelo, ¿algo que me puedas contar? Es muy importante —supliqué—. Mi chica…, había fotos de mi mujer en ese paquete. Su vida podría estar en peligro —bajé el tono—. Por favor, Muriel. Cualquier cosa que recuerdes podría ser de ayuda.

Lo sopesó un momento, sus ojos moviéndose sin cesar.

—Estaba hablando por el móvil y solo vi su espalda mientras se marchaba. Tenía el pelo castaño y no era tan alto como tú.

Pelo castaño y más bajo que yo. No era de mucha ayuda en un lugar con millones de personas así. Necesitaba volver arriba y asegurarme de que Elaina había localizado a Brynne.

—Gracias otra vez —dije con tono apagado, y me giré para irme.

—Aunque me di cuenta de algo más —me gritó Muriel—. Su voz… no era de aquí. Es yanqui.

El acosador es americano. Debe de ser de la gente de Oakley… O quizá Fielding no está muerto después de todo. Quizá esté aquí, en Londres. ¡Oh, no! ¡No, por favor!

Se me heló la sangre después de lo que me dijo Muriel, con todas las posibilidades y escenarios dando vueltas en mi cabeza, en un terrible torrente enrevesado.

Entonces mis piernas comenzaron a moverse.

Capítulo
19

Mi móvil dejó de sonar justo cuando salía del vestidor. Por el tono del teléfono me di cuenta de que era Elaina llamándome desde el trabajo, así que dejé que saltara el buzón de voz sin escuchar el mensaje. En su lugar le escribí rápido: «No puedo hablar… Estoy en sesión fotos. Te llamo después. Bs».

Puse el móvil en silencio pero lo dejé encendido como me había dicho Ethan (por algo sobre la aplicación del GPS que él había activado), me lo metí en el bolsillo de la bata y me olvidé de él. Tenía trabajo que hacer y debía concentrarme.

Las extensiones de pelo me hacían cosquillas en la espalda y el suelo sobre el que estaba sentada se encontraba muy frío. Hoy no llevaba puesto el tanga de hilo, pero sí unas preciosas medias negras con lazos rosas alrededor de la parte superior de los muslos.

Simon, mi fotógrafo durante esta sesión, vestía de una forma poco convencional —sus vaqueros azul eléctrico ajustados, combinados con una camisa verde limón y unos botines blancos de charol, casi me hacían necesitar algo para proteger mi retina —y me obligaba a probar unas poses que jamás había intentado antes. Solo podía temblar ante lo que diría Ethan cuando echara un vistazo a las pruebas.

Las odiaría nada más verlas y después trataría de comprar las imágenes para que nadie más pudiera tenerlas.

Sentía ráfagas de adrenalina: saber que estaba haciendo algo un poco extraño que me inspiraba miedo. Me gustaba ponerme a prueba y quería que esas fotos salieran bien, ofrecer al artista el servicio más profesional que pudiera.

Daba la espalda a la cámara, con las piernas bien abiertas, las rodillas ligeramente flexionadas, los pies sobre el suelo, las palmas de las manos agarradas a la parte interior de las pantorrillas para mantener las piernas separadas. Se suponía que debían ser fotos provocadoras, pero cualquiera que pasara frente a mí ahora mismo vería mis partes femeninas exhibidas en plan porno. *Definitivamente, Ethan no aprobaría esto*. Pero no me preocupaba. Aquí había reglas y todo el mundo las seguía… o no te volvían a llamar para otro trabajo.

Las puntas de las extensiones llegaban casi al suelo, tapándome de hecho el culo, lo cual era algo bueno, ya que no quería que se me viera en las fotos.

Se lo dije a Simon y él se rio de mí.

—Brynne, cariño, si alguien tiene un culo elegante, esa eres tú.

—Bueno, gracias, Simon, pero no, gracias, ya has entendido la idea. Nada de sonrisa vertical esta vez, por favor.

—Prometido, todo lo que se verá será una insinuación de tus curvas y tus largas piernas esculpidas. Estás absolutamente radiante, amor. ¿Vitaminas nuevas? —preguntó distraído mientras disparaba la cámara.

—Bueno, en realidad sí.

—Oh, compártelas conmigo, por favor —dijo—. Necesito cualquier secreto de belleza que tengas.

Se me escapó una carcajada.

—No creo que quieras lo que estoy tomando, Simon..., a no ser que desees tener pecho.

—Ay, querida, por favor, dime que no te vas a poner implantes. ¡Tus tetas son perfectas como están!

Me reí de cara a las cortinas que tenía frente a mí, deseando poder ver su rostro.

—Ejem..., no, no me voy a poner implantes. Van a crecer de forma natural.

—¿Eh? ¿Qué tratamiento es ese?

Podía asegurar que estaba completamente desorientado sobre el lugar al que quería llegar. Gay o no, Simon era un hombre, y ellos la mayoría de las veces simplemente no entienden las sutilezas en estos asuntos. Supongo que tiene algo que ver con tener pene.

—El tipo de tratamiento en el que al final tienes un bebé.

Sonreí y deseé más que nunca poder ver ahora su cara.

—¡Oh, Dios mío! Te han hecho un bombo, ¿no?

—Esa debe de ser una de las expresiones más desagradables que se os ha ocurrido a los británicos, pero sí.

—Felicidades, cariño. Espero que sean buenas noticias.

—Lo son.

Me quedé callada un minuto, pensando en todo lo que había cambiado mi vida en tan poco tiempo, mientras luchaba contra las emociones que parecían cocerse a fuego lento bajo la superficie estos días. Tal vez podía culpar a las hormonas que bullían en mi interior, pero en cualquier caso era una lucha diaria que debía mantener.

Simon seguía haciendo fotografías, dirigiéndome con sutiles cambios de postura y después de iluminación, dándome conversación, fiel a su estilo. Hablaba sin cesar mientras trabajaba.

—Entonces ¿te vas a casar con tu novio?

—Sí, el 24 de agosto es nuestro gran día. Lo celebraremos en el campo, en la mansión Somerset de su hermana.

—Suena muy pijo —dijo Simon mientras pensaba otra posición—. ¿Puedes inclinar la cabeza hacia atrás y mirarme?

—Sí..., eso también —contesté fríamente—. ¿Quieres venir, Simon?

—Cariño, ¡pensaba que no me lo preguntarías nunca! Es la excusa perfecta para un traje nuevo

—masculló, cambiando bruscamente de tema; pasó a hablar sobre seda italiana y algo sobre un traje verde que había visto en una tienda de Milán que sería perfecto para una boda campestre.

Pensé en mi padre y en que él no podría llevar un traje nuevo para mi boda. No estaría ahí para llevarme al altar. No tenía a nadie que hiciera eso ahora por mí. Tampoco se lo pediría a Frank. Mi madre ya lo había intentado, pero de ninguna manera. Iría por el pasillo de la iglesia yo sola, no con él. No tenía nada contra Frank, pero él no era mi padre en ningún sentido de la palabra. Era el marido de mi madre y nada más.

Una oleada de tristeza me sobrevino de repente e hice todo lo posible por esconderla, pero mi postura debió de mostrar signos de fatiga ya que Simon me preguntó: «¿Necesitas un descanso, corazón?».

Asentí, pero no podía hablar. Todo lo que pude hacer fue tragar saliva.

En ocasiones, cuando una persona muestra algo de ternura y tú estás en un estado vulnerable, todo sale a borbotones sin importar cuánto te esfuerces por tratar de retenerlo dentro de ti. Eso es lo que me pasó cuando Simon dejó la cámara, se acercó a mí por detrás y me puso la mano en el hombro, en un simple gesto de apoyo y consuelo.

—He oído lo de tu padre. Lo siento mucho, amor. Debes de estar pasándolo fatal.

—Gracias…, aún está muy reciente. Algunas cosas me hacen recordar… y le echo de menos tant…

Y en ese momento Ethan irrumpió en la habitación con el aspecto de un gladiador listo para la arena.

—¡Brynne! ¡Qué coj…! —Mi voz se interrumpió. Se alzó y se extinguió en un rápido y mortal silencio en cuanto miré con atención a mi chica completamente desnuda, con las piernas abiertas, y un pijo con sus manos sobre ella.

Reaccioné y me moví. Eso es prácticamente todo lo que recuerdo. Levanté a Brynne en volandas y mandé al tipo de la camisa verde al fondo de la sala.

—¡Ethan! —gritó—. ¿Qué estás haciendo?

—¡Tratar de encontrarte! ¿Por qué no contestas al jodido teléfono?

—¡Estaba trabajando! —chilló. Permanecía de pie totalmente desnuda excepto por unas medias negras y algo que le hacía tener el pelo más largo.

—Has terminado aquí. De hecho, ¡toda esta porquería se ha acabado! —dije agitando las manos mientras me acercaba a ella—. Vístete, te vas.

—No me voy, Ethan. ¿Qué coño te pasa? ¡Ahora estoy trabajando!

Oh, sí, ¡te vas, cariño! De hecho, estoy seguro de que te vas, porque te voy a sacar yo mismo de aquí.

El fotógrafo vestido de mil colores decidió hacer algo justo entonces y sacó el móvil.

—Llama a seguridad…

—*Yo* soy la seguridad cuando se trata de ella —dije señalando en dirección a Brynne mientras le quitaba el móvil y cortaba la jodida llamada—. Brynne ha terminado aquí. Llama a mi oficina si quieres una compensación por los problemas causados. Pagaré muy a gusto.

Saqué mi tarjeta y se la lancé. Dio vueltas a través del espacio que nos separaba y aterrizó en el suelo junto a sus pies. Pensaba que estaba siendo extraordinariamente pacífico, teniendo en cuenta que…

Miró a Brynne, que estaba ahí de pie, contemplándonos con la boca abierta. ¡Y todavía desnuda, joder!

—¡No la mires, cabrón! —le grité.

Chilló como una nena y volvió la cabeza a un lado, encogido de miedo.

—Simon, siento muchísimo est... —dijo Brynne caminando hacia él.

—Oh, no, ¡no lo sientes! —exclamé cogiéndola del brazo mientras la hacía girar para tapar su cuerpo con el mío—. ¿Quieres ponerte algo encima? ¡Estás desnuda, joder, por el amor de Dios!

Brynne me miró furiosa, lanzándome cuchillos con los ojos, y cogió su bata. Había estado en una mesa auxiliar todo el tiempo, fuera del alcance de la cámara. No había reparado en ella hacía un momento. Se la puso y se la ciñó a la cintura, al tiempo que sus brazos y sus manos hacían movimientos secos y abruptos mientras me miraba de reojo, dos puñales marrones que echaban llamas hacia donde yo estaba. Metió la mano por debajo de su pelo y se detuvo ahí un momento antes de extraer una peluca larga y ondulada de color castaño. La dejó con cuidado sobre la mesa.

Entonces me dio la espalda y dobló primero una pierna y luego la otra, quitándose las medias y dejándolas bien dobladas sobre la mesa junto a la peluca.

Podía asegurar que estaba más que furiosa por lo que había hecho, pero a mí sencillamente me daba igual. Al menos estaba bien. No podía asegurar lo mismo sobre su amigo fotógrafo, pero Brynne estaba a salvo, conmigo, y no en manos de secuestradores. Estaba desnuda en una habitación a solas con un hombre que le estaba sacando fotos, pero al menos mi peor pesadilla no se había hecho realidad. Ella estaba aquí y podía verla.

El regreso a casa fue bastante silencioso. Solo algún suspiro, el sonido de nuestros cuerpos en los asientos y poco más. Brynne no hablaba y yo no estaba tampoco con ánimo de discutir. Por no mencionar lo que saldría de mi boca tal y como me sentía en ese momento. Mejor dejarlo enfriar un rato.

Una vez que llegamos al piso, ella fue derecha al baño, se encerró y me dejó fuera. Pude escuchar correr el agua, pero ningún otro sonido. Puse la oreja en la puerta y escuché. No quería oírla llorar sola si eso es lo que estaba haciendo, pero yo seguía cabreado. Esto de posar como modelo debía acabarse. Ya no podía soportarlo más y me volvía completamente irracional imaginarla posando desnuda para que otros la vieran. *Y que fantasearan con follársela... ¡o algo peor!*

Había un millón de cosas que necesitaba hacer en ese momento. Lugares a los que debía ir y gente con la que debía reunirme, pero ¿llegué siquiera a sopesar dejar a Brynne en casa y volver a la oficina? Negativo. No iría a ningún sitio ahora mismo.

En lugar de eso caminé hacia el balcón y me acomodé en una tumbona desde donde podría ver cómo la ciudad cambiaba del día a la noche. Y fumar un cigarrillo, y otro, y otro. No me fue de mucha ayuda. Es curioso cómo algo que solía apaciguarme cuando me sentía agitado ya no surtía efecto. Esperé a que Brynne saliera del baño, pero cerró la puerta. No parecía que ella fuera a dar el primer paso esta noche.

Cuando no pude soportar un segundo más mi autoimpuesta soledad, volví dentro para tratar de razonar con ella.

—¿Brynne? —Silencio—. Déjame entrar.

Forcejeé con el pomo de la puerta y, para mi sorpresa, giró. *Por suerte, no me había dejado fuera y sin poder abrir.*

Abrí la puerta y la encontré sentada en el borde del taburete del tocador pintándose las uñas de los pies, con el pelo recogido con una pinza y vestida con la bata amarilla de seda que le iluminaba la cara. No me miraba, sino que continuaba afanándose con el esmalte de uñas de color rosa oscuro como si yo no estuviera ahí.

—¿Podemos hablar? —pregunté finalmente.

—¿De qué? ¿De lo mal que me has tratado en mitad de una sesión de fotos que da la casualidad que es mi trabajo y de cómo prácticamente has dado una paliza al fotógrafo? Por no mencionar el daño que has causado a mi reputación en este negocio —dijo con sequedad.

—No quiero que sigas en ese *negocio.*

Cerró el esmalte de uñas y lo colocó en el tocador.

—Eso es todo lo que quieres hablar, ¿eh?

—Necesitaba saber dónde estabas y no cogías el teléfono. —Dejé que pasara un momento para algún tipo de explicación, pero no me dio ninguna—. Bien, admito que llegué muy nervioso y que perdí los estribos, pero estaba siguiendo unas pistas que me hicieron entrar en pánico. —Me pasé una mano por el pelo y la mantuve ahí—. Y estabas desnuda, joder, Brynne.

—Seguramente no me vuelvan a llamar después de esto. Ahora nadie me querrá.

Oh, esos cretinos seguirán queriéndote. Me puse frente a ella y le cogí la barbilla con la mano, obligándola a mirarme.

—Bien. Espero que no te llamen. —Ella siguió callada pero con los ojos encendidos—. Lo digo en serio, Brynne. No vas a posar desnuda nunca más.

Ahí está, ya lo había dicho.

—Es mi decisión, Ethan. No tienes derecho a decir que no puedo hacerlo.

—Ah, ¿sí? —dije alzando su mano izquierda—. ¿Y qué significa este anillo entonces? Vas a ser mi esposa, la madre de mi hijo, una persona que no quiero que pose desnuda *¡nunca más!* —añadí devolviéndole la mirada cegada de cólera—. Es mi última palabra.

Quitó de golpe la mano y soltó:

—No lo pillas. ¡Tú no entiendes NADA sobre mí!

Gritando y con pinta de estar cabreada hasta lo indecible, me empujó para evitar que me acercara demasiado.

¡Una mierda! Intenté controlarme mientras trataba de pensar en la manera de volver al tema en cuestión. Me vino a la mente una idea de cómo podría lograrlo. Podía quitarle la bata de seda amarilla y hacerle el amor durante una semana, y *entonces* podríamos tener esta conversación, o discusión, o lo que demonios fuera esta mierda. Podría funcionar.

En lugar de eso la levanté de la silla por los hombros, apretándole los brazos a los lados para que no pudiera resistirse. Aun así siguió luchando, a pesar de que la tenía firmemente sujeta contra mi pecho, nuestras caras a un centímetro, sus suaves curvas fundiéndose conmigo, haciendo que mi sexo se endureciera.

—¡Estoy intentando *comprender* por qué mi chica necesita quitarse la ropa y dejar que la gente vea fotografías así de ella! —dije con más rabia de la que quería…, y entonces estampé mi boca contra la suya.

Primero me abrí camino dentro de ella con la lengua. Tendría más después, pero por ahora solo necesitaba entrar en su interior como fuera. Necesitaba que me aceptara aún más. Ella seguía gritando como una loca, pero yo sentí su reacción en el momento en que nos besamos. Era todavía mi chica y los dos lo sabíamos, mientras yo le sostenía la mandíbula y le agarraba con fuerza la boca. Labios, lengua y dientes trabajando unidos para enviar un mensaje muy claro. *Eres mía y sé que tú quieres ser mía.*

Apenas estaba empezando a poseerla. Esta sesión terminaría de un modo y solo de uno: con mi sexo enterrado dentro de su dulce sexo en un frenesí orgásmico.

Tampoco hay excusas para lo que hice después. La tomé. Tomé lo que es mío y me salí con la mía.

Ella me entregó todo su cuerpo. La parte espiritual tendría que ser considerada después. «Primero el polvo, luego la charla» había funcionado con nosotros antes y confiaba en que ahora también lo haría.

La alcé y la llevé a nuestra cama. Ella me miró con los ojos encendidos mientras la tumbaba, le quitaba la bata de seda y le soltaba el pelo de la pinza. Sus pechos subían y bajaban y sus pezones se erizaban mientras yo me deshacía de mi ropa y me quedaba desnudo, con mi sexo tan duro que podría estallar cuando brotara el semen por primera vez.

Estaba a punto de averiguarlo y más que dispuesto a asumir el riesgo, porque iba a haber una segunda vez, y posiblemente una tercera. Estaríamos así un rato.

Cubrí el precioso cuerpo desnudo de Brynne, que solo yo debería ver, y me la follé. Me la follé de forma salvaje. Ella también me folló de manera salvaje. Follamos hasta que los dos nos corrimos. Y entonces follamos otra vez, hasta que ya no necesitamos más. Hasta que no quedó nada sino sumirnos en una nebulosa después de todos los orgasmos, los dos agotados físicamente por el placer que nos había abrasado con su calor y embriagado con su aroma... hacia una completa inconsciencia.

Me despertó la pesadilla. Era una conocida, en la que veía mi vídeo y quería morirme. Era una imagen espantosa que tenía fija en mi cerebro y había permanecido intacta en mí a lo largo de los años.

No creo siquiera que sea posible borrarla; estaba condenada a llevar esa imagen conmigo a lo largo de mi vida. Me pregunté, y no era la primera vez, si los tres habrían pensado en alguna ocasión sobre el vídeo después de lo sucedido. No había conocido a los otros dos, pero Lance ¿habría sentido alguna vez algún remordimiento por lo que me había pasado? ¿Por lo triste que era mi vida después de que llevaran a cabo su hazaña? ¿Habría pensado alguna vez sobre ello? *Qué desagradable. Qué sucio y desagradable.*

Intenté que la crisis fuera silenciosa en medio de la noche, pero Ethan lo oía todo. Habíamos tenido un sexo explosivo y habíamos liberado un poco de rabia y frustración a través de nuestros cuerpos, pero el asunto principal seguía pendiendo en el aire como una bandera. No habíamos resuelto prácticamente nada.

Ethan se agitó a mi lado y se acercó a mí. Sentí cómo sus fuertes brazos me rodeaban y sus labios me besaban en la cabeza. Me acariciaba el pelo y me abrazaba mientras yo lloraba.

—Te quiero muchísimo. Me mata verte triste. Preferiría que estuvieras enfadada conmigo antes que hacerte daño así, nena.

—No pasa nada. Sé que me quieres —susurré entre sollozos, enjugándome los ojos.

—Así es —dijo mientras me daba un dulce beso—. Y siento haber actuado así hoy con el fotógrafo. —Hizo una pausa—. Pero no me gusta nada y no quiero que lo hagas más.

—Lo sé…

—Entonces… ¿dejarás de posar? —dijo con una voz llena de esperanza. Lástima que yo fuera a quitársela.

—No creo que pueda, Ethan. No puedo dejarlo…, ni siquiera por ti.

Esperó después de que aquellas palabras salieran de mis labios. Era doloroso decirle eso pero tenía que oírlo de mi boca. La verdad en ocasiones es difícil de escuchar, y supuse que así sería para Ethan, pero quería que tuviera la versión no censurada. Se lo debía.

—¿Por qué no, Brynne? ¿Por qué no puedes dejar de posar? ¿Por qué no lo harías por mí?

Esas malditas lágrimas aparecieron de nuevo.

—Porque… —lloriqueé—, porque esas fotos que me hacen a… ahora son tan… tan bo… nitas. Son… ¡algo hermoso de mí!

Ethan se pegó a mí mientras lloraba. Parecía entender que ese era un gran paso para mí. Hubiera querido que la doctora Roswell estuviera aquí para presenciarlo.

—Lo son. Tienes razón, Brynne. Tus fotos son increíblemente hermosas. —Me besó con dulzura, moviendo la lengua lentamente contra la mía—. Pero tú siempre has sido hermosa —murmuró junto a mis labios.

Ahhh, pero él no tenía razón. Ethan nunca había visto *eso*, de modo que él no sabía lo mismo que yo.

—No. No me entiendes. —Me sequé las lágrimas—. Está bien, pero tú no entiendes por qué necesito tener fotos bonitas mías.

Suspiré con fuerza contra su pecho al tiempo que mis dedos empezaron a remolinear alrededor de sus pectorales.

—Explícamelo para poder entenderlo entonces.

No sé cómo me salieron las palabras, pero de alguna forma lo conseguí. En mitad del llanto, que se hacía más fuerte, y debido a su callada fuerza y paciencia mientras me abrazaba y me acariciaba el pelo, al fin le conté a otra persona mi terrible verdad.

—Porque ese vídeo mío era muy… feo. Las imágenes eran feas. ¡*Yo* estaba fea en él! Y si tengo algo bonito con lo que reemplazar esa fealdad, puedo olvidarme de lo que pasó poco a poco.

Ethan me puso debajo de él y se apoyó sobre mí, sosteniéndome la cara frente a la suya.

—No hay nada tuyo que sea feo —me dijo.

—Sí. En ese vídeo lo había.

Se quedó en silencio, sus ojos mirando de un lado a otro mientras me estudiaba.

—¿Es por eso, nena? Esa es la razón por la que intentaste… suicidarte…

—¡Sí! —respondí sollozando contra el pecho de Ethan, y dejé que me agarrara fuerte. Ahora sabía mi verdad. Mi complejo. Mi problema. Mi motor diario, que suponía que permanecería conmigo para siempre. Recé para que pudiera aceptarme a pesar de todo.

Me abrazó durante mucho tiempo sin hablar. Estaba sopesando lo que había compartido con él. Yo había aprendido que ese era su método. Que Ethan era increíblemente honesto y franco con sus opiniones y sus necesidades, y muy reflexivo.

—No es la sesión de fotos lo que odio. Entiendo que todos vosotros sois profesionales haciendo vuestro trabajo. El fotógrafo solo te usa como un objeto de su arte. Tu maravillosa imagen —dijo acariciándome con la palma en dirección a la cadera—. Sé que el tipo de hoy no andaba detrás de ti. Estaba viendo tu cuerpo como arte.

—Además Simon es completamente gay, no solo gay, por si no te habías dado cuenta.

Soltó una pequeña carcajada.

—Me di cuenta, nena. Si su ropa no me había dado una pista, sus grititos lo confirmaron.

—Pobre Simon. Le había invitado a la boda, ¿sabes? Quería llevar un traje nuevo italiano de color verde otoño que había visto en una tienda en Milán —dije ligeramente en broma.

—Tremendo. —Suspiró—. Le llamaré mañana y le pediré perdón.

—Gracias.

Pero Ethan no estaba exteriorizando sus sentimientos. Tenía algo más que quería decir.

—Lo que odio es que la gente vea tu cuerpo en las fotos. Los hombres te ven. Hombres como yo te ven desnuda y quieren follarte. Brynne, esa es la parte que odio, porque no quiero que nadie te mire así y tenga esos pensamientos sobre ti. Te quiero solo para mí. Es egoísta, pero es así.

—Oh…

—Así que ahora sabes lo que siento al respecto —dijo tranquilo, su voz conduciendo su honesta verdad directa hasta mi corazón.

—Te he escuchado, Ethan, y espero que tú me hayas escuchado a mí cuando te he contado cómo me siento y por qué poso como modelo.

Se acercó a mí con sus labios, acariciándome despacio, suave, diciéndome con el tacto, no con palabras, que me entendía. Después de un rato bien empleado en besarme a conciencia, finalmente se echó para atrás y me rozó la mejilla con el pulgar. Había hecho eso desde que empezamos. Había hecho eso incluso la primera vez que me besó. Me encantaba ese gesto.

Me preguntaba qué estaría pensando ahora. Mientras me examinaba detenidamente con esos profundos ojos azules suyos, se apoyó de lado con el codo para poder mirarme. Imaginaba que todavía no había terminado de hablar. Esperé. Podía esperar toda la noche si tenía que mirarle a él. Ethan desnudo en la cama era una imagen de la que jamás me cansaría. Era la belleza masculina personificada. Sus brazos, su pecho, sus abdominales y su erótica pelvis, todo él era un delicioso festín para mis ojos.

Es divertido que él dijese lo mismo de mí. Pero mi cuerpo cambiaría a medida que el niño creciera. Me pondría gorda, como les pasa a todas las mujeres embarazadas. ¿Me desearía Ethan de la misma forma que lo hacía ahora?

—Tengo que contarte algo que ocurrió hoy. Me asustó de verdad y tiene en gran parte la culpa de lo que pasó en tu sesión de fotos… y de lo que me sucedió a mí —dijo y me alisó el pelo detrás de la oreja.

Eso tiene más sentido. Debería haber sabido que algo había sacado a Ethan de sus casillas de forma irracional. Algo le había pasado para desencadenar ese comportamiento.

—De acuerdo…, cuéntamelo.

En la oscuridad de la habitación, compartió conmigo los últimos sucesos: las fotos del acosador que había recibido y el conocimiento de que esa persona era americana y que había estado todo el tiempo observándome. Observándonos y sacando fotos de nuestros movimientos diarios. Ahora estaba realmente asustada… y entendía mejor por qué Ethan había estado tan aterrorizado e irracional durante la sesión de fotos. Esta situación no estaba mejorando. Estaba empeorando. A saber qué les detendría. O incluso si yo superaría esto con vida. Todo lo que podía hacer era pensar en mi bebé y en Ethan y saber que haría lo que fuese, cualquier sacrificio, con tal de superar esto juntos.

Hablamos sobre seguridad y sobre GPS, protección y precauciones. Todos los medios que garantizaran mi seguridad en las próximas semanas, hasta que la boda pudiera celebrarse y toda la atención de Ethan se centrara únicamente en mí. Me explicó las cosas claramente y yo le escuché. Los dos terminamos entendiéndolo y cuando volví a quedarme dormida lo hice contra su pecho, con sus fuertes brazos rodeándome. Sabía que estaba en las mejores manos en las que podía estar y que el hombre que me abrazaba además me amaba. Ethan me necesitaba tanto como yo a él.

Al menos sacamos eso en claro.

Capítulo
20

Cómo se siente uno al poder respirar de nuevo, hijo? —me preguntó mi padre alzando la copa y con una sonrisa radiante.

—Como si el elefante de tres toneladas que tenía sobre el pecho se hubiera ido y ahora estuviera sentado a mis pies —le contesté con sinceridad, y le devolví el brindis.

—Apuesto a que sí. Pero, de verdad, la ceremonia de los Juegos ha sido maravillosa y un ejemplo de organización. Ha sido un espectáculo magnífico. Bravo.

Era evidente que a mi padre le había impresionado muchísimo la ceremonia de apertura, porque no parecía poder hablar de otra cosa durante la tardía cena. Yo me sentía totalmente aliviado de que hubiera transcurrido sin ningún problema.

A pesar de estar exhausto y de desear estar en la cama con Brynne en mis brazos, me di cuenta de que esta noche en verdad estaba disfrutando de la celebración en el Gladstone. No sé cómo Ivan nos había conseguido una reserva dada la locura de la ciudad, pero todos adoraban a lord Ivan, medalla de oro británica en tiro con arco, con su buena presencia y su fama. Había pasado mucho tiempo desde la última vez que salimos todos juntos y sabía que mi padre, y Neil, y Elaina valoraban que tuviera contactos, a pesar de que a mí me daba igual. Brynne parecía estar pasándoselo bien y eso me bastaba.

Toda la ciudad estaba muy animada ahora que los Juegos se habían puesto en marcha. Y yo podía incluso comenzar a vislumbrar algo de luz al final de nuestro túnel. Había transcurrido otra semana desde la inauguración de los Juegos Olímpicos sin que tuviéramos problemas, amenazas ni mensajes. Solo una vida normal.

Subí la mano por la espalda de Brynne y le acaricié entre los hombros.

—Sí, la parte más difícil está hecha. La ceremonia de apertura ha ido como la seda. Ningún chiflado ha interrumpido la gala. Un final perfec-

to para todos estos meses de preparación. Ahora solo queda llevar a varias personalidades VIP
a unos cuantos eventos aislados, pero son mucho
más pequeños y más fáciles de manejar, sin contar
con que tengo un equipo excelente para ocuparse
de ellos —dije señalando a Neil y alzando la copa de nuevo.

—Si seguimos manteniendo a los psicópatas
lejos de Ivan, está todo hecho —contestó Neil
sonriendo burlón.

—Sí, por favor. Valoraría mucho que haya
una gran distancia entre los psicópatas y todo lo
que tenga que ver conmigo —replicó Ivan.

Seguía habiendo eso… Un rival coreano cha-
lado se la tenía jurada a Ivan porque le guardaba
rencor desde las Olimpiadas de hacía cuatro años,
donde hubo una disputa con los jueces que acabó con el coreano descalificado e Ivan ganando
el oro. El follón no había terminado. Es lo que
suele pasar con los follones. Una vez que metes
el pie en la mierda, se pega a tu zapato durante
mucho, mucho tiempo y resulta muy difícil quitar el resto.

—Pareces cansado, cariño —dijo Brynne en
voz baja, acariciándome el brazo.

—Estoy cansado —respondí mirando el reloj—, pienso que si nos vamos ahora, podríamos estar en la cama en media hora...

Le guiñé el ojo, pensando que todo lo que necesitaba esa noche era tenerla lo bastante cerca para tocarla y dormir unas pocas horas. Esas dos cosas harían que mi noche fuera perfecta.

Estaba contemplando la idea de marcharnos, pero mi chica me sorprendió, como solía hacer.

—Entonces ¿a qué estamos esperando? —preguntó en voz baja—. Creo que me voy a quedar dormida sobre mi plato.

La examiné y pude ver los signos de cansancio y me sentí culpable por no haberme percatado antes. Estaba embarazada y necesitaba descanso por partida doble. Vi ahí mi oportunidad y la aproveché.

—Buenas noches a todo el mundo. Toca recogerse. Mi mujer me está rogando que la lleve a la cama. —Brynne se quedó boquiabierta y me golpeó en el brazo—. Y dado que soy un tipo medianamente inteligente, creo que ahora mismo lo mejor será que le deje hacer lo que quiera. —Me masajeé el brazo donde me había golpeado y le dije al grupo con exagerado énfasis—: Embarazadas, siempre insaciables.

Gruñí cuando me dio una patada en el pie, pero las risas que había obtenido habían merecido la pena.

—Estás muerto, Blackstone —me dijo mientras nos dirigíamos al coche.

—Eh, bueno, la broma nos ha sacado de ahí, ¿no? —contesté mientras deslizaba un brazo sobre ella y me inclinaba para robarle un beso—. Y todo lo que dije sobre ti era cierto.

Ella apartó la boca para evitar mis labios y se rio.

—Eres un idiota, y no serás tan chulito en los próximos cinco meses.

—¿Qué pasa en los próximos cinco meses? —pregunté confundido.

—¿Todo eso de la insaciable embarazada? —dijo ladeando la cabeza y moviéndola lentamente de un lado a otro—. Eso se ha acabado. Por completo. —Hizo un gesto tajante con las manos—. Piensa en *nada de sexo*. En absoluto. Durante meses.

Vaya, esa es una idea horrible...

—Espera. ¿Estás de coña? Lo estás, ¿no?

—¡Deberías ver tu cara ahora mismo! —dijo riéndose más de mí, encantada de haber dicho la última palabra. Sí, mi chica era muy competitiva y no se quedaba de brazos cruzados.

—Es terrible, ¿no? —respondí rezando por que me estuviera tomando el pelo sobre los meses de sequía, pues realmente serían una tortura.

—Sí —contestó, y deslizó una mano por detrás para agarrarme el culo—. Y te lo mereces, incluso a pesar de que te quiera, Blackstone.

Qué afortunado soy.

—Me estabas vacilando con lo de los cinco meses, ¿no?

Ella rio de nuevo, luciendo presumida y terriblemente sexi, pero no contestó a mi pregunta.

—¡No, hijo de puta! ¡Dije que vídeos no! ¡Nada de putos vídeos!

Ethan me despertó con sus gritos. Estaba soñando otra vez. No. Eran pesadillas, estaba claro.

Las cosas que había gritado me asustaban de verdad. Había dicho el mismo tipo de cosas que las otras veces. Las palabras «vídeos no» una y otra vez en un tono suplicante. Me asustaba porque estaba

424

fuera de sí cuando tenía esas pesadillas. Se convertía en otra persona, en un completo desconocido.

Sabía que sus pesadillas estaban relacionadas con algo relativo a su etapa en la guerra, cuando los afganos le hicieron prisionero. No obstante, jamás hablaba de eso conmigo. Era algo demasiado horrible, eso estaba bastante claro.

—Ethan, tienes que despertarte. —Le sacudí de la forma más delicada que pude, pero él se movía de forma errática por todas partes, en otro mundo, y muy lejano.

—Ha muerto… ¡Oh, Dios! ¡Un bebé! ¡Era un maldito bebé, animales!

—¿Ethan? —Le agité de nuevo, tirando con más fuerza de su brazo y su cuello.

—¡No! No puedes hacer esto…, no…, no…, no…, por favor, no…, no lo hagas…, no lo hagas…, no pueden verme morir en un vídeo…

—¡Ethan! —Le di un pequeño manotazo en la boca, confiando en que le sacara de la pesadilla.

Sus ojos se abrieron de pronto, idos y aterrorizados, y se irguió en la cama. Permaneció así, inclinado hacia delante, aspirando grandes bocanadas de aire, con la cabeza en las rodillas. Le puse la mano en la espalda. Se sobresaltó cuando le toqué pero dejé la mano ahí. Su respiración era irregular y no me decía nada. Yo no sabía qué decirle.

—Háblame —le susurré a su espalda.

Se levantó de la cama y comenzó a ponerse unos pantalones de deporte y una camiseta.

—¿Qué estás haciendo?

—Tengo que salir fuera, ahora —dijo con voz débil.

—¿Fuera? Pero hace frío. Ethan, quédate aquí y hablemos de esto. ¡Tienes que hablar conmigo! —le rogué.

Él actuó como si ni siquiera me hubiera escuchado, pero creo que sí lo hizo porque se acercó a donde estaba sentada en la cama y me acarició la cabeza. Con mucha delicadeza, y solo por un instante, pero noté cómo temblaba. Su mano temblaba mucho y parecía muy perdido. Yo estiré la mano para tocar la suya pero la apartó. Entonces salió de la habitación.

—¡Ethan! —grité tras él—. ¿Adónde vas? ¡Vuelve aquí y habla conmigo!

Solo obtuve silencio.

Me quedé ahí un rato y traté de decidir qué hacer. Una parte de mí quería enfrentarse a él y obligarle a compartir eso conmigo, pero otra parte estaba muerta de miedo. ¿Y si le causaba más dolor y sufrimiento o le ponía las cosas más difíciles? Ethan necesitaba ayuda profesional para lidiar con esto. Si le habían capturado y torturado cuando estuvo en el ejército, entonces era muy probable que sufriera un verdadero estrés postraumático. Yo debería saber algo sobre ese tema.

Tomé una decisión y me puse unas mallas y un jersey para ir a buscarle. No debería haberme sorprendido ver dónde estaba. Me había dicho la verdad. Estaba fuera. Fumando sus cigarrillos de clavo.

Me quedé detrás del cristal y le observé un momento. Estaba estirado en la tumbona con los pies descalzos en el aire debido a su altura, mientras las volutas de humo se arremolinaban y flotaban encima de él y las luces de la ciudad, en segundo plano, creaban un resplandor alrededor de su cuerpo.

El humo no me molestaba para nada. Nunca lo había hecho. Me encantaba cómo olía esa marca y Ethan rara vez sabía a tabaco. Era un fanático de lavarse los dientes y siempre sabía muy bien, a menta, pero el aroma a especias se adhería a él y yo podía saber si había estado fumando. Sin embargo, su marca de cigarrillos no era muy típica, Djarum Black. Tabaco de clavo y especias, importado de Indonesia. Aún no sabía por qué fumaba cigarrillos de clavo. Ethan no hablaba mucho conmigo sobre su tabaco, ni sobre las partes más sombrías de su vida.

Mi Ethan ahora mismo estaba con toda seguridad en una de ellas, y me rompía el corazón verle así. Abrí la puerta corredera y salí fuera.

No se percató de mi presencia hasta que me senté a su lado en la otra tumbona.

—Vuelve a la cama, Brynne.

—Pero quiero estar contigo.

—No. Vuelve dentro. El humo no es bueno para ti ni para el bebé. —Su voz sonaba misteriosa y alejada y me asustó mucho.

—Tampoco es bueno para ti —dije con firmeza—. Si no me dejas estar aquí contigo, entonces apaga el cigarrillo y vuelve dentro a hablar conmigo. Tenemos que hablar sobre esto, Ethan.

—No. —Negó con la cabeza y dio otra profunda calada a su cigarrillo.

Se me hizo un nudo en el estómago y me enfadé, pero necesitaba hacer algo para conseguir que reaccionara; en ese instante estaba muy lejos de mí.

—¡Esto es absurdo, Ethan! Necesitas ayuda con esas pesadillas. ¡Mira lo que te están haciendo! —No dijo nada, y el silencio retumbaba entre los sonidos nocturnos de la ciudad—. Si no vas a hablar conmigo sobre esto, entonces necesitas encontrar un terapeuta o un grupo o algo que te ayude.

Ninguna reacción, solo seguía fumando. El extremo rojo del cigarrillo ardía en la oscuridad y yo seguía sin obtener nada de Ethan.

—¿Por qué no me contestas? Te quiero y estoy aquí por ti, y nunca me cuentas por qué fumas cigarrillos de clavo y mucho menos qué es lo que te hicieron en Afganistán. —Me recosté más cerca de él—. ¿Qué te pasó allí, Ethan?

Pude oír el pánico en mi voz y supe que estaba al borde de otro ataque de llanto. Su comportamiento me hería profundamente y me hacía sentir como si yo no fuera lo bastante importante como para ayudarle a enfrentarse a su mayor miedo. Ethan conocía toda mi mierda oculta y dijo que nada de ello le importaba. ¿No sabía que yo lo haría todo por él? Haría cualquier cosa para ayudarle cuando me necesitara.

Apagó con cuidado el cigarrillo que estaba fumando en el cenicero que estaba junto al sofá. Se cruzó de brazos y se quedó contemplando la ciudad. No me miró ni una vez cuando empezó a hablar en voz baja.

—Los fumo porque todos mis guardias tenían cigarrillos de clavo. Tabaco de especias hecho a mano, que olía tan jodidamente bien que casi perdí la cabeza. Mataba por uno. Casi me volví loco de tanto desearlo.

Me estremecí en el frío aire de la noche escuchando a Ethan, mientras mi corazón se rompía con cada palabra que me dirigía.

—Entonces… el… el… di… día que me iban a ejecutar ocurrió un milagro… y me salvé. Viví. Su espada no encontró mi cuello. —Su voz se quebró.

—¿Espada? —No tenía ni idea de adónde quería llegar, pero sentía miedo solo de pensar en lo que Ethan estaba tratando de explicarme.

—Sí. Iban a grabar en vídeo mi decapitación y se la iban a enseñar a todo el mundo —me contó en voz muy baja, pero las palabras tenían una fuerza increíble.

¡Dios mío! No me extraña que tuviera pesadillas. No podía siquiera imaginar lo que había sufrido físicamente cuando le torturaron, pero la tortura psicológica de pensar lo que le iban a hacer debió de ser peor. No pude contener un gemido y se me escapó, deseando con todas mis fuerzas abrazarle, pero continuó hablando.

—¿Quieres saber qué fue lo primero que pedí?

—Dime.

—Salí de mi prisión sin estar seguro del todo de si estaba vivo o muerto en el infierno. Un marine americano se acercó a mí, impactado de que saliera caminando de entre los escombros todavía con vida. Me preguntó si estaba bien. Le dije que quería un cigarrillo de clavo.

—Oh, cariño…

—Estaba vivo, ¿comprendes? Vivía y por fin podría fumar uno de esos maravillosos cigarrillos de clavo hechos a mano que me habían vuelto loco durante semanas. Ahora los fumo… porque… supongo que me ayuda a saber que estoy de verdad vivo. —Tragó saliva—. Es una mierda enorme…

—Oh, Ethan… —Me levanté del sofá y fui hacia él para abrazarle, pero me detuvo.

—No —dijo con la mano en alto para mantenerme a distancia. Parecía estar tan lejos de mí en ese momento…, inalcanzable. Yo quería llorar, pero sabía que eso se lo pondría más difícil y no quería causarle más estrés del que ya tenía—. Vuelve dentro, Brynne. No quiero que estés aquí ahora. Es malo para ti. No es… bueno… estar cerca de mí. Necesito estar solo.

—¿Me estás echando?

Se encendió lentamente otro cigarrillo; la llama de su mechero brillaba mientras lo prendía.

—Simplemente vuelve a la cama, nena. Te amo, pero ahora mismo necesito estar un rato a solas.

Percibí algo de él. No podía creerlo, pero podría jurar que estaba interpretándolo correctamente. Ethan estaba aterrorizado de hacer algo que me hiriera de alguna forma, y ese era el motivo por el que me pedía que le dejara solo.

Le concedí su deseo, a pesar de que hacerlo me rompió el corazón.

Capítulo
21

Acaricié la foto enmarcada de Brynne que tenía en la mesa. La que le había sacado con mi móvil cuando me enseñó por primera vez a lady Percival en el Rothvale. Parecía tan feliz y hermosa. *Anoche no estaba feliz*. No, la asusté y después empeoré las cosas haciendo que se marchara cuando intentaba ayudarme.

Cielo santo, la había cagado con ella. Traté de imaginarlo si hubiese sido al revés. ¿Y si hubiese sido ella quien me hubiera mandado a paseo después de una pesadilla y hubiera rechazado mi apoyo? Yo ya había pasado por eso y era una mierda. Me hizo sentir fatal, justo como le hice sentirse a ella.

Aun así, anoche había tenido miedo de lo que podía llegar a hacerle si hurgaba más en mí.

¿Las otras ocasiones en las que me había despertado con una de esas pesadillas? Sí…, nada agradable. Me había ido por la jodida tangente, literalmente. Había utilizado el sexo, y a Brynne, para
encontrar un sitio seguro al que poder volver desde ese lugar tan horrible de mis sueños. Ella no
entendía hasta qué punto yo en esos momentos
caminaba por el filo de la navaja. No me fiaba de
mí mismo. ¿Y si le hacía daño o iba demasiado
lejos con el sexo? Ahora estaba embarazada y era
vulnerable. No podía correr el riesgo de lo que
podía llegar a hacerle.

Había sido muy duro decirle que volviera dentro cuando ella quería permanecer conmigo y escuchar mi historia. Trató de ayudarme, pero la
mantuve lejos de mí. Ni siquiera la miré a la cara,
porque si lo hubiera hecho, habría cedido. No
tenía fuerza de voluntad cuando se trataba de
Brynne.

Para evitar poseerla cuando entré en el apartamento, dormí el resto de la noche en el sofá. No
me fiaba de mí mismo como para volver a la cama
con ella. Apenas habría bastado su aroma junto
a mi nariz o el sonido de su respiración para ponerme encima y adentrarme muy hondo, tratan-

do de perderme en ella. Con Brynne estaba en el cielo. Y yo buscaría mi cielo sin parar. Me conocía demasiado.

Aunque ella tenía razón. La tenía en muchas cosas, pero en cuanto a lo de la cagada de anoche ella tenía toda la razón del mundo. Necesitaba ayuda. Había sitios adonde podía ir para obtenerla. Muchos soldados regresan de la guerra con problemas y cargas emocionales. Yo era simplemente uno más de la lista. Eso lo había entendido. No quería enfrentarme a mis demonios, pero sabía que necesitaba hacerlo. Había prioridades más importantes en el lienzo en blanco que era mi vida. Ahora tenía a Brynne. Teníamos un hijo en camino. Ninguno de los dos necesitaba que yo tuviera pesadillas y aterrorizara sus tranquilas noches.

Tenía que preguntarme a mí mismo por qué. ¿Por qué había regresado de pronto a ese momento de mi vida de forma tan vívida en mi subconsciente? ¿Podía la situación de Brynne estar activando los recuerdos arrinconados tanto tiempo de mi época preso, trayéndolos de nuevo a la superficie? Joder…, era una idea dolorosa, pero probablemente daba en el blanco.

Esta noche la compensaré. Flores, una cena, amor… y honestidad total sobre el infierno en el que estuve y cómo hice para salir de él. Ella se merecía saberlo todo y era lo bastante fuerte para escucharlo. La parte positiva era que ella me ayudaría emocionalmente. Este era uno de los aspectos de las relaciones verdaderas. Ella compartía sus cosas conmigo. ¿Por qué no hacía yo lo mismo? *Porque tú muchas veces eres un capullo desconsiderado y necesitas trabajar en ello.*

Brynne odiaba cuando me cerraba en banda. Había aprendido de primera mano que ella era increíblemente fuerte y que tenía muy arraigado en su interior el sentimiento de lucha. No era cobarde y no se me vendría abajo sin intentarlo todo. Mi chica se enfrentaba a sus propios miedos. Debía seguir su ejemplo y hacer lo mismo. Acepté que había llegado el momento de buscar ayuda profesional y contarle a otra persona la carga de mis demonios. Brynne estaría ahí para ayudarme a superarlo, y no podía estar en mejores manos que en las suyas.

Brynne además me iba a hacer picadillo y tenía que estar preparado para ello cuando llegase a casa. Ella jamás dejaría pasar este asunto. Tuve que sonreír al imaginarme su reacción conmigo esta noche. Estará guapísima para no variar, con sus ojos echando fuego, las manos en las caderas y preparada para la batalla. Estaba deseando ver su cambio de actitud cuando me viese en son de paz, humilde y listo por fin para compartir con ella mis más oscuros demonios que habitaban los innombrables recovecos de mi alma. Y deseaba ver cómo me recompensaba por todo ello, más tarde...

Tenía varias llamadas telefónicas que hacer y asuntos que poner en marcha. El tiempo pasaba a toda prisa y no tenía ni un segundo para estar sentado distraído con remordimientos que no tenían solución. Primero le mandé un mensaje a Brynne: «Te quiero. Lo siento x anoxe. Bss. Voy a solucionar ls cosas, ok?».

Marqué el número de mi hermana en Somerset y esperé a que diera tono.

—Hermano, posees el don de la oportunidad. Justo acaba de venir el señor Simms y tiene algunos papeles para ti que necesita que firmes.

—Esas son muy buenas noticias. Le diré a Frances que te haga llegar la autorización urgente y lo haremos de esa forma.

—Desde luego. Creo que es una idea maravillosa, E.

Sonreí.

—Yo también lo creo. Ahora que lo has visto, ¿crees que es posible en tan poco tiempo?

—Bueno, habrá que darse mucha prisa, pero creo que puede hacerse, no todo, pero para lo que quieres, sí.

—Bien. Quiero decir, confío en ti de forma incondicional, Han. Simplemente hazlo lo mejor que puedas.

—¿Cuándo vienes por aquí? En algún momento tendrás que verlo con tus propios ojos.

—Cierto. No podré encargarme de nada hasta la ceremonia de clausura, pero en el momento en que deje todo eso atrás, haré un viaje rápido…, sea como sea.

Besé a Benny en la mejilla y le abracé con fuerza. Entonces volví a mirar las imágenes de prueba en la pantalla.

—Oh, Dios mío. Me encantan todas, Ben. No puedo elegir.

Él se rio con suavidad.

—Pensará que son preciosas, Bree. Lo son. Cortan la respiración.

—Muchísimas gracias por hacerme esto tan precipitadamente. Se me ocurrió justo después de… algo que pasó… y quería hacer estas fotos para Ethan. Nadie las verá jamás excepto nosotros. —Le acaricié la mejilla—. Gracias por hacerlo posible, mi querido e increíble amigo.

Ben me sonrió con mucha dulzura, y juraría que le emocionó que le pidiera que me sacara unas fotografías especiales. Fotografías muy especiales, de hecho. Solo yo y el velo del vestido de novia. Y para que únicamente las vieran los ojos de Ethan.

Ethan…, sí. Todavía teníamos que hablar sobre lo de anoche. No volvió a la cama y cuando me desperté por la mañana él ya se había marchado del piso. Sin embargo esta noche no iba a volver a repetirse. Le sentaría cuando llegase a casa y hablaría conmigo, o ya vería.

¿Ya vería qué? No tenía todas las respuestas, pero pensaría en algo. Estaba muy mal emocionalmente debido a esas pesadillas y yo no tenía la menor intención de permitir que continuase sufriendo sin que acudiera a recibir algún tipo de ayuda profesional. Y la parte que ya *había* com-

partido conmigo anoche me había destrozado el corazón. Sus torturadores iban a decapitarlo y lo usaban para reírse de él. No podía imaginar cómo lo había soportado todo y no se había vuelto loco. Me hacía querer rodearlo con los brazos y colmarlo con mi amor. Ethan iba a recibirlo tanto si quería como si no, lo había prometido.

—Eh, ¿va todo bien entre vosotros dos? Pareces un poco preocupada.

Asentí y empecé a doblar el velo con cuidado para guardarlo.

—Estamos bien. Solo cosas de pareja que necesitan ser aireadas. —Me puse las manos en las caderas—. Pero lo tengo controlado. Los hombres pueden ser muy pero que muy tozudos, ¿sabes?

Ben se rio de mi comentario.

—Síííí. Solo los hombres. Estás hablando con el tipo adecuado para esta cuestión, Bree. Estoy completamente de acuerdo contigo —dijo guiñándome un ojo y recogiendo su equipo—. Vamos, hermosura, deja que te lleve de vuelta a casa antes de que Blackstone comience a buscarte pensando que te has fugado. He pillado que esto es una sorpresa y que él no tiene ni idea de que estás conmigo.

—No. Ninguna idea, para nada. Esto ha sido una decisión espontánea y he tenido el móvil apagado toda la mañana para que no pudiera rastrearme con el GPS. Lo encenderé de nuevo cuando llegue a casa y verá que estoy sana y salva y no se dará cuenta de nada.

Ben negó con la cabeza y miró al cielo.

—Eres una lianta y no tengo ni idea de lo que estás hablando. —Me reí de Ben—. Lo digo muy en serio, Bree. No me metas en tus planes para engañar a tu hombre. Quiero vivir y llegar a los treinta, gracias.

—No te preocupes tanto —bromeé mientras salíamos hacia su coche—, que te salen arrugas en la frente.

Ben frunció el ceño y después se encontró a sí mismo alisándose la frente y tratando de que no se notara. Ben era divertidísimo y me sentaba bien reírme.

Annabelle estaba en el piso cuando Ben me dejó en la puerta. Tenía que ir a otra cita, pero hicimos planes para cenar el fin de semana. Quería pedirle un favor y ya incluso había discutido la idea con Ethan, pero deseaba que se lo preguntáramos Ethan y yo juntos. No precipitarse era algo positivo, y esto era muy importante para mí.

Annabelle interrumpió mis pensamientos con su habitual saludo.

—Hola, señora.

—Oh, hola, Annabelle. ¿Algún mensaje mientras estaba fuera? —pregunté con miedo, esperando de verdad que Ethan no hubiera estado buscándome frenéticamente y molestando a todo el mundo.

—No, señora. Ha sido un día muy tranquilo. Llegó el correo y algunos paquetes.

—Ah, bien. Espero que sean las muestras de los regalos para los invitados.

Me habría encantado que me llamara Brynne, pero Annabelle era muy anticuada en sus formas y parecía impensable que me llamara algo más familiar que «señora». Aun así, ella me gustaba mucho. Annabelle venía aquí dos veces a la semana, los lunes y los jueves, sobre todo para limpiar y para hacer la colada. Cocinaba para nosotros, pero solo esos días. Antes solía preparar cosas y las congelaba para que Ethan las calentara cuando llegara a casa, pero yo interrumpí esa práctica cuando me mudé con él.

Ethan ahora me tenía a mí para cuidarle el resto de días de la semana, y cocinar era algo que me gustaba.

Esto había originado en un primer momento un pequeño conflicto con Annabelle, debido a que ella había sido su asistenta durante cinco años y le gustaba que las cosas estuvieran muy organizadas y planificadas al detalle. No obstante, desde mi llegada las dos tuvimos que amoldarnos la una a la otra y entendernos con nuestros diferentes roles y rutinas. Lo habíamos solucionado acordando que ella cocinara solo los días que venía a casa.

—Los he dejado donde siempre se los dejo, sobre la mesa del despacho.

—Gracias, Annabelle, los abriré después —dije mirando a mi alrededor, sorprendida porque no parecía que estuviese haciendo algo para la cena. Annabelle siempre tenía algo rico cociéndose a fuego lento u horneándose los días que venía.

—La señorita Frances llamó y dijo que el señor Blackstone la llevará a cenar esta noche. —Annabelle también parecía poder leer la mente.

—Ah, ¿es eso? —pregunté arqueando la ceja—. Me encanta cómo tiene a Frances para hacer llegar ese tipo de información.

—Sí, señora —respondió Annabelle sonriéndome.

—Bueno, debería darme una ducha entonces
y empezar a prepararme —dije mirando el reloj.

—Oh, casi olvido decírselo antes de irme: el
servicio técnico del acuario vendrá a las cuatro por
lo de la pecera. El señor Blackstone lo concertó
hace unas semanas y se aseguró de que cayera en
uno de mis días. Llamaron para confirmar, pero
esta tarde tengo una cita y tendré que irme pronto. —Apenas paró para coger aire—. Pero no debe
preocuparse, señora, le haré saber la hora al señor
Len y él les conducirá al despacho del señor Blackstone una vez que lleguen.

—Gracias, Annabelle. Estoy segura de que
Simba estará emocionado.

Se rio con mi comentario y negó con la cabeza.

—Ese pez es único.

La ducha me sentó bien y me alegraba que
Ethan tuviera planes para mí. Significaba que estaba tratando de arreglar lo de anoche y yo esperaba de verdad que él pudiera por fin abrirse a mí
sobre su pasado. Era el momento de saberlo. Y para ser sinceros, sentaba muy bien ser yo quien

cuidara de él, para variar. Toda nuestra relación se había construido con Ethan protegiéndome, cuidando de mí, y sobre todo ahora con la bomba del embarazo y la boda. Me gustaría ser yo quien tuviera las riendas de vez en cuando, pero para hacerlo debía permitírmelo. Estaba contenta porque finalmente parecía que iba a ocurrir. Esta noche iba a convertirme en su apoyo.

Mientras me secaba el pelo me di cuenta de que había olvidado encender el móvil al volver a casa. Ethan tendría algo que decir al respecto, estaba segura. *Mierda*. Odiaba que me regañara, pero pensé que si le daba un ataque de pánico por mí, llamaría a Len y hablaría con él. Este le confirmaría dónde estaba. Solo esperaba que Len no mencionara también que Ben me había recogido y me había traído de vuelta a casa. Quería que las fotos fueran una completa sorpresa. Eran mi regalo de boda para Ethan.

Me di prisa en terminar para poder bajar a buscar mi teléfono y leer los mensajes, confiando en que Ethan hubiera estado tan ocupado con los eventos que no se hubiera percatado de mi ausencia. *Pocas probabilidades de que tal cosa ocurriera. Él se daba cuenta de todo.*

Cogí mi bolso de la encimera de la cocina y busqué el móvil, pero cuando traté de encenderlo, la batería estaba totalmente muerta. Necesitaba cargarlo incluso para poder ver los mensajes.

Todos los cargadores estaban en el despacho de Ethan. Atravesé el vestíbulo y recordé la cita con el servicio técnico del acuario. Debían de estar trabajando en ese momento. Miré el reloj del microondas. Ponía 16:38. Sí, estaban aquí. En cualquier caso decidí entrar. Necesitaba mi teléfono.

Llamé a la puerta antes.

—Perdonen que interrumpa, pero necesito el cargador del móvil.

El tipo que estaba inclinado sobre el acuario tenía las manos ocupadas con cables y cubos. Asintió desde detrás con un «vale» y siguió a lo suyo. Parecía no importarle, de modo que después de enchufar mi móvil y encenderlo, comencé a mirar el correo electrónico en la mesa.

Estaba abriendo el primer correo cuando unos brazos me rodearon de golpe y me inmovilizaron desde detrás.

—Qué narices… —Mis palabras fueron cortadas por una mano sobre mi boca.

—Brynne…, he esperado tanto tiempo este momento… Tanto tiempo… —murmuró una voz que me sonaba familiar pero que no lograba ubicar.

Mi mente corría a toda velocidad; quienquiera que fuese esta persona, había venido a matarme. Había llegado mi hora. Moriría esta noche y Ethan encontraría mi cuerpo. No tendríamos una vida juntos después de todo. Nuestro bebé no nacería en febrero, porque si me mataba a mí, mataría también a nuestro bebé. No habría boda en Hallborough y jamás le daría a Ethan mis fotos de regalo…

Habría suplicado por mi vida si hubiera sido capaz. Pero no tenía aire para hablar, para llorar o siquiera para respirar.

Sin embargo, saber que iba a morir no era la peor parte. El peor sentimiento de todo esto era que jamás podría ver de nuevo a Ethan, ni tocarle, ni contarle lo mucho que le amaba. Mi último instante con él había sido anoche, cuando me mandó que entrara en casa para poder estar solo. Oh, Dios, esto destrozaría a mi Ethan. Nunca se perdonaría a sí mismo por esto.

Mi secuestrador me mantuvo inmovilizada fuertemente contra su cuerpo, con su boca en mi oreja. Forcejeé, pero mi fuerza disminuía. Me agarró por la nuca y apretó, cubriéndome la boca y la nariz; mis pulmones clamaban aire y sentí que una bruma comenzaba a rodearme mientras se me nublaba la vista. Me estaba desmayando. Estaba ocurriendo por fin. Todo lo que Ethan había tratado de impedir iba a ocurrir de todas maneras… y yo no podía detenerlo.

Oh, Ethan…, lo siento muchísimo. Te quiero muchísimo y lo siento tanto…

Capítulo
22

Miré el reloj, deseando poder marcharme del estadio Lord's Cricket Ground enseguida, pero sabía que me quedaba como mínimo otra hora allí. Ivan acababa de anunciar el tiro con arco y la gente de los medios de comunicación había terminado la transmisión, pero todavía estaban desmontando los puestos y sabía que eso llevaría algo de tiempo. Estaba proporcionando a mi primo un servicio personal, el mismo que daba a los miembros de la casa real, y por ahora todo iba bien. Las eliminatorias individuales masculinas no habían resultado una gran sorpresa y no se me ocurría nada que quisiera más que volver a casa con mi chica y hacer las paces. Esta noche me tocaba retractarme… y yo era bueno en eso.

Ivan venía hacia mí cuando sonó mi móvil. Esperaba que fuera Brynne. No había contestado aún a mi mensaje anterior. Sonreí cuando vi su nombre…, pero leí lo que había escrito en el mensaje.

no puedo seguir contigo. Ethan, anoche nos mataste. Mi Antigua vida es lo que quiero ahora de vuelta… ya no te quiero… ni quiero tener nuestro bebé. me voy a casa y quiero estar sola… ¡no vengas a por mí ni me llames por Teléfono! Busca ayuda, ethan, creo que Lo necesitas desesperadamente… brynne.

No recuerdo cómo salí de ahí. Sé que Ivan estaba conmigo, así que debió de ayudarme. Mi padre apareció más tarde. Yo quería volver a casa porque el GPS decía que Brynne estaba ahí. La última señal registrada de su móvil era de mi piso. Nuestro piso.

Pero no estaba allí.

Cuando descubrí su anillo de compromiso y su móvil en el fondo del acuario de *Simba,* quise morirme. Era un mensaje alto y claro. Un mensaje cruel y terriblemente doloroso, pero que entendí sin reservas.

Nuestro primer encuentro había sido en el acuario, aunque ninguno de los dos lo supo en ese momento. Brynne había visto a *Simba* antes incluso de conocerme. Habíamos empezado con *Simba*. Y también terminaríamos con *Simba*. Qué apropiado.

En cualquier caso, la situación no encajaba en absoluto. Mi lado emocional quería rendirse, pero mi parte pragmática todavía luchaba por razonar sobre toda esta mierda. Lo de anoche había estado mal, sí, pero ¿era digno de una ruptura? Difícilmente. Brynne no era cruel. En todo caso, tenía más corazón que la mayoría de la gente. Y era muy sincera. Si hubiese querido dejarlo, me lo habría dicho en persona, nunca mediante algo tan impersonal como un mensaje. El mensaje no era para nada su estilo. También me había prometido que jamás me enviaría otro «Waterloo». Es cierto que no me había puesto esa palabra en el mensaje, pero me había prometido que nunca más saldría corriendo y me dejaría de esa manera.

Len ni siquiera sabía que Brynne se había ido del piso. Me dijo que dejó que el tipo de Fountaine fuera a mi despacho a trabajar en el acuario a las cuatro en punto, como estaba programado. Sobre las cinco y media, Brynne le escribió pidiéndole que fuera corriendo al Hot Java a traerle un té especial Masala Chai que le gustaba tomar ahora que estaba embarazada. Len fue a la tienda, pero mientras estaba en la cola ella le llamó y le dijo que no importaba lo del té, dado que yo estaba camino de casa y ya le había comprado algo. Len nos relató que cuando volvió al piso, el tipo de Fountaine al parecer había acabado su trabajo y se había marchado. Pudo escuchar el agua correr en el baño y dio por hecho que Brynne se estaba duchando.

Hablé por teléfono con Annabelle y me transmitió un relato de una Brynne perfectamente normal, emocionada con echar un vistazo a unas muestras de los regalos de los invitados que habían llegado. Encontré el velo de su vestido de novia cuidadosamente doblado en una bolsa. Eso no tenía ningún sentido para mí. ¿Por qué estaba emocionada con mirar los regalos para los invitados si me iba a dejar? ¿Por qué había sacado el velo? Encontré incluso su vestido morado sobre la cama, como si hubiera estado escogiendo qué ponerse para la cena. ¿Por qué dejaría preparada la ropa para una cita si estaba pensando dejarme? Y la parte de que no iba a tener mi bebé tampoco cuadraba. Brynne lo quería. Ella no se desharía de nuestro niño. Ella ya amaba a nuestro bebé como lo hace una madre. Eso lo sabía con el corazón, sin importar lo que dijera el mensaje.

Lo otro que me hacía de veras sospechar era que la cámara de seguridad de la puerta había fallado mientras Len estaba en la tienda de café. Durante el mismo lapso de tiempo en el que Brynne debía de haber salido del piso y en el que el servicio técnico del acuario supuestamente tendría que haberse ido. Ese tipo de coincidencias simplemente no ocurrían en la vida real. Solo pasaban en la tele.

Llamé a Fountaine y les pregunté a quién habían enviado para reparar el acuario de *Simba*.

Su respuesta me heló la sangre, que se detuvo de golpe en su camino hacia mi corazón.

—El señor Blackstone nos llamó esta mañana para cambiar el día del servicio técnico, señor.

Fue entonces cuando supe que la persona que nos había enviado las fotos de Brynne y yo frente a Fountaine había estado en la jodida tienda. Nos había seguido por todo Londres y había permanecido en la tienda, y me había escuchado pedir la cita para el servicio técnico. Le había dado la hora y el lugar, de forma que podía llevarse a mi chica de mi propia casa, a plena luz del día, delante de mis propias narices.

Maldita sea, joder...

Sonó una campana. El profundo y sonoro «clong» de un campanario, en algún lugar de Londres, sonó puntual. Conté siete «clongs» antes de abrir los ojos y me encontré en una habitación extraña, rezando por haber despertado de una pesadilla.

No fue así.

Estaba mareada después de haberme desmayado dos veces. La primera vez no me quedé inconsciente, solo lo suficientemente atontada para que mi secuestrador captara mi atención y me dijera qué tenía que hacer.

Me había obligado a hacerles cosas terribles y crueles a personas que me importaban, a personas que quería. Pero había hecho esas cosas confiando y rezando por poder salvarles la vida. Mi secuestrador no era un extraño para mí. Le conocía desde hacía muchos años, y en todos los sentidos de la palabra. Tampoco era ajeno al asesinato. Había asesinado a gente para llegar a donde estaba ahora. No tenía motivos para pensar que a mí no me mataría del mismo modo. No tenía nada más que perder.

—Mi preciosidad se despierta —susurró a mi lado; movía las manos por mi cuerpo con determinación y podía sentir su aliento en mi cuello.

—No…, por favor, no hagas esto, Karl. Por favor… —le rogué, tratando de empujarle hacia atrás con las manos.

—Pero ¿por qué no? Follamos muchas veces en el pasado. Entonces te gustaba. Sé que te gustaba —tarareó—, y entonces solo era un crío. Ahora sé lo que hago.

Deslizó una mano bajo mi camiseta hasta llegar a mi pecho y apretó. Arrastró su boca por mi cuello y trató de besarme, pero yo cerré los labios y volví la cabeza.

Me agarró con fuerza la barbilla y apretó, girándome hacia él.

—No pienses que podrás hacerte de rogar conmigo, Brynne —dijo con voz cruel antes de estampar su boca contra la mía y meter a presión la lengua, tratando de invadirme.

—Karl, estoy embarazada…, no, por favor, ¡para, por favor! —rogué respirando con dificultad.

—Arghhh…, ese engendro bastardo creciendo dentro de ti no es una idea muy agradable, querida, sobre todo cuando estoy intentando follarte. Sabes bien cómo cortar el rollo, desde luego —se quejó—, pero, bien, tú misma. Puedo esperar.

Karl se apartó de mí y se apoyó en la pared y sus ojos recorrieron mi cuerpo con lascivia. Se ajustó el paquete y me sonrió sarcástico.

—¿Vas…, vas a matarme? —Traté de no pensar en sus motivos y en qué sucedería si le salía bien. Luché para mantener la calma y no considerar huir. Necesitaba que Karl confiara en mí un poco para poder llevar a cabo lo que tenía en mente. No huir de él sería el primer paso.

—No lo sé todavía. Quizá sí y quizá no. —Sonrió con maldad—. Si decides que quieres follar más pronto que tarde, házmelo saber. Eso quizá te beneficie, cariño.

Intenté ignorar su comentario.

—¿Te ha contratado el senador Oakley para matarme? —Mi corazón latía con tanta fuerza bajo mis costillas que dolía.

Echó la cabeza hacia atrás en la pared y se rio.

—El senador es un pelele que no sabe hacer la o con un canuto. Mmm…, no, querida, el senador Oakley no me ha contratado.

—Entonces ¿por qué? ¿Por qué me haces esto, Karl? Tú siempre fuiste… bueno conmigo.

—Que te jodan, perra. En siete años no has sabido nada de mí —contestó con brusquedad, con cara de medio loco. O, mejor dicho, de auténtico loco—. No soy el chico *bueno* que recuerdas del instituto —me dijo con aire satisfecho, sonriendo mientras hablaba, cambiando su comportamiento por completo, de loco a risueño en cuestión de segundos.

—Entonces dime qué te ha cambiado, Karl. ¿Por qué no eres ya el buen chico que recuerdo? —Hice la pregunta y después permanecí callada. Estudié lo que me rodeaba lo mejor que pude e intenté no pensar en Ethan ni en qué estaría haciendo en este momento. ¿Habría descifrado ya mi mensaje? ¿O estaría aún en shock por el dolor de mis palabras, creyendo que ya no le quería?

¡Como si eso pudiera ocurrir *jamás!*

Si Ethan había descifrado mi mensaje oculto, ¿tendría yo alguna oportunidad de darle la única pista que poseía en este momento?

Karl empezó a hablar. A divagar, en realidad. Se perdió en una diatriba sobre cómo mató a Eric Montrose e hizo que pareciera una pelea de bar. Apenas escuchaba. Traté de encontrar un modo de conseguir su móvil, y sabía lo que haría con él en el momento en que lo tuviera. Solo necesitaría un momento. Uno solo. Podría hacerlo en un minuto si surgía la oportunidad.

—Nadie más tenía que morir, ¿sabes?, después de Montrose —dijo.

—¿Qué quieres decir? —pregunté.

—Es culpa tuya que tuviera que morir más gente. No me apasiona la parte del asesinato, Brynne. Me resulta muy desagradable. —Frunció el ceño y examinó mi cuerpo de nuevo, pensando sin duda en algo con que pasar el tiempo en esta habitación en la que me había encerrado.

—Karl, no…, tú no eres como ellos. Tú no habrías hecho lo que esos chicos me hicieron en la fiesta.

Entornó los ojos un segundo.

—Tienes razón. Fueron unos cerdos por hacerte eso. Violar a una chica que está inconsciente no es mi estilo. —Se bajó de la cama, fue hacia la ventana y miró el cielo oscurecido—.

Con el tiempo habrías venido suplicándome por ello.

Mmmm…, no lo habría hecho, maniaco hijo de puta.

Se giró y me miró como si fuese idiota.

—Estaba aquí, en Londres. Tenía todo planeado. Íbamos a quedar otra vez y a empezar de nuevo justo donde lo dejamos hace todos estos años. Habríamos hecho un pacto para hundir a Oakley con la historia de ese vídeo que grabó el mierda de su hijo —explicó como si estuviera hablando con un niño pequeño—. Entonces se lo habríamos vendido al equipo de Oakley, y si no hubiera estado interesado, entonces al equipo rival, y nos habríamos marchado para disfrutar de una vida feliz en algún lugar bonito y tranquilo.

—Entonces ¿qué pasó para que cambiaras de opinión? —pregunté en voz baja.

—¡Tu puto novio es lo que pasó! —gruñó—. De todos los tíos con los que podrías haber empezado a salir, tuviste que elegir a un tipo de seguridad con conexiones con la jodida familia real y la inteligencia militar británica. Gracias por todo, Brynne. ¡Qué bien!

—Pero yo no lo encontré, él me encontró a mí. Mi padre contrató a Ethan para protegerme de… —En el momento en que las palabras salieron de mis labios, la niebla comenzó a disiparse y la verdad sobre el fallecimiento de mi padre me fue revelada.

—Lo sé —dijo Karl sin más; sus ojos oscuros mostraban lo profundas que eran las raíces de su locura.

—Tú mataste a mi padre, ¿verdad? —Luché por aferrarme a algún resquicio de pensamiento o acto racional.

No lo conseguí.

—¿Dónde está? ¿¡Dónde cojones está!? —grité a ninguna persona en concreto. Tenía a Ivan, Neil, Len y a mi padre de pie mirándome a la espera de pautas. Sin embargo, no sabía por dónde empezar. Necesité todas mis fuerzas para no romperme en pedazos y temblar como un flan por culpa del miedo y la desesperación.

—Hijo, mira esto. Creo que Brynne te ha dejado un mensaje oculto. —Mi padre sostenía mi móvil y lo estaba estudiando.

—¿Qué? ¡Qué pasa! —Le cogí el teléfono y leí de nuevo el mensaje.

—Las mayúsculas —dijo mi padre por encima de mi hombro—, solo están en mayúsculas algunas palabras. Mira el resto.

Las palabras «Ethan», «Mi», «Antigua», «Teléfono», «Busca» y «Lo» eran las únicas que empezaban por mayúscula. Mi padre tenía razón. No podía creerlo. Mi chica me había dejado con éxito un mensaje en código a pesar de la coacción del secuestro. Cerré los ojos y recé para que ocurriese otro milagro.

—Y otras palabras que deberían estar en mayúscula las ha dejado en minúscula, como tu nombre…

—¡Sí, papá, lo he cogido! —le corté y corrí hacia el cajón de mi mesa, en el que hurgué hasta que localicé su móvil antiguo. Lo enchufé al cargador y lo encendí. La espera mientras se ponía en funcionamiento fue una tortura.

No había nada nuevo en él. Mi excitación se vino abajo, pero al menos ahora surgía algo de esperanza. Una pequeña probabilidad por la que apostar. Un hilo del que podía tirar y ver las cartas que había debajo. Entendía ese tipo de probabilidades. Un mensaje significaba esperanza. Un mensaje significaba que estaba viva. Y si tenía que apostar por Brynne, estaba seguro de que ella lucharía hasta su último aliento para ganar. Mi chica era así, y ahora mismo no había nadie en quien tuviera más fe que en ella.

—Me ha enviado un mensaje cifrado —dije otra vez, a nadie en particular, todavía anonadado de que hubiera reaccionado tan rápido en una situación terrible.

Subí el volumen y dejé su precioso móvil cargándose en la mesa de mi despacho. Me senté y observé cómo su luz parpadeaba de forma intermitente. Tenía que hacerlo. Mi chica iba a llamarme y a decirme dónde estaba para que pudiera ir a por ella y traerla de vuelta. *Vamos, nena...*

Cada hora que pasaba era un siglo para mí. Después me vino a la mente que no me habían entrado ganas de fumarme un cigarrillo mientras esperaba a que mi chica me enviara un mensaje desde dondequiera que estuviese. No pensaba en coger uno, ni en su sabor, ni siquiera sentía el mono de nicotina. Nada de eso. Jamás en mi vida volvería a coger un cigarro si eso me devolvía a Brynne sana y salva. No era prometer mucho, lo sé. En realidad era patético. Pero era todo lo que tenía para apostar.

Recé a mi ángel y le pedí otro milagro y esperé que me escuchara por segunda vez en mi vida. *Mamá, necesito otra vez tu ayuda...*

Y entonces llegó una foto en un mensaje que emitió el sonido más maravilloso que jamás había escuchado. Abrí el mensaje y me quedé mirándolo, asimilando lo que acababa de enviarme.

Brynne estaba jugando sus cartas en una situación de vida o muerte y había aumentado la apuesta poniendo sobre la mesa una cantidad enorme que podía acabar de cualquier forma. La quería muchísimo por hacerlo y sentí que mi corazón podía estallar en cualquier momento. Mi chica había jugado sus cartas con el instinto de una jugadora experta. *Por supuesto que lo hacía, ella era mi chica.*

—¿Papá? —Le tendí el móvil con la mano temblorosa—. ¿Dónde está ese campanario? Debes saber dónde está. Llévame ahí ahora mismo. Brynne puede verlo desde donde acaba de hacer la foto.

Capítulo
23

Mi primer instinto fue arrancar la lámpara de la pared y ponerme a golpear a Karl con ella en la parte de atrás de la cabeza. No sé cómo no lo hice. Quería hacerle daño, hacerle sufrir y que agonizara durante mucho, mucho tiempo antes de morir. Nadie podría imaginar todo el mal que le deseaba. Tendría que mantenerlo enterrado dentro de mí para siempre. Sin problema.

Llevó un tiempo, pero al final llegó el momento. Karl se aburrió en nuestra pequeña prisión y se puso a mandar mensajes de texto a alguien o a jugar a algo, no sabría decirlo. Así es como supe que tenía su teléfono y dónde estaba. Tendría que quitárselo en algún momento y utilizarlo para llamar al único número que recordaba, el número de teléfono que tenía desde mi traslado a Londres hacía cuatro años. No me sabía ningún otro número de memoria más que ese.

Pensé en cómo podía conseguir el iPhone de Karl. Con el tiempo me di cuenta de que la única forma era escarbar en el fondo de mi psique y averiguar hasta qué punto estaba dispuesta a apostarlo todo, como diría Ethan. A apostarlo a todo o nada. A estudiar cuidadosamente los riesgos, o las consecuencias. A intentar ganar, y a estar dispuesta a perderlo todo.

La ira sería el vehículo que me llevaría hasta allí.

—Has matado a mi padre, maldito hijo de puta —dije en voz baja.

Él levantó la vista de la pantalla y me miró fijamente.

—Se lo merecía. Lo odiaba desde hacía mucho tiempo por no dejarme verte después de lo que pasó. Te mantuvo oculta de tus amigos, y de mí. Yo quería ayudarte y estar ahí cuando me necesitaras. Cada vez que trataba de hablar contigo, el capullo de tu padre me lo impedía.

—Me estaba protegiendo para que no me hicieran más daño. ¡Era su responsabilidad como padre, gilipollas! —Dejé que mis emociones crecieran en mi interior—. ¡Me quería!

—Sí, bueno, pues se interpuso en mi camino. Matarlo ha hecho que mi plan funcione mejor. Oakley estaba acojonado en el funeral. ¿Viste cómo sudaba?

—No —contesté—, estaba llorando por mi padre, pedazo de cabrón desalmado.

Karl me sonrió con suficiencia y me dieron ganas de sacarle los ojos con una cuchara.

—No como tu padre cuando lo liquidé. El muy hijo de puta se mantuvo frío, incluso cuando supo lo que iba a pasar. —Karl me miró de forma despectiva—. Dijo tu nombre con su último…

No pude aguantar el grito agonizante que salió de mi corazón cuando escuché sus palabras indiferentes, pronunciadas como una ocurrencia de último momento. Era demasiado para asimilarlo. Mi padre había muerto sabiendo lo que Karl había planeado para mí.

—No estés tan disgustada, Brynne. Le dije a tu padre que yo cuidaría de ti —añadió en un tono arrogante, y luego me dio la espalda.

¡Gracias, puto monstruo!

Dicen que bajo la influencia de un subidón de adrenalina, los humanos son capaces de realizar grandes proezas físicas. Madres que levantan coches para salvar a sus hijos y cosas así. No sabía si ese efecto se me podría aplicar a mí, pero no me importaba. Era hora de golpearle con la lámpara, mi mejor opción de las que tenía a mano. Una base sólida como una roca que resolvería el problema si no se hacía añicos por la fuerza que iba a utilizar.

¡Ahora mismo!

Agarré la maldita lámpara y me abalancé con ella con todas mis fuerzas sobre la parte de atrás de la cabeza de Karl.

Había hecho lanzamiento de peso en el instituto, y lo hice ahora. La clave era el impacto junto a una perfecta precisión y fuerza bruta. Karl cayó como una piedra en un estanque. Tal vez las historias sobre madres que levantan coches sí que encajaban conmigo.

Yo era madre, y le recordé a Karl ese hecho tan importante.

Recogí su teléfono del suelo e hice lo primero que se me ocurrió. Lo saqué por la ventana y tomé una foto de la línea del horizonte. Y luego la mandé a mi antiguo número de teléfono.

Esperaba haber matado a Karl, porque eso era exactamente lo que se merecía, pero no podía estar segura y no quería quedarme para averiguarlo. Iba a salir de allí.

Perdí un precioso minuto en la puerta porque Karl había puesto una cadena de seguridad en la parte de dentro que me costó unos cuantos intentos abrir, ya que me temblaban mucho las manos. Sabía que estábamos en un tercer o cuarto piso y que tenía que bajar a la calle para estar a salvo, pero cuando salí del apartamento me encontré en un pasillo. Este lugar era un desastre de planificación arquitectónica. Más bien una total falta de planificación. Busqué a mi alrededor la mejor forma de salir. La forma más rápida.

Las esquinas y las escaleras me recordaban al hotel Mision Inn de Riverside que había visitado con mis padres de pequeña. Podías seguir diferentes caminos y terminabas dando vueltas sin sentido, escaleras arriba y abajo que te devolvían a donde ya habías estado. ¿Dónde estaban los ascensores en este lugar?

Pensé en Ethan y me pregunté otra vez si habría entendido mi mensaje de texto y cómo iba a poder encontrarme. Luego me acordé de la cosa esa del GPS de la que habíamos hablado y se me ocurrió en un abrir y cerrar de ojos: *¡Facebook!* En

Facebook podías publicar tu ubicación con una aplicación con GPS integrado.

Eché un vistazo al teléfono de Karl y encontré la aplicación de Facebook. Entré en mi cuenta e hice clic en Lugar. Dejé que la aplicación hiciera su trabajo y seleccioné la primera ubicación que apareció en la lista de posibilidades. Casi tuve que reírme de lo que salió. Número 22-23 de Lansdowne Crescent. El hotel Samarkand. Escribí en mi estado de Facebook: «Estoy aquí, Ethan, ven a por mí». Etiqueté a Karl Westman en «¿Con quién estás?» y pulsé Publicar, mientras continuaba mi búsqueda desesperada de los ascensores. Necesitaba alejarme de ese lugar.

Después de lo que pareció una eternidad, encontré los ascensores y acribillé el botón de bajar, mientras buscaba indicios de que Karl se estuviese acercando, él o cualquier otra persona. ¿Por qué estaba tan muerto este lugar? ¿Dónde estaba la gente? Las puertas se abrieron y allí que me monté. Pulsé para ir a la planta baja y no volví a respirar hasta que las puertas se cerraron y el ascensor comenzó su pesado descenso.

La libertad se hallaba al alcance de mi mano. *Casi fuera*. Ethan vería mis mensajes en mi teléfono antiguo y en Facebook y sabría dónde buscarme. Podría llamarlo en cuanto encontrase un lugar seguro como un restaurante o una tienda.

Las puertas se abrieron suavemente y salí a una especie de entrada de servicio en un sombrío patio. Esta era obviamente la puerta trasera del hotel, no la principal como esperaba. Salí de todas formas y entonces fue cuando escuché a Ethan gritar mi nombre:

—¡Brynne! —El sonido más dulce para mis oídos.

Fui hacia la voz, concentrada solo en ella. Podía notar la urgencia en su llamada y sentí un alivio enorme. Ethan me había encontrado; estaba viva y todo iba a salir bien.

—¡Ethan!

Corrí hacia Ethan, hacia mi amor y mi corazón, cuando me agarraron por detrás unos brazos que primero forcejearon y luego me sujetaron con firmeza, atrapándome como a una mosca en una telaraña.

—¡Nooooo! —grité devastada.

—No pensarías que te podías escapar de mí, ¿verdad, Brynne? —La asquerosa pronunciación de Karl resolló en mi oído.

Mi intento de matarlo obviamente había fracasado, porque ahora tenía un frío cuchillo afilado apretado contra mi cuello que me obligaba a dejar de forcejear. La decepción que sentí fue tremendamente amarga de digerir, pero peor resultó la desgarradora visión de la cara de Ethan. Se encontraba a menos de nueve metros de mí. *Tan cerca, pero no lo suficiente.*

La carrera a toda velocidad de Ethan se paró en seco, sus brazos se extendieron en señal de rendición, su cabeza se movía de un lado a otro en una silenciosa súplica a Karl para que no me matara.

Esto… sería la perdición de Ethan. Su miedo al cuchillo lo impulsaría a cualquier tipo de negociación para liberarme. Lo sabía. Ethan se sacrificaría a sí mismo para evitar que me rajara la garganta. Karl no podría haber elegido mejor detonante para el miedo de Ethan en todo el mundo.

Los acontecimientos y las secuencias se habían unido en perfecta armonía, pero *cerca* no era suficiente para lo que necesitaba ahora mismo y no lo sería hasta que la tuviera a salvo y de nuevo en mis brazos.

Mi padre había sabido exactamente dónde encontrar el campanario en el instante en que le enseñé la foto de Brynne, como intuí que lo haría. Nadie conocía la ciudad de Londres mejor que él. En la iglesia parroquial de San Juan de Notting Hill se alzaba la torre que ella veía por la ventana. Mi padre me dijo que debía de haber hecho la foto desde Lansdowne Crescent.

Elaina llamó a Neil en el coche mientras circulábamos a toda pastilla por calles laterales y confirmó la ubicación de Brynne en Notting Hill… y quién se la había llevado. *¿Karl Westman?* Eso no me lo esperaba, y tuve que luchar contra el pánico que crecía en mi interior. Lo único que me ayudaba a seguir en pie en ese momento era saber que Westman antaño se había sentido atraído por Brynne. Si la quería para él, entonces había más probabilidades de que aún estuviese con vida. Al menos ahora rezaba por eso con todas mis fuerzas.

Elaina también me reenvió el mensaje que Brynne escribió en su Facebook y tuve que sacar fuerzas de flaqueza para no derrumbarme. *Voy a por ti, nena.* Una vez más, la genialidad de Brynne para resolver problemas me deslumbró. Eso sí que era eficacia bajo presión. Puede que se hubie-

ra equivocado de vocación y debiera estar trabajando para el Servicio Secreto de Inteligencia en
lugar de restaurando arte.

Incluso la divisé saliendo del edificio mientras
derrapábamos. Corrió hacia mí y gritó mi nombre.
Mi chica se encontraba viva y corría a mis brazos.
Estaba a punto de recuperarla, de poder volver
a tocarla, de besarla de decirle que ahora ella lo era
todo para mí.

Pero ese chupapollas de mierda apareció y le
puso las manos encima. La agarró y le puso un
cuchillo afilado en su precioso e inocente cuello.
No había peor horror para mí que ver a mi chica
con un cuchillo amenazando su garganta. Amenazando su vida.

Karl Westman era hombre muerto. Mi mi-
sión en la vida era ver eso hacerse realidad, incluso si tenía que morir yo con él para conseguirlo. Mientras Brynne saliera ilesa podría vivir con
mi decisión. O morir con ella.

—Sabes que no puedes hacerle daño, Westman. Sea lo que sea lo que quieres, lo tendrás. ¿Dinero? ¿Una forma segura de salir de Gran Bretaña?
¿Ambas cosas? Puedo conseguírtelo, pero tienes
que soltar a Brynne.

473

Qué pena que esté mintiendo y planeando tu muerte, hijo de puta.

—¡No tengo por qué hacer nada de lo que tú me digas, Blackstone! —chilló.

—El mundo no es lo bastante grande como para que te escondas si le haces daño. Ya está fuera de tu alcance, Westman. Es intocable para ti. Si la matas te reunirás con ella en cuestión de segundos. No creas que mis amenazas no son reales. Mira a tu alrededor. Estás rodeado. Te están apuntando…

Westman fue presa del pánico tal y como yo esperaba y comenzó a estirar el cuello frenéticamente para girar la cabeza en busca de francotiradores preparados para derribarlo. Era la oportunidad que necesitaba, una distracción lo bastante prolongada como para restablecer el orden.

Se presentó mi ocasión, y la indecisión estaba descartada. No aparté los ojos de Brynne mientras me abalancé para derribarlo. Si este era mi final, quería que la última imagen que me llevara de este mundo fuera de ella.

Sentí un silbido y una ráfaga de aire junto a mi mejilla. Un destello de luz se propagó hacia fuera en mi visión periférica izquierda. Tenía una idea de lo que era lo primero. No quería imaginar lo que era lo segundo. O de quién.

Se escuchó el sonido metálico del cuchillo al caer al empedrado del patio. El ruido sordo de un impacto sobre alguien. Un gemido involuntario. Un grito. Luego los tres caímos al suelo en una maraña de cuerpos. Solo tenía un propósito y era coger a mi chica, y no tardé más de un instante en hacerlo. Me alejé rodando con ella y miré a nuestro alrededor y arriba. No vi a ningún francotirador en ninguna de las pasarelas, pero si eran profesionales no debería verlos.

Westman estaba tendido boca arriba en los adoquines y le salía sangre de un lado de la cabeza. Esperaba que la bala que acababa de recibir en el cráneo hubiese sido dolorosa, pero probablemente ni se habría enterado. *Qué pena no poder darle las gracias a la persona que le disparó.*

—¿Estás bien, nena?

—¡Sí!

Fue suficiente. Me llevé a Brynne conmigo y salí en desbandada del patio. Simplemente corrí con ella, sin molestarme en preguntarme cómo era posible que no me hubiesen dado o que mi cuerpo estuviera intacto. Estaba bastante seguro de que acababa de esquivar una bala y por poco no me había alcanzado la flecha lanzada con el arco de Ivan. Pero ¿de dónde había venido la bala? ¿Había eliminado el Servicio Secreto a Westman en una operación secreta? Ahora no era el momento de especular, eso ya llegaría después, y sabía que mis chicos averiguarían todo lo que hubiera que saber. Tenía una preciosa mercancía en mis brazos y ella era todo lo que me importaba.

Corrí con ella hasta mi coche la metí en el asiento de atrás y entré tras ella. Mi padre nos esperaba allí preparado, gracias a Dios. *No, gracias a mamá*. Le dije a mi padre que nos sacara de allí y nos llevara a casa.

Eché una ojeada a Brynne en el asiento de atrás. Le miré el cuello, mientras le agarraba la cara con las dos manos, y no vi sangre.

—Estás bien…, de verdad estás bien, ¿a que sí? —balbuceé como un idiota y seguro de que no estaba siendo coherente. Quería quedarme mirándola para siempre y no alejarme de sus ojos nunca. Sus ojos me decían que estaba viva. ¡Brynne estaba viva!

Ella asintió con la cabeza con mis manos aún en las mejillas, mientras sus ojos húmedos me miraban con preciosas lágrimas vidriosas.

—Me has en... encontrado —tartamudeó—, estoy bien, Ethan...

—Te dije que siempre te encontraría... y esta noche tú lo has hecho posible —susurré contra sus labios—. Lo has hecho *tú*.

Primero le di las gracias al ángel que tenía en el cielo y luego abracé fuerte a Brynne y la apreté contra mi corazón. Su corazón y el mío latían juntos, en el asiento de atrás de mi Range Rover, el mismo sitio donde empezamos la noche que nos conocimos a principios de mayo cuando la convencí de que me dejara llevarla a casa. Y menudo viaje habíamos realizado en los últimos meses. Lleno de baches y de giros inesperados, pero al final todo había merecido la pena por este momento y por donde nos dirigíamos ahora mismo, hacia un futuro juntos.

Me aferré a ella todo el camino de vuelta a casa. Mi gran amor, que casi perdí, estaba a salvo en mis brazos y simplemente no podía soltarla.

No hablé mucho durante el trayecto. Cuando mi padre se metió en el aparcamiento del edificio le di las gracias por su ayuda y le dije que le llamaría más tarde. Llevé a Brynne en brazos a la entrada del ascensor del garaje.

—Puedo andar —dijo apoyada contra mi pecho.

—Lo sé. —La besé en la parte de arriba de la cabeza—. Pero ahora mismo necesito llevarte en brazos.

—Lo sé —susurró ella, y luego juntó su mejilla con la mía, cerró los ojos y respiró hondo. Estaba inhalando mi aroma. También entendía su necesidad de hacerlo.

La parte acerca de protegerla y estar alerta seguía siendo verdad. Tendría que hacer esto por ella siempre, mientras mi cuerpo tuviera fuerzas para ello. Sujetar a Brynne cerca de mi corazón era necesario para mi… existencia. Esto sí que era necesitar a otra persona. Para mí no podía ser más fuerte. Si las cosas hubiesen sido distintas, si las consecuencias se hubiesen vuelto trágicas, entonces mi tiempo en este mundo habría tocado a su fin… y lo demás ya no importaría. Y no querría que fuese de ninguna otra manera. Brynne era mi vida. Adondequiera que fuera, necesitaba estar allí con ella.

Aún no habíamos hablado mucho, pero a ninguno de los dos nos molestaba lo más mínimo. La llevé hasta el baño y abrí la ducha. La dejé en la encimera y le quité primero los zapatos y luego la camiseta, y seguí prenda a prenda hasta que se quedó desnuda, preciosa y perfecta. La examiné de forma minuciosa y lo único que vi fue su maravillosa piel, afortunadamente sin señales de maltrato. Luego hice lo mismo con mi ropa y metí a Brynne en la ducha.

Simplemente nos quedamos de pie bajo el agua, nos abrazamos el uno al otro... y dejamos que el agua se llevara todo.

Capítulo
24

Cuatro semanas después...

Por lo que he oído, tengo que daros la enhorabuena a los dos. —El doctor Burnsley levantó la vista de entre las piernas de Brynne, donde estaba utilizando la sonda-plátano otra vez. Me di cuenta de que definitivamente estaba celoso de la sonda. Esa maldita cosa estaba viendo más acción que mi pene últimamente. Brynne quería mantener la castidad en el dormitorio durante las dos semanas previas a nuestro enlace para que la noche de bodas fuese un poco más especial. La idea más ridícula que había escuchado nunca, pero joder, yo hacía lo que me decían. Casi siempre.

—Así es. En nuestra próxima visita ya no será la señorita Bennett. De ahora en adelante será la señora Blackstone. —Le guiñé el ojo a Brynne.

Ella articuló las palabras: «Te quiero».

Yo también te quiero, preciosa. Pensé mis palabras.

—Muy buenas noticias entonces —dijo el doctor Burnsley, que ahora estaba mirando el monitor y había encontrado la mancha negra en la extensión blanca con el latido de un corazón, solo que nuestra mancha había crecido de forma considerable y ya no parecía una manchita ni de lejos. Mis ojos se quedaron fascinados, veía brazos, piernas, manos y pies, que se movían sin parar. Nuestro bebé estaba ahí dentro convirtiéndose en una personita—. Todo parece estar progresando muy bien. El bebé está creciendo sano, ya es aproximadamente del tamaño de...

—Un melocotón —informé al buen doctor.

Él giró la cabeza con incredulidad y sorpresa.

Brynne se rio por lo bajo pero mantuvo los ojos en la pantalla, mientras observaba los ejercicios de gimnasia que nuestro pequeño estaba realizando de forma brillante para nosotros.

—Sí, pesa alrededor de doscientos veinticinco gramos y ya está desarrollando los dientes y las cuerdas vocales. —Le sonreí al doctor—. Y Brynne ha completado el primer tercio de su embarazo y está ahora oficialmente en el segundo trimestre.

—Alguien ha estado leyendo —dijo el doctor Burnsley con un perplejo levantamiento de su canosa ceja.

—Embarazo puntocom, doctor, una fuente brillante. —Le guiñé el ojo a él también, pero no creo que le gustase demasiado.

Tres horas después...

Estábamos oficialmente de vacaciones.

¿Las maletas hechas y cargadas? Hecho.

¿El Range Rover lleno a reventar con todo lo que podríamos necesitar durante nuestro viaje para la boda en Hallborough... y un poco más? Hecho.

¿La novia? Hecho. Por supuestísimo.

Mi chica estaba tan apetitosa como siempre con su vestido morado de flores y su pelo recogido en un moño descuidado. Me gustaba cuando lo llevaba así porque me hacía pensar en soltárselo y pasar las manos por él cuando estuviésemos desnudos en la cama. *Pronto...*

—Entonces ¿estás preparada para que te pongan los grilletes, señorita Bennett? Última oportunidad para pasar de esta fiesta de famosos y fugarte conmigo —bromeé mientras tiraba de ella contra mi pecho y le colocaba un mechón de pelo detrás de la oreja.

—Mmm, ¿de quién dices que fue la idea? —preguntó de manera burlona.

—Solo di una palabra y no tenemos que hacerlo, nena. —Iba en serio: me echaría atrás si eso era lo que Brynne realmente quería, pero tío, mi hermana me mataría una y otra vez.

—No, no, no, señor Blackstone. Tú organizaste esta boda tan pija a la que van a venir la realeza y dignatarios a comer platos de alta cocina y a beber champán del caro a la histórica casa rural de tu hermana. —Levantó una ceja—. Y ahora tienes que cumplir con todo eso. —Se agarró de mi camiseta—. Recogemos lo que sembramos.

—Cierto.

—Además, quiero verte esperándome de pie en el altar, tan guapo con esos ojos azules tuyos solo para mí.

—Joder que sí, solo para ti. —La besé concienzudamente, probé su delicioso sabor y pensé en que tenía el resto de mi vida para disfrutarlo.

Ella sonrió y negó ligeramente con la cabeza.

—Esa boca…

—Te encantan las cosas que te hago con esta boca...

—Mmmm, muchísimo. —Sonrió—. Tienes razón, señor Blackstone. —Alisó el trozo de mi camiseta del que se había agarrado y me hizo sonreír. Brynne hacía eso cuando hablaba de sus sentimientos como ahora mismo. Me parecía increíblemente sexi, pero todo en ella me lo parecía. Sobre todo desde que llevaba demasiados días sin estar dentro de ella. Solo cuarenta y ocho horas más de este sinsentido sin sexo, gracias a Dios. ¿Y luego? Bueno, vendría la luna de miel, ¡allá vamos! Definitivamente habría montones y montones de orgasmos también en ese viaje. Una villa italiana en la costa, apartada, privada, nada más que tiempo para hacer el amor, comer, dormir, nadar en el mar y hacer más el amor. Creo que podría hacer eso el resto de mi vi...

—Además, tengo un bonito vestido y un velo para esta fiesta *country*. —Me miró y me guiñó un ojo—. Lo has pagado tú.

—¿Fiesta *country*? ¿Qué clase de palabra yanqui es esa?

—Una muy apropiada, de hecho. Significa una fiesta campera con música, baile y violines.

—Hizo un rápido gesto de violín en el aire—. Sé que este tipo de fiestas solo se dan en el campo, *y* además has contratado a David Garrett. No hay ningún violinista mejor que él, por cierto, y no hablo solo de sus habilidades musicales, Blackstone, así que sí, nos has organizado una buena fiesta *country* a la que tenemos que asistir. Más te vale empezar a mover tu sexi trasero británico para ponernos en camino.

—Conque te gusta David Garrett, ¿eh?

Fingió que se lo estaba pensando, puso cara de mala y se dio un golpecito en la barbilla con el dedo.

—Una dama nunca cuenta esas cosas.

—¡Fabuloso, joder! ¡Mi mujer está a punto de dejarme por el violinista de mi propia boda! Genial. —Saqué el móvil—. Disculpa, tengo que llamar a David Garrett para cancelar su invitación a nuestra bo...

—Ni se te ocurra, chaval —me interrumpió seriamente—. ¡Si vamos a tener a todos esos famosos en la boda, tengo derecho a elegir al menos a unos cuantos de ellos como mis favoritos! Es lo justo.

Fingí estar celoso.

—¿Así que vas a aguantar todo el alto standing solo por el violinista? —Mi pregunta era en broma, pero había algo de verdad en ella.

Resultaba irónico comprobar cómo el plan que puse en marcha solo por su seguridad y protección había resultado ser innecesario después de todo. Brynne ya no necesitaba la posición de famosa de alto standing porque su acosador estaba muerto, recibiendo el castigo eterno que tanto merecía.

Nunca averiguamos exactamente qué le pasó a Karl Westman, pero yo tenía una teoría muy buena. Después de que mi padre nos alejara en coche de la escena, Neil, Ivan y Len se quedaron a investigar. Mi primera prioridad era poner a Brynne a salvo por encima de todo, y había visto muchos cadáveres como para reconocer uno cuando lo veía. Westman murió en el acto por el disparo de una bala de alto calibre en la cabeza.

Sin embargo, lo que sucedió allí fue extraño. Lo había deducido casi todo y dudaba mucho de que fuese a haber nunca una confirmación por parte del senador, pero Ivan me había dicho que cuando fue a recoger la flecha que había lanzado, alguien se había llevado el cuerpo. Fue cuestión de segundos. Solo los profesionales son capaces de llevar a cabo una operación de ese tipo. Neil y Len volvieron a rastrear a la mañana siguiente y allí no había nada. Habían limpiado hasta la sangre. Ni rastro de nada.

Brynne había mencionado que todo el lugar mostraba una tranquilidad demasiado siniestra y que no había visto ni una sola persona en el hotel, lo cual no tenía sentido con los Juegos Olímpicos en marcha. Eso prácticamente confirmaba que había gente involucrada de las más altas esferas. El Servicio Secreto de Estados Unidos, lo más seguro. Westman era hombre muerto incluso antes de llevarse a Brynne del piso.

Desastre evitado, pero aun así faltó el canto de un duro. Todo este desastre había pasado por una razón. Muy extraño, pero cierto. Si Westman no hubiese empezado a acecharla no nos habríamos conocido, ni habríamos empezado a salir, ni estaríamos a punto de casarnos y tener un hijo. A veces se me escapaba de la razón, aunque fuese nuestra realidad. Intentaba no pensar en esa parte.

Brynne ahora era libre para vivir una vida normal, sin nadie ahí fuera tramando secuestrarla o hacerle daño o molestarla en ningún aspecto, y ese era mi mejor regalo. *Gracias al cielo... y a un ángel muy especial en particular.*

—¡Ethan! —Me estaba mirando con el ceño fruncido.

—¿Sí? —pregunté mientras pasaba el pulgar entre sus cejas para alisar las líneas de su expresión.

—No me estás escuchando. Te he contestado y estabas ausente, como soñando.

—Lo siento. ¿Qué has dicho?

Me echó una mirada y luego empezó con lo de agarrar y alisar la camiseta otra vez.

—Lo que estaba diciendo es que... aguantaría cien de estas ridículas bodas de famosos si eso significara que me estaba casando contigo. —Sus ojos marrones/verdes/grises se encontraron con los míos—. Mereces tanto la pena, señor Blackstone.

Pasó un buen rato antes de que saliésemos a la carretera camino de Hallborough.

Dos días después...

Ben y yo observamos a Simon desde la rosaleda esperando que no nos viera. Con su verdísimo traje milanés hecho a medida, organizaba a los invitados para hacerles fotos espontáneas en todo tipo de locas posturas vanguardistas.

—Que Dios nos ayude si esas fotos que está haciendo salen a la luz pública. Estaremos jodidos, ¡literalmente! —dijo Ben de forma seca mientras hacía un gesto con la cabeza hacia las obscenas payasadas de cierto príncipe pelirrojo y su acompañante desconocida—. ¿Por qué diablos contrató Ethan a Simon Carstairs para hacer las fotos de la boda?

—Aaah…, bueno, esa fue una situación en la que a Ethan le dieron una cura de humildad o, como decimos en Estados Unidos, se tuvo que tragar sus palabras respecto a nuestro querido Simon. Ethan le llamó para disculparse por lo sucedido y cuando terminó la conversación había conseguido contratar al fotógrafo más gay de todo Londres, si no de toda Europa. —Me encogí de hombros—. Hace unas fotos preciosas y al final todo ha salido bien. —Le di un codazo a Ben—. Simon estaba superilusionado con ese estrafalario traje verde.

Ben y yo nos reímos juntos y continuamos observando la fiesta. Simon era una calamidad de la que no podías apartar la vista con su traje verde otoño. Puso a Gaby y a Ivan juntos en algunas fotos. Me preguntaba cómo se llevaban desde que los habíamos metido en esto juntos y les habíamos nombrado dama de honor y padrino. Gaby estaba preciosa, como siempre, y parecía que Ivan también lo pensaba. Tendría que arrinconarla más tarde para que me diera la exclusiva. Veía potencial en ellos dos por su lenguaje corporal y por cómo actuaban el uno con el otro. La química se estaba fraguando, estaba segura.

—Yo habría hecho las fotos de tu boda, ya lo sabes —dijo Ben.

Le miré a su preciosa cara.

—Lo sé. Pero hoy necesitaba a mi amigo, al que quiero tantísimo, para algo mucho más importante.

—Lo sé —susurró Ben, y me cogió las manos—, y ha sido un gran honor para mí acompañarte hasta el altar el día de tu boda. Es... estoy sin palabras ahora mismo, Bree. Eres tan hermosa, mi querida amiga, por dentro y por fuera... —Me estrujó las manos—. Y verte feliz ahí delante con Ethan ha sido tan impresionante que no soy capaz de encontrar las palabras para decírtelo como es debido, excepto que te quiero. —Se llevó mis manos hasta la boca para darme un beso.

—Vale…, ahora estoy llorando, Benny. —Me reí entre sollozos—. ¿Tienes un pañuelo para la llorona de la novia con las hormonas a flor de piel?

—Lo siento, cari —dijo tímidamente al tiempo que me pasaba su pañuelo.

—No pasa nada —le respondí mientras me limpiaba los ojos con cuidado—. En realidad no tenía a nadie más a quien pedírselo. No quería entrar sola… No sé por qué, pero sabía que mi padre hubiera querido que tú estuvieses allí. Te tenía en un pedestal, a ti y a nuestra amistad, Benny. Y tú estabas allí en la galería aquella noche…, tú me dijiste que mirase al tío bueno del traje gris con los ojos bien abiertos que me abrasaban desde el otro lado de la sala. Tú estabas allí desde el principio, desde que nos encontramos Ethan y yo.

—Sí, allí estaba. —Ben también parecía tener los ojos bastante llorosos en ese momento.

—Toma. —Le devolví el pañuelo.

Los dos nos reímos y recobramos la compostura.

—Gracias por invitar a mi madre —dijo él.

—¡Por supuesto! Me encanta tu madre. Es tan graciosa cuando se toma unas cuantas copas…, y le encanta verte tan arreglado. Me alegro mucho de que la hayas traído.

—Bueno, a ella también le encantas tú, y estoy seguro de que si no fuese gay me habría obligado a casarme contigo hace años. Quiere ser abuela y va a estar encima de ese bebé cuando llegue, así que más vale que te vayas preparando. —Hizo un gesto con la cabeza hacia mi barriga, que estaba empezando a hacer su aparición.

—Eso es muy bonito —dije yo mientras me fijaba en el grupo y veía a mi madre y a Frank charlando con un diplomático italiano en su mesa. Las cosas habían mejorado algo entre nosotras dos, pero no sabía si había esperanzas de futuro para nuestra relación. Y no pasaba nada. De verdad que no. Ahora tenía una familia que me necesitaba tanto como yo a ellos. Todas esas personas vivían en Inglaterra. Ahora este era mi lugar en el mundo.

Había muchos otros a mi alrededor que importaban. Mi bebé, por ejemplo. El padre de Ethan y mi tía Marie serían los abuelos que mi madre y mi padre nunca podrían ser. Hannah, Freddy, Gaby, Ivan, Neil y Elaina serían los tíos y tías. Jordan, Colin y Zara serían los primos. Tanto amor a mi alrededor…

Unos brazos fuertes me rodearon desde atrás y un vello facial muy familiar me acarició el cuello.

—Señora Blackstone, ¿te estás escondiendo en el jardín en tu propia boda?

—Pues sí —dije mientras me inclinaba hacia atrás con gran alegría.

—¡Ay, por el amor de Dios! Pero ¿qué hace mi madre? —gruñó Ben en dirección a la pista de baile donde Simon ahora estaba bailando una rumba muy lasciva con la señora Clarkson entre los vítores de la multitud.

—Ve a por ellos, Ben. —Ethan y yo nos reímos a sus espaldas mientras Ben se retiraba para ir a rescatar a su madre de las caderas de Simon.

—Por muy alocado que parezca Simon ahora mismo, ese pirado sabe bailar —dije sin parar de reír—. Aún no puedo creer que lo hayas contratado para hacer las fotos.

Ethan se acurrucó contra mí un poco más.

—No me lo recuerdes, por favor. Me chantajeó, lo sabes. Me dijo que me perdonaría si le contrataba para hacer las fotos de nuestra boda. Pensé que estaría bien, así que accedí. Luego me mandó el contrato. Créeme cuando te digo que tu amigo Simon hoy se ha llevado una buena compensación por sus servicios. ¡Incluso me mandó la factura de un maldito traje a medida hecho en Milán!

Casi me ahogué de la risa.

—¡Oh, Dios mío! —Señalé a Simon, que culebreaba detrás de la madre de Ben con su brillante traje de seda verde—. Ahí lo tienes, cariño. Un dinero muy bien gastado, diría yo. Simon parece taaaan feliz… —Me reí un poco más.

—Más le vale que las fotografías sean dignas de exposición —dijo Ethan entre dientes.

—Te he visto bailar hace un ratito con una belleza que tiene predilección por los helados —continué, con la esperanza de distraer la atención hacia algo más agradable.

A Ethan le cambió la cara de inmediato.

—Es tan asombrosa… Espero que nuestro melocotoncito sea igual que ella si es una niña. —Puso las manos sobre mi vientre—. Ya puedo notar el melocotón. Tu tripa está dura y antes no lo estaba.

—Sí. Ya lo creo que el melocotón está ahí dentro. —Puse mis manos sobre las suyas.

—Me encanta tu vestido. Es perfecto. Tú eres perfecta.

—Tú también estás bastante guapo con ese esmoquin. Te has puesto un chaleco morado solo por mí. Me encanta. Vamos muy conjuntados, señor Blackstone. —Y era verdad. Mi vestido de encaje color crema llevaba un cinturón morado atado a la espalda, y yo lucía el colgante en forma de corazón de perlas y amatistas en el cuello. Ethan llevaba su chaleco morado de rayas y un lirio morado oscuro en la chaqueta. Mi velo era largo y sencillo, pero me encantaba por las fotos que me había hecho con él. Fotos solo para los ojos de Ethan. Quería que las viese.

—Tengo un regalo para ti —dije.

—Eso suena muy bien —contestó mientras se arrimaba más a mi cuello—, pero toda tú eres mi regalo. —Me cogió la cara con ambas manos como me encantaba que hiciera—. ¿Qué le parecería a la señora Blackstone marcharse de aquí y empezar la noche de bodas?

Un segundo después…

—La señora Blackstone se apunta.

Me ofreció el brazo.

—Mi dama, ¿me acompaña?

—¿Te he dicho alguna vez lo mucho que me gustan tus modales de caballero? Es un contraste tan grande con esa boca tan sucia que tienes, pero, oye, realmente funciona conmigo.

A Ethan se le notó la satisfacción en los ojos.

—Bueno, está bien, nena. Creo que puedo comportarme así para ti. —Entornó los ojos y se llevó mi mano a los labios—. Me aseguraré de hacerlo esta noche.

Gracias, Dios mío.

—Tengo que subir un segundo a nuestra habitación a por tu regalo, ¿vale? Solo será un momento.

Me besó la mano y trazó un círculo con la lengua, justo encima de donde estaban mi anillo y la alianza que me había puesto durante nuestros votos, antes de dejarme ir.

—Te estaré esperando al final de las escaleras cuando bajes. Solo tengo que decirle a Hannah que nos escapamos —me dijo con dulzura.

—Dios, cómo te quiero —le respondí.

Me dedicó una de sus escasas sonrisas y dijo:

—Yo a ti más.

—Lo dudo mucho —aseguré por encima del hombro—, pero ¡me vale!

Me di prisa en coger el paquete de nuestra habitación y estaba bajando cuando noté una sensación de calidez. Caló en mí, se envolvió alrededor de mi cuerpo como un manto de una forma reconfortante. Me detuve en las escaleras donde el magnífico Mallerton de Sir Jeremy y Georgina estaba colgado en la pared. Me encantaba mirar ese cuadro, y no era solo por el tema o su técnica, que era impresionante, era la emoción que se expresaba en él. Había un gran amor en esa familia. Sir Jeremy, con sus ojos azules y su pelo rubio, miraba a su encantadora y bella Georgina con una expresión que transmitía su profundo amor por ella. No sé cómo se las arregló Tristan Mallerton para plasmarlo en un cuadro, pero sin duda había captado el momento entre esos dos amantes de hacía tantísimo tiempo. Y me dejaba sin aliento por su pureza.

Y luego estaban los hijos, un chico mayor y una niña más pequeña. La niñita estaba sentada en el regazo de su madre, pero solo tenía ojos para su padre. Me imaginaba cómo debía de haberla entretenido durante las largas horas de posados para un retrato como este. Mis estudios de arte me habían otorgado conocimientos sobre el tiempo necesario para crear un cuadro de esta magnitud; debió de ser maravilloso. Una niña no miraría a nadie así a no ser que lo sintiera. Esta pequeña quería a su padre, y había sido muy querida por él. *Igual que yo.*

Te quiero muchísimo, papá...

Cuando le di la espalda al cuadro para seguir bajando, vi a Ethan aguardándome al final de las escaleras. Me esperaba pacientemente como si entendiera que necesitaba un momento y mi intimidad. Ethan parecía reconocer mis estados de ánimo en momentos como este. Y si lo pensaba bien, Ethan había sido el mejor regalo que mi padre me había hecho nunca.

Thomas Bennett, mi adorado y cariñoso padre, había mandado a Ethan Blackstone a buscarme en Londres para que pudiera rescatarme. Ahora tenía el resto de mi vida para estarle agradecida por ello.

Gracias, papá. Miré a la niñita del cuadro y sentí una conexión con ella, sin importar los siglos que nos separaban. Esperaba que la hija de Sir Jeremy Greymont hubiese disfrutado de muchos años con su padre. Veinticinco años era la cantidad de tiempo que me habían concedido a mí con el mío y debía aceptarlo agradecida por ser un regalo tan valioso.

Me negaba a ponerme triste al pensar en mi padre el día de mi boda. Él ahora era solo un pensamiento feliz para mí. Me quería y yo lo quería a él. Aún estaba conmigo de alguna forma y yo aún estaba con él, y nada podría arrebatarnos eso a ninguno de los dos.

—Mantén los ojos cerrados hasta que te diga que los abras, ¿vale? —Aparqué el coche y fui hasta el lado de Brynne para ayudarla a salir—. No mires, señora Blackstone, quiero hacer esto bien.

—Tengo los ojos cerrados, señor Blackstone —dijo ella, de pie frente a mí—. Mi regalo. Dámelo, por favor.

Lo saqué del asiento y se lo puse con cuidado en las manos. Pesaba poco, era una caja negra plana con un lazo plateado.

—¿Lista?

—Sí —afirmó ella.

—Vale, mantenlos cerrados, que voy a cogerte en brazos y a llevarte.

—Suena muy tradicional —dijo.

—Me considero un tío tradicional, nena.
—La cogí en brazos, con cuidado para que no
le arrastrara el vestido, y avancé por el camino de
grava de Stonewell Court. Las piedras crujían
bajo mis pies y se oía el sonido de las olas al
romper en las rocas a lo lejos. El sitio era espec-
tacular y esperaba que le gustase. Todo estaba
iluminado con antorchas y vasijas antiguas y había velas que brillaban dentro de unos farolillos
de cristal en el suelo. Hasta la suite del último
piso estaba iluminada. La suite de nuestra noche
de bodas.

—Escucho el mar —dijo contra mí mientras
me acariciaba ligeramente la parte de atrás de la
cabeza una y otra vez con una mano.

—Ajá. —Me detuve donde me pareció el lugar perfecto para revelarle la sorpresa—. Vale,
hemos llegado a nuestro destino nupcial, señora
Blackstone. Voy a dejarte en el suelo para que
puedas verlo bien —le advertí antes de ayudarla
a ponerse de pie. La coloqué frente a la casa y le
tapé los ojos con las manos.

—Quiero mirar. ¿Vamos a dormir aquí?

—No estoy seguro de si vamos a *dormir* mucho…, pero pasaremos aquí la noche. —Le besé

la nuca y aparté las manos—. Para ti, preciosa. Ya puedes abrir los ojos.

—Stonewell Court. Sabía que estábamos aquí. Recordé el olor del mar y el sonido de la grava cuando hemos entrado. Es tan hermoso…, no puedo creerlo. —Abrió los brazos—. ¿Quién ha hecho esto para nosotros?

Aún no lo pilla. Le puse las manos en los hombros y le besé el cuello desde atrás.

—Hannah, principalmente. Ha estado intentando hacer un milagro para mí.

—Bueno, creo que lo ha conseguido. Me deja sin aliento. —Se giró para mirarme—. Es el lugar perfecto para pasar nuestra noche de bodas —dijo mientras se apoyaba en mi cuerpo.

Le cogí la cara con las manos y la besé con ternura, rodeados por el resplandor de las antorchas y la brisa del océano.

—¿Te gusta?

—Más que gustarme. Me encanta que podamos estar aquí. —Se dio la vuelta de nuevo y se apoyó en mí otra vez para mirar la casa un poco más.

—Me alegro mucho, señora Blackstone, porque después de estar aquí juntos no podía quitarme este lugar de la cabeza. Quería traerte de vuelta aquí. El interior necesita un poco de atención, pero está en perfecto estado y tiene los cimientos sólidos, construidos sobre las rocas. Esta casa lleva aquí mucho tiempo y espero que siga durante mucho más a partir de ahora.

Me saqué el sobrecito del bolsillo y lo pasé por detrás para sostenerlo delante de ella y que lo pudiera ver.

—¿Qué es esto? —preguntó.

—Es nuestro regalo de bodas. Ábrelo.

Abrió la solapa y volcó el extraño surtido en su mano, algunas modernas, otras muy viejas.

—¿Llaves? —Se dio la vuelta, sus ojos muy abiertos de la impresión—. ¡¿Has *comprado* la casa?!

No pude aguantarme la sonrisa.

—No exactamente. —Le di la vuelta para que mirase la casa otra vez, la rodeé con los brazos desde atrás y apoyé la barbilla en su cabeza—. He comprado un hogar para nosotros. Para ti y para mí, y para el melocotón, y cualquier otra frambuesa o guisante que pueda llegar después. Este lugar tiene muchas habitaciones donde ponerlos.

—¿De cuántas frambuesas estamos hablando? Porque estoy viendo una casa muy grande que debe de tener montones de habitaciones que llenar.

—Eso, señora Blackstone, aún está por ver, pero puedo asegurarte que me esforzaré al máximo por llenar unas cuantas.

—Ah, entonces ¿qué haces aquí fuera? ¿No sería mejor ponerse manos a la obra? —preguntó con suficiencia.

La cogí apresuradamente y me puse a caminar. Rápido. Si ella estaba preparada para la luna de miel, entonces yo no iba a ser tan tonto como para demorar el asunto. Una vez más, no soy un idiota.

Mis piernas recorrieron el resto del camino a toda prisa y luego los escalones de piedra de nuestra nueva casa de campo.

—Y la novia cruza el umbral —dije mientras empujaba la pesada puerta de roble con el hombro.

—Te estás haciendo cada vez más tradicional, señor Blackstone.

—Lo sé. Y en cierto modo me gusta.

—¡Oh, espera, mi regalo! Quiero que tú también lo abras. Bájame. El vestíbulo iluminado será perfecto para que las veas.

Me dio la caja negra con el lazo plateado, muy contenta y muy guapa con su encaje de novia y el colgante en forma de corazón sobre la garganta. Me vino a la mente el recuerdo de lo que tuvo que aguantar aquella noche con Westman, pero lo aparté y lo mantuve lejos. No había cabida en este instante para nada feo. Era un momento de alegría.

Abrí la tapa y saqué un papel de seda negro. Las fotografías que aparecieron debajo casi hicieron que me diera un infarto. Brynne preciosa y desnuda en muchas poses artísticas, vestida solo con el velo de novia.

—Para ti, Ethan. Solo para tus ojos —susurró—. Te quiero con todo mi corazón, con toda mi mente, con todo mi cuerpo. Ahora todo te pertenece a ti.

Al principio me costaba hablar, así que simplemente me quedé mirándola durante un momento y pensé en la suerte que tenía.

—Las fotos son preciosas —le dije cuando por fin pude articular las palabras—. Son preciosas, nena, y ahora…, ahora entiendo el porqué.
—Brynne necesitaba hacer hermosas fotos con su cuerpo. Era su realidad. Yo necesitaba poseerla, cuidarla para complacer un requisito que controlaba mi psique, mi realidad.

—Quería que tuvieses estas fotos. Son solo para ti, Ethan. Solo tú las verás. Son mi regalo para ti.

—Apenas tengo palabras. —Eché un vistazo a las poses lentamente, absorbí las imágenes y las saboreé—. Me gusta esta en la que estás mirando por encima del hombro y el velo te cae por la espalda. —Estudié la fotografía un poco más—. Tienes los ojos abiertos… y me estás mirando.

Ella me sostuvo la mirada con sus hermosos ojos multicolor, que me sorprendían todo el tiempo con sus cambios de tonalidad, y dijo:

—Te están mirando, pero mis ojos solo han estado realmente abiertos desde que llegaste a mi mundo. Tú me lo diste todo. Tú me hiciste querer ver lo que había a mi alrededor, por primera vez en mi vida adulta. Tú me hiciste quererte *a ti*. Tú me hiciste querer… una vida. *Tú* fuiste el mejor regalo de todos, Ethan James Blackstone. —Levantó el brazo para tocarme la cara y dejó ahí la palma de su mano, mostrándome con los ojos sus sentimientos.

Le cubrí la mejilla con la mano.

—Igual que tú para mí, mi preciosa chica americana.

Besé a mi encantadora esposa en el vestíbulo de nuestra nueva casa de piedra durante mucho tiempo. Yo no tenía prisa y ella tampoco. Teníamos el lujo de la eternidad ahora mismo y nos lo tomaríamos como el precioso regalo que era.

Cuando estuvimos preparados, la volví a coger en brazos; me encantaba notar su suave peso descansar contra mi cuerpo y la tensión de mis músculos mientras la llevaba escaleras arriba hacia la suite que nos esperaba y donde no la soltaría en toda la noche. *Me aferraría a ella para salir a flote*. El concepto tenía sentido para mí. No podía explicárselo a nadie más, pero no necesitaba hacerlo. Sabía lo que significábamos el uno para el otro.

Brynne *era* mi mejor regalo. Era la primera persona que había visto mi interior. Solo sus ojos parecían ser capaces de hacerlo. *Solo los ojos de mi Brynne.*

Un cuento Navideño
El primer encuentro de Ethan y Brynne

24 de diciembre de 2011
Londres

La calle estaba muy poco concurrida teniendo en cuenta que era Nochebuena. Probablemente por el maldito frío que hacía, la gente había sido lo bastante lista como para quedarse en casa. Era un completo cliché eso de ir a comprar un regalo en el último momento, pero aquí estaba yo abriéndome camino a través de las puertas de Harrods con la esperanza de encontrar algo perfecto para mi tía Marie. Sabía que debía ponerme las pilas, porque iba a pasar el día siguientecon ella ¡y no tenía nada con lo que presentarme!

Resultaba difícil regalarle algo a Marie porque era única y muy poco convencional; era casi imposible superar su estilo. Además tenía dinero suficiente como para comprarse cualquier cosa que deseara. Me recordaba a la tía Mame, de la película *Tía y mamá*, en muchos sentidos. Desde sus exóticos viajes y el marido rico fallecido hasta los maravillosos vestidos de su armario.

Después de tres cuartos de hora me rendí y me dirigí a la calle, tras parar antes a comprar un café moca. Necesitaba cafeína y entrar en calor.

Salí a la calle y me bebí el café mientras miraba los escaparates de las tiendas en busca de algo interesante. El aire helador me iba a colorear las mejillas, eso seguro. Al menos tenía café caliente y los villancicos que se escapaban de algún lugar sonaban bien. Muy *Cuento de Navidad*, y estoy segura de que a Dickens le habría encantado saber que ciento sesenta y ocho años más tarde, algunas de las canciones de entonces seguían sonando. Me encantaba la historia y me hacía sonreír el pensar que algunas tradiciones habían cambiado muy poco después de tantos años. El cambio no es siempre bueno. Se necesita un carácter fuerte para sobrellevar el paso del tiempo. Ojalá yo fuese así de fuerte.

Algunos días me preguntaba si aguantaría mucho tiempo aquí. A pesar de mi determinación de independizarme en Londres, echaba de menos a mis padres durante las vacaciones. La decoración, la repostería, las fiestas…

Bueno, tal vez las fiestas no. Las fiestas ya no me iban mucho. Y realmente me preguntaba si alguna vez volvería a poner un pie en San Francisco.

Cambia de tema, por favor.

Di con una tienda que parecía interesante. Parecía una tienda de antigüedades o de segunda mano. El nombre estaba grabado en la puerta de cristal: «Escondrijo». Y realmente lo era. Había un montón de estas pequeñas tiendas en Londres y algunas tenían una decoración preciosa. Esta era una de ellas. Entré y escuché cómo sonaba una campana sobre la puerta.

—Feliz Navidad —dijo una alegre voz.

—Feliz Navidad —contesté al sonriente rostro de un caballero mayor que vestía el uniforme británico compuesto por un chaleco de punto y una chaqueta de tweed.

La tienda olía bien. Como a canela. Al día siguiente haría algún bizcocho en casa de la tía Marie y lo estaba deseando. Me encantaba cocinar, pero perdía su gracia si no tenías para quién hacerlo. Noté que se me escapaba un suspiro y lo reprimí.

Me acerqué a la sección de prendas de punto. Era evidente que se trataba de una remesa nueva, no antigüedades. Juegos de bufanda y gorro en muchos colores. Cogí uno de color morado oscuro y acaricié la bufanda. Parecía cachemira, era igual de suave. Sin embargo, a lo mejor era lana de oveja. Miré el precio y levanté una ceja. Pero lo quería. Maldita sea, lo necesitaba en un día como este. Miré el precio otra vez y decidí que estaba bien derrocharlo en mí. Al fin y al cabo era Navidad.

¿Estás de broma, boba? Aún no tienes nada para Marie.

Pensé que estaba empezando a vencerme el pánico. Suspiré y seguí buscando.

Me di una vuelta, pero no encontré nada y decidí que era hora de irse. Me acerqué al mostrador para pagar el gorro y la bufanda y vi el expositor con la bisutería tras el cristal. Eso sí que despertó mi interés. Eran piezas muy bonitas, con un toque bohemio y *vintage* que le iba a Marie como un guante. *¡Bingo!*

Una pieza me llamó especialmente la atención y era perfecta: un broche de una paloma. De plata, con perlas en las alas y la cola, un ojo de cristal negro y un pequeño corazón colgando de su pico con un cristal azul en el centro. La paloma simbolizaba la paz, y sabe Dios que el mundo podría tenerla más a menudo. Lo mejor era que podía visualizar a mi tía llevándolo. Supe que le encantaría.

Pagué a toda prisa, emocionada de haber triunfado en mi angustiosa búsqueda de regalos. Miré el reloj, consciente de que debía ponerme en marcha, y vi que aún me quedaba un trecho hasta la estación de metro.

Hacía frío.

Un frío increíble.

Tanto frío que me puse mi nuevo gorro y me envolví el cuello con la bufanda ahí mismo, en la calle. Comprobé rápidamente mi cara en el retrovisor de un coche aparcado, solo para asegurarme de que no tenía un aspecto ridículo, aunque no es que me importara mucho cuando estaba helada.

Pasé un par de edificios hasta que no pude soportar el frío un segundo más y entré en el primer sitio que encontré con un cartel de ABIERTO. Acuario Fountaine. Era una tienda de mascotas. O, para ser más exacta, una tienda de peces tropicales. Me valía. Se estaba calentito, tenía una luz tenue y la humedad que se desprendía de las peceras resultaba un cambio agradable comparado con donde acababa de estar. Me desenrollé la bufanda y eché un vistazo, parándome en cada pecera para mirar y leer el nombre de cada pez.

La sección de agua salada me recordó a un viaje que hice a Maui cuando tenía catorce años. Fuimos a bucear y vi algunos de los peces que estaban en esas peceras. No lo sabía entonces, pero esas vacaciones habían sido las últimas que había pasado con mis padres juntos. Mi madre y mi padre se separaron poco más tarde y nunca habría otro viaje en familia. *Triste.*

Tuvieron que luchar para ser civilizados ahora el uno con el otro. *Bueno, ¿no es ese el mejor oxímoron?* «*Luchar para ser civilizados*».

Me detuve en uno particularmente interesante. Un pez león. Los peces león son increíbles cuando los ves así de cerca, con todas sus aletas puntiagudas haciéndolos tan irreales. Uno de ellos parecía curioso y se acercó al cristal y aleteó hacia mí como si quisiera que conversáramos. Era mono. Sabía que eran venenosos si los tocabas, pero aun así resultaban cautivadores. Pensé que un acuario de agua salada debía de llevar mucho trabajo de mantenimiento.

—Hola, guapo —susurré al pez.

—¿Puedo ayudarla en algo? —preguntó un joven a mi espalda.

—Solo lo estaba mirando. Es un pez realmente bonito —le dije al dependiente.

—Sí, de hecho está vendido. El dueño viene a recogerlo hoy para llevárselo a casa.

—Ohh, bueno, entonces espero que seas feliz en tu nuevo hogar, guapo —me dirigí de nuevo al pez—. Con suerte será alguien que te mime.

El dependiente coincidió conmigo y se rio.

Me di la vuelta, y decidí que era hora de enfrentarse al frío del exterior otra vez e irme a casa. Aún tenía que envolver el regalo de Marie y había pensado hornear algo esta noche, unas galletas de azúcar que llevaría al día siguiente. Era una pequeña tradición que habíamos empezado, y era divertido glasearlas y añadir virutas para decorarlas. Mis favoritas eran las que tenían forma de copos de nieve.

Me dirigí hacia la puerta, ajustándome el gorro y envolviéndome el cuello y la mitad de la cara con la bufanda, cuando alguien entró en la tienda. Me eché a un lado para dejarle pasar y me impresionaron su altura y su bonito abrigo, pero no le miré a la cara. Mis ojos enfocaban hacia lo que caía tras la puerta de la tienda.

Copos de nieve.

¡Estaba nevando la víspera de Navidad en Londres!

—¿Está nevando? —murmuré atónita.

—Sí… —dijo él.

Salí al exterior y percibí en él un aroma atrayente cuando pasamos el uno junto al otro. Como una mezcla de especias exóticas, gel y colonia. «Resulta agradable cuando un hombre huele tan bien», pensé. «Una chica que pueda olerte todo el tiempo tiene mucha suerte».

Me acerqué a la ventanilla de un Range Rover HSE negro aparcado en la calle y comprobé mi gorro en el reflejo, tal y como había hecho antes. No quería parecer un adefesio de camino a casa.

La nieve había empezado a caer con más fuerza y pude ver algunos copos posándose en mi gorro morado, incluso a través del reflejo en la ventana del todoterreno. Sonreí bajo la bufanda al girarme para reemprender la marcha.

Tenía frío de camino a casa. Frío…, pero estaba extrañamente contenta. Nieve en Navidad para una chica de California sola en Londres durante las fiestas. Totalmente inesperado. Pero me di cuenta de algo de camino a casa. Las pequeñas cosas de la vida son a veces los regalos más preciados que nos pueden dar, y si los reconoces cuando llegan, entonces eres realmente afortunado.

Agradecimientos

Hay muchas personas a las que tengo que dar las gracias y las primeras son mi familia, el príncipe de mi marido y mis hijos, que aceptaron la falta de una verdadera esposa y madre durante las semanas que me encerré en mi cueva de escritora y de la que apenas salí. Gracias por vuestra paciencia, chicos. No puedo estar más agradecida y nunca lo olvidaré.

Se lo quiero agradecer a la agente más maravillosa de la tierra, Jane Dystel, GRACIAS por todo lo que haces y has hecho por mí. De nuevo, doy las gracias por haberte encontrado aquel viernes de octubre cuando necesitaba que alguien mucho más sabio que yo me llevara de la mano. A Atria Books por apostar por El affaire Blackstone y ayudarme a conseguir algo que nunca imaginé que se haría realidad. A mi encantadora editora, Johanna Castillo, por guiarme durante todo el camino paso a paso y con la mayor amabilidad que existe.

Detrás de cada escena del libro hay mucha gente con la que estoy en deuda por su incondicional apoyo y por compartir los libros en Facebook y Twitter, pero sobre todo por sus conversaciones: por compartir conmigo el día a día y los obstáculos y vicisitudes de la vida. Eso es verdadera amistad y significa un mundo para mí. Becca, Jena, Franzi, Muna, Karen y Martha: estoy segura de que sois ángeles caídos del cielo y no tengo palabras para expresar lo agradecida que os estoy a cada una de vosotras.

A mis colegas, que son algunas de las personas más maravillosas y creativas que conozco, gracias por vuestra amistad y por inspirarme con vuestro duro trabajo y dedicación y por seguir escribiendo lo que la gente quiere leer hoy día. Katie Ashley, has sido una bendición desde que nos conocimos y desde el primer día supe que había encontrado una amiga para toda la vida. Gracias por todas las conversaciones nocturnas sobre esta locura que es el mundo de los escritores en el que ahora nos encontramos. A los otros escritores que me fascinan con su talento y por ser simplemente mis amigos: Rebecca, Jasinda, Tara, CC, Jenn, Belinda, Tina, Georgia, Amy y muchísimos más; hacéis que mi trabajo sea el mejor del mundo.

Y por último a todos los fans y blogueros que leen mis libros. Lo digo todo el tiempo y lo repito porque es lo que siento. Tengo los mejores fans del planeta. Gracias por querer tanto a Ethan y Brynne y por recibir estas historias con todo vuestro corazón. Siempre estaré en deuda con vosotros por ello.

Mis mejores deseos,

Raine ♥

RAINE MILLER

es americana y vive en California. Profesora
en un colegio durante el día, su tiempo libre
lo dedica a escribir novelas románticas. Está
casada y tiene dos hijos que saben que escribe
pero que nunca han mostrado mucho interés
en leer sus libros. Antes de *Desnuda* y *Todo o
nada* Miller escribió dos romances históricos,
The Undoing of a Libertine y *His Perfect Passion*.
Autora bestseller en *The New York Times* y
USA Today.

www.rainemiller.com